*O diário de
uma vida perdida
na memória*

Rowan Coleman

O diário de uma vida perdida na memória

Tradução de
MARILENE TOMBINI

1ª edição

EDITORA RECORD
RIO DE JANEIRO • SÃO PAULO
2015

CIP-BRASIL. CATALOGAÇÃO NA FONTE
SINDICATO NACIONAL DOS EDITORES DE LIVROS, RJ

C655d
Coleman, Rowan
    O diário de uma vida perdida na memória / Rowan Coleman; tradução de Marilene Tombini. – 1ª ed. – Rio de Janeiro: Record, 2015.

    Tradução de: The Memory Book
    ISBN 978-85-01-10611-7

    1. Ficção inglesa. I. Tombini, Marilene. II. Título.

15-24101
CDD: 823
CDU: 821.111-3

Título original:
THE MEMORY BOOK

Copyright © 2014 Rowan Coleman, 2014

Texto revisado segundo o novo Acordo Ortográfico da Língua Portuguesa.

Todos os direitos reservados. Proibida a reprodução, no todo ou em parte, através de quaisquer meios. Os direitos morais da autora foram assegurados.

Direitos exclusivos de publicação em língua portuguesa somente para o Brasil adquiridos pela
EDITORA RECORD LTDA.
Rua Argentina, 171– Rio de Janeiro, RJ – 20921-380 – Tel.: 2585-2000, que se reserva a propriedade literária desta tradução.

Impresso no Brasil

ISBN 978-85-01-10611-7

Seja um leitor preferencial Record.
Cadastre-se e receba informações sobre nossos lançamentos e nossas promoções.

Atendimento e venda direta ao leitor:
mdireto@record.com.br ou (21) 2585-2002.

EDITORA AFILIADA

Para minha mãe, Dawn

O tempo os transfigurou em inverdade.
A fidelidade pétrea nem sequer pretendida
Tornou-se seu último brasão, provando
Nossa quase instintiva quase verdade:
O que há de sobreviver de nós é o amor

— Um túmulo em Arundel, *Philip Larkin*

Prólogo

Greg está olhando para mim; acha que não percebo. Faz quase cinco minutos que estou picando cebola na bancada da cozinha, e consigo ver o reflexo dele — às avessas, convexo e alongado — na chaleira cromada que ganhamos de presente de casamento. Está sentado à mesa, me observando.

Na primeira vez que reparei nele me olhando desse jeito, achei que eu devia estar com alguma coisa nos dentes ou com uma teia de aranha nos cabelos, algo do gênero, pois não conseguia pensar em nenhum outro motivo para meu jovem e sexy mestre de obras me encarar. Especialmente naquele dia em que eu estava com uma calça jeans velha e uma camisa de malha, de coque, pronta para pintar a sala novinha em folha do meu sótão — o cômodo que representou o início de tudo.

Era o fim de seu último dia; ele estava trabalhando na casa havia pouco mais de um mês. Ainda fazia muito calor, especialmente lá em cima, mesmo com minhas novas janelas abertas. Todo suado, Greg desceu a escada retrátil recém-instalada. Eu lhe dei um copo grande de limonada cheio de cubos de gelo, que ele tomou de um gole só, os músculos do pescoço se mexendo enquanto engolia. Acho que devo ter suspirado alto diante de sua beleza extrema porque ele me olhou intrigado. Eu ri e dei de ombros. Ele sorriu e olhou para as próprias botas. Servi mais um copo de limonada e fui para minha última caixa — as coisas de Caitlin —, outra caixa de coisas que eu não conseguia me convencer a jogar fora e que sabia que só iriam entulhar a garagem. Foi nesse momento que eu senti que ele me olhava. Passei a mão nos cabelos, esperando encontrar algo, e deslizei a língua pelos dentes.

— Está tudo bem? — perguntei, imaginando se ele estava tentando achar uma maneira de me dizer que meu orçamento havia dobrado de valor.

— Sim — respondeu, assentindo com a cabeça.

Ele era, e é, um homem de poucas palavras.

— Que bom. Já terminou? — perguntei, ainda preparada para uma má notícia.

— Já. Tudo pronto — respondeu ele. — Então...

— Ah, minha nossa, você quer o dinheiro. Mil desculpas. — Eu me senti corar, enquanto procurava na gaveta da cozinha o talão de cheques, que não estava lá... nunca estava onde devia. Atrapalhada, olhei em volta, sentindo o olhar de Greg em mim enquanto eu tentava lembrar quando fora a última vez que estive com ele nas mãos. — Deve estar por aqui em algum lugar...

— Não tem pressa — disse ele.

— O talão estava comigo quando paguei umas contas, então... — Continuei resmungando e, para ser sincera, estava desesperada para que ele fosse embora e eu pudesse respirar e tomar aquela meia garrafa de vinho Grigio que me aguardava na geladeira.

— Você pode me pagar outra hora — disse Greg. — Talvez quando sair comigo para beber alguma coisa.

— O quê? — perguntei, interrompendo a procura na gaveta que parecia não ter nada além de elásticos. Devo ter escutado mal.

— Sair comigo para beber alguma coisa? — perguntou ele, hesitante. — Eu normalmente não convido minhas clientes para sair, mas... você não é normal.

Eu ri e foi a vez dele de corar.

— Não foi bem isso que eu quis dizer — explicou, cruzando os braços.

— Você está me convidando para sair? — perguntei, só para confirmar, pois a coisa toda parecia tão absurda que precisei falar em alto e bom som para ter certeza de que havia entendido direito. — A mim?

— Estou. Topa?

— Tudo bem — falei. Para ele, tudo havia parecido tão plausível: nós dois, com dez anos de diferença, saindo juntos. — Por que não?

Aquela foi a primeira vez que eu reparei em Greg me olhando, me observando com um tipo de empolgação e prazer que sentia instantaneamente espelhados dentro de mim, como se meu corpo estivesse reagindo ao chamado dele de um jeito que minha mente não controlava. Sim, desde então eu sinto seus olhares muito antes de vê-los. Sinto os pelos da minha nuca se arrepiando e uma expectativa tomando conta de mim num calafrio lento e delicioso, pois sei que logo depois de olhar para mim, ele estará me tocando, me beijando.

Agora, sinto sua mão no meu ombro e encosto minha bochecha em seus dedos.

— Você está chorando — diz ele.

— Estou picando cebola — digo, largando a faca e me virando para encará-lo. — Você sabe que Esther só come a lasanha da mamãe, não é? Aqui, você devia me ver fazendo para aprender a receita. Primeiro, pique a cebola...

— Claire... — Greg me impede de pegar a faca de novo e me vira de frente para ele. — Claire, nós temos que falar sobre isto, não temos?

Ele parece tão inseguro, tão perdido e tão relutante, que eu tenho vontade de dizer que não, não precisamos falar sobre isto, podemos simplesmente fingir que hoje é igual a ontem e a todos os dias anteriores, quando não sabíamos de nada. Podemos fingir que não sabemos, e quem sabe quanto tempo poderemos continuar assim, tão felizes, tão perfeitos?

— Ela gosta de bastante extrato de tomate no molho — continuo. — E de muito ketchup também.

— Eu não sei o que fazer ou dizer — confessa Greg, a voz embargando. — Não sei como agir.

— Então, bem no final, acrescente uma colher de chá de Marmite.

— Claire — diz ele, aos soluços, e me puxa para seus braços. E eu fico ali, em seu abraço, com os olhos fechados, sentindo o cheiro dele, meus braços caídos dos lados do corpo, sentindo o coração martelando no peito. — Claire, como é que nós vamos contar para as meninas?

Sexta-feira, 13 de março de 1992

Nascimento de Caitlin

Esta é a pulseira que você ganhou no hospital — cor-de-rosa porque você é menina. Está escrito: "Bebê Armstrong." Colocaram no seu tornozelo, e ela ficava caindo porque você era muito miudinha, tendo chegado um mês antes do previsto. Você devia ter sido um bebê de abril. Eu havia imaginado narcisos e um céu azul e as pancadas de chuva de abril, mas você decidiu nascer com um mês de antecedência, numa sexta-feira fria e úmida, nada menos do que uma sexta-feira 13, não que estivéssemos preocupados com isso. Se existe alguém que nasceu para superar maus presságios, foi você, que sabia disso e cumprimentou o mundo com um berro poderoso — não um choro ou um lamento, mas um rugido de determinação, pelo que eu entendi. Uma declaração de guerra.

Levou muito tempo para alguém nos visitar, pois você foi prematura e a vovó morava longe. Portanto, pelas primeiras seis horas mais ou menos, ficamos apenas nós duas. Você tinha um cheiro doce, como um bolo, era tão quentinha e... exatamente do jeito certo. Estávamos no último leito da enfermaria, e as cortinas ficavam fechadas à nossa volta. Eu ouvia as outras mães conversando, as visitas indo e vindo, bebês chorando e fazendo estardalhaço, mas não quis participar daquilo. Não queria participar de mais nada além de nós duas. Segurei você, tão pequenininha e amassadinha, como um botão esperando para florescer, e fiquei apenas observando enquanto você dormia encostada no meu peito, com o cenho todo franzido no rostinho miúdo, e eu lhe disse que tudo ia ficar bem porque nós estávamos juntas: éramos o universo inteiro, e isso era tudo o que importava.

1

Claire

Eu simplesmente preciso me livrar da minha mãe: ela está me deixando louca, o que seria engraçado se eu já não tivesse inclinação para isso. Não, eu não sou louca, não é isso. Embora esteja com muita raiva.

Foi a expressão no rosto dela quando saímos da consulta no hospital; a expressão que manteve durante todo o trajeto para casa. Estoica, um baluarte, forte, ainda que sombria. Ela não falou as palavras, mas dava para ouvi-las zunindo em sua cabeça: "Isso é tão típico de Claire. Estragar tudo quando estava ficando bom."

— Vou me mudar — diz ela, apesar de obviamente já ter feito isso, tendo se acomodado em silêncio no quarto de hóspedes, como se eu não fosse notá-la, arrumando suas coisas na prateleira do banheiro. Sabia que ela viria quando descobrisse. Sabia que faria isso e acho que era o que eu queria. Mas queria tê-la convidado, ou que ela me pedisse. Em vez disso, ela simplesmente chegou, falando baixo e me olhando com pesar. — Vou me mudar para o quarto de hóspedes.

— Não vai, não.

Eu me viro para olhar para ela, que está dirigindo. É uma motorista muito cuidadosa, lenta e precisa. Eu não tenho mais permissão para dirigir desde que matei aquela caixa de correio, que resultou numa multa bem mais cara que se poderia imaginar, pois pertencia a Sua Majestade. Deve ser o mesmo se a pessoa atropelar um cão da raça corgi: se alguém atropela um corgi, é provável que seja mandado para a Torre de Londres. Minha mãe é uma motorista bem cuidadosa, e mesmo assim nunca olha pelo retrovisor quando dá marcha à ré. É como se sentisse que, neste aspecto particular, é mais seguro simplesmente fechar os olhos e contar com a sorte. Eu adorava dirigir; adorava a liberdade e a independência, e também gostava de saber que, se tivesse vontade, poderia ir a qualquer lugar que quisesse. Não gosto que as chaves do meu carro tenham sumido sem que eu tivesse a chance de me despedir, escondidas em algum lugar que nunca encontrarei. Eu sei, pois tentei encontrá-las. Acho que ainda poderia dirigir. Contanto que ninguém ponha coisas no meu caminho.

— Ainda não chegou a hora de você se mudar — insisto, apesar de nós duas sabermos que ela já se mudou. — Ainda me resta muito tempo sem precisar de ajuda. Quero dizer, eu ainda consigo falar e pensar sobre... — Eu estendo um braço, fazendo com que ela baixe a cabeça e olhe por baixo da minha mão, que eu recoloco no colo num pedido de desculpas. — ... as coisas.

— Claire, você não pode fingir que isso não está acontecendo. Confie em mim, eu sei.

É claro que ela sabe: já passou por isso antes e agora, graças a mim, ou, na verdade, graças ao meu pai e seu DNA trapaceiro, ela terá de viver tudo de novo. E não que eu vá fazer algo sensato como ter uma morte boa e tranquila, perfeitamente capaz de fazer tudo, segurando a mão dela e lhe agradecendo, com uma fisionomia serena ao transmitir palavras de sabedoria que inspirem minhas filhas. Não, meu corpo irritantemente bem jovem e mais ou menos em forma ainda vai perdurar por bastante tempo depois que o meu cérebro mole já tiver fechado a conta e ido embora, até o momento em que eu me esquecer de como se faz para inspirar e expirar. Eu sei que é nisso que ela está pensando. Eu sei que a última coisa que ela quer é assistir à própria filha se esvaindo e murchando, do mesmo jeito que aconteceu com o marido. Eu sei que isso está sendo doloroso para ela e que está fazendo o possível para ser corajosa e me dar apoio, mas, mesmo assim... Fico com tanta raiva. A bondade dela me dá raiva. Passei a vida tentando provar que posso ser madura o suficiente para não precisar que ela fique me resgatando o tempo todo. Passei a vida me enganando.

— Na verdade, mamãe, quem pode fingir que isso não está acontecendo sou *eu* — digo, olhando pela janela. — *Eu* posso ignorar completamente o que está me acontecendo, pois na maior parte do tempo nem vou perceber.

Engraçado: digo essas palavras em voz alta e sinto o medo, bem na boca do estômago, mas é como se a situação não fosse comigo. Na verdade, é como se este terror estivesse acontecendo com outra pessoa.

— Você não está falando sério, Claire — diz mamãe, aborrecida, como se realmente achasse que eu não me importo e não estivesse apenas dizendo isso para irritá-la. — E as suas filhas?

Não digo nada porque minha boca de repente fica cheia de palavras que não se formam de maneira adequada nem significam o que eu preciso que signifiquem. Então fico quieta, olhando pela janela para as casas que vão passando, uma a uma. Já está quase escuro; as luzes das salas vão se acendendo, os aparelhos de TV tremeluzem por trás de cortinas. É claro que eu me importo. É claro que vou sentir saudade desta vida. Cozinhas cheias de vapor nas noites de inverno, fazer comida para as minhas filhas, vê-las crescer: essas são as coisas que eu nunca mais vou experimentar. Nunca vou saber se Esther vai continuar comendo ervilhas uma a uma para sempre, nem se ela será loura para sempre. Se Caitlin vai fazer uma viagem pela América Central como planeja ou se vai fazer algo completamente diferente, com que ainda nem sonhou.

Nunca vou saber que sonho não sonhado será esse. Elas nunca irão mentir para mim sobre aonde estão indo nem vão me procurar com seus problemas. Essas serão as coisas que vou perder, pois estarei em algum outro lugar e nem vou saber que estou perdendo. Droga, é claro que me importo!

— Imagino que elas terão o Greg. — Minha mãe parece cética, decidida a debater como ficará o mundo depois que eu não estiver mais nele, embora demonstre uma falta de tato espetacular. — Isso se ele conseguir segurar a barra.

— Ele vai conseguir — digo. — Ele vai. É um pai maravilhoso.

Contudo, não sei se isso é verdade. Não tenho certeza de que ele consiga assimilar o que está acontecendo e não sei como ajudá-lo. É um homem tão bom e gentil. Mas, ultimamente, desde o diagnóstico, Greg vem se tornando um estranho para mim, dia após dia. Cada vez que olho para ele, está mais distante de mim. Não é culpa dele. Posso ver que quer estar presente, ser forte e me apoiar, mas acho que talvez a atrocidade de tudo isto, de tudo estar acontecendo bem quando estamos começando nossa vida juntos, talvez o esteja consumindo. Logo não o reconhecerei mais; sei que já acho difícil reconhecer o que sinto em relação a ele. Sei que ele é o último grande amor da minha vida, mas já não sinto mais isso De alguma maneira, Greg é a primeira coisa que estou perdendo Eu me lembro do nosso romance, mas é como se eu tivesse sonhado com isso, como Alice através do espelho.

— Logo você, entre todas as pessoas... — Mamãe não consegue deixar de me dar um sermão, repreendendo-me por estar em posse do tenebroso segredo da família, como se eu mesma o tivesse provocado por ser tão malcriada. — Logo você, que sabe o que é crescer sem um pai. Precisamos fazer planos para elas, Claire. Suas meninas estão perdendo a mãe, e você precisa garantir que elas vão ficar bem quando você não for mais capaz de cuidar delas!

Mamãe dá uma freada súbita numa faixa de pedestres, provocando um coro de buzinas atrás, quando uma garotinha, que parece jovem demais para estar sozinha, atravessa a rua apressada, encolhida sob a chuva. Na claridade dos faróis do carro dá para ver que está carregando uma sacola de plástico azul, contendo o que parecem ser quatro caixas de leite, que bate em suas pernas magrelas. Ouço a emoção na voz de mamãe, pairando logo abaixo de sua frustração e raiva. Ouço a dor.

— Eu sei disso muito bem — respondo, subitamente exausta. — Sei muito bem que preciso planejar, mas estava esperando. Esperando, quem sabe, poder curtir meu casamento com Greg e envelhecer com ele, esperando que os remédios pudessem retardar as coisas para mim. Agora eu sei que... bem, agora que sei que não há esperança, vou me organizar mais, prometo. Fazer um planejamento, seguir uma rota.

— Você não pode se esconder disto, Claire. — Ela insiste em se repetir.

— Acha que eu não sei? — grito. Por que ela sempre age assim? Por que fica me pressionando até eu gritar com ela, como se não ficasse satisfeita de eu realmente estar escutando até me fazer perder a paciência? Sempre foi dessa forma entre nós duas: amor e ódio misturados em quase todos os momentos que passamos juntas. — Acha que eu não sei o que fiz, dando a elas esta vida de merda?

Mamãe para o carro em frente à garagem de uma casa — da minha casa, eu noto um segundo tarde demais — e sinto as lágrimas surgindo contra minha vontade. Saindo do veículo e batendo a porta, não entro em casa; em vez disso, saio caminhando na chuva, os braços cruzados segurando firme as bordas do cardigã, avançando desafiadoramente rua acima.

— Claire! — grita mamãe para mim. — Você não pode mais fazer isto!

— Claro que posso — digo, não para ela, mas para a chuva, sentindo os pinguinhos nos lábios e na língua.

— Claire, por favor!

Eu mal a ouço e continuo andando. Vou mostrar a ela; vou mostrar a todos eles, principalmente às pessoas que não me deixam dirigir. Ainda consigo andar; ainda consigo andar, droga! Ainda não me esqueci de como se faz isso. É simples, vou até o fim da rua, onde tem um cruzamento, e volto. Serei como a Maria, seguindo uma trilha de migalhas de pão. Não vou longe. Só preciso fazer essa única coisa. Ir até o fim da rua, me virar e voltar. Entretanto, está escurecendo agora, e as casas por aqui parecem todas iguais: geminadas, alinhadas e baixas, da década de 1930. E o fim da rua não fica tão perto quanto eu imaginava.

Paro por um instante, sentindo a chuva bater na minha cabeça, agulhas minúsculas de água gelada. Eu me viro. Minha mãe não está atrás de mim: não me seguiu. Achei que ela poderia ter me seguido, mas não. A rua está deserta. Será que eu já cheguei ao fim e dei a volta? Não tenho certeza. Em que direção eu estava andando? Estou indo ou vindo, e de onde? As casas dos dois lados são exatamente iguais. Fico imóvel. Saí da minha casa há menos de dois minutos e agora não tenho certeza de onde ela fica. Um carro passa espirrando água gelada nas minhas pernas. Não trouxe meu celular, mas, de qualquer maneira, nem sempre me lembro de como usá-lo. Perdi a noção dos números. Apesar de olhar para eles e saber que são números, eu esqueci quais são o quê e qual é a ordem deles. Mas ainda sei andar, então começo a seguir na direção que aquele carro que me ensopou estava indo. Talvez seja um sinal. Vou reconhecer minha casa quando a vir porque as cortinas são de seda vermelha, e a luz que passa por elas as deixa flamejantes. Lembre-se disso: eu tenho cortinas vermelhas flamejantes na frente da minha casa, que uma das minhas vizinhas disse que dão a impressão de que sou uma mulher "fácil". Vou me lembrar das cortinas vermelhas flamejantes. Logo, logo vou chegar em casa. Vai ficar tudo bem.

A consulta no hospital não foi exatamente boa. Greg queria ter ido comigo, mas eu o incentivei a terminar a obra do conservatório que ele estava fazendo. Falei para ele que nada que o médico dissesse diminuiria nossa necessidade de pagar a hipoteca, nem significaria que não temos que continuar alimentando as crianças. Ele ficou magoado por eu não querer que ele fosse, sem se dar conta da minha incapacidade de tentar decifrar sua fisionomia e ao mesmo tempo perceber o que eu mesma estava sentindo. Sabia que, se levasse mamãe, ela simplesmente diria tudo que lhe viesse à cabeça, o que é melhor. É melhor do que receber uma notícia terrível e ficar se perguntando se seu marido se arrependeu de um dia ter posto os olhos em você, de ter escolhido justamente você, entre todas as pessoas no mundo. Sendo assim, eu não estava com a melhor das cabeças — trocadilho intencional — quando o médico me passou os resultados da última bateria de exames. Os exames que eu havia feito porque tudo estava acontecendo bem mais rápido do que eles previam.

Não consigo me lembrar do nome do médico porque é muito comprido e com uma porção de sílabas, o que acho engraçado. Comentei isso com minha mãe quando estávamos lá sentadas, esperando que ele terminasse de verificar as anotações na tela e desse a má notícia, mas ninguém mais achou graça. Tudo indica que há hora e local para humor negro.

A chuva agora está caindo mais rápida e intensa; eu bem queria ter saído com uma capa. Depois de um tempo, todas as ruas por aqui começam a parecer iguais: casas geminadas da década de 1930, fileira após fileira, nos dois lados da rua. Estou procurando por cortinas, não é? Que cor?

Viro numa esquina e me deparo com uma fileira de lojas, então paro. Quer dizer que saí para tomar um café? É aqui que eu venho às vezes, aos sábados de manhã, com Greg e Esther, para comer um *pain au chocolat* e tomar um café. Mas está escuro, frio e molhado. E acho que estou sem casaco; verifico minha mão, que não está segurando a de Esther, e por um instante levo a mão ao peito, preocupada com a possibilidade de tê-la esquecido. Mas ela não estava comigo quando comecei a caminhar. Se estivesse com ela, eu estaria segurando seu macaco, que ela sempre insiste em levar, mas nunca quer carregar. Então eu vim tomar um café. Estou tendo um tempo só para mim. Isso é bom.

Atravesso a rua, agradecida pela lufada de ar quente que me recebe quando entro no lugar. As pessoas me olham quando eu passo pela porta. Imagino como deve estar a minha cara, com os cabelos grudados no rosto.

Aguardo no balcão, e só então me dou conta de que estou tremendo. Devo ter esquecido meu casaco. Como eu queria lembrar por que vim tomar um café. Será que vou me encontrar com alguém? Será que é com Greg? Às vezes venho aqui com Greg e Esther para comer um *pain au chocolat*.

— Tudo bem, querida? — pergunta a moça, que deve ter a idade de Caitlin.

Ela está sorrindo, então talvez eu a conheça. Ou talvez só esteja sendo simpática. Uma mulher sentada com seu bebê no carrinho, bem à minha esquerda, o afasta de mim. Eu devo estar estranha, como uma mulher que acabou de emergir de um lago. Será que elas nunca viram uma pessoa molhada antes?

— Um café, por favor — peço.

Sinto o peso das moedas no bolso da minha calça jeans e as seguro no punho cerrado. Não consigo me lembrar do preço do café aqui e, quando olho para o quadro acima do balcão, onde eu sei que essa informação está, fico perdida. Seguro as moedas na palma da mão e as ofereço.

A moça franze o nariz, como se o dinheiro que eu toquei pudesse estar contaminado, e me sinto muito sozinha e com muito frio. Tenho vontade de lhe contar por que estou hesitando, mas as palavras não vêm — não as certas, pelo menos. É mais difícil dizer as coisas em voz alta do que pensá-las. Fico com medo de falar qualquer coisa a quem não conheço, pois posso expressar algo tão absurdo que simplesmente me levem e me prendam e aí, a essa altura, eu vou ter esquecido meu nome e...

Olho para a porta. Onde fica este café? Fui ao hospital com mamãe, consultamos o médico, o Sr. Coisa, eu não consegui lembrar o nome dele, achei isso engraçado, e agora estou aqui. Mas não faço a mínima ideia de por que estou aqui nem de onde aqui fica. Estremeço, pegando o café e as moedas cor de cobre que a moça deixou no balcão; depois, vou me sentar e fico bem quietinha. Sinto que, se fizer um movimento brusco, posso tropeçar em alguma armadilha escondida, que algo vai me machucar ou que eu possa cair de algum lugar. Sinto como se pudesse cair de bem alto. Fico sentada sem me mexer e me concentro para entender como vim parar aqui e como vou sair. E para onde irei. Alguns fragmentos retornam — fragmentos com informações que eu preciso dar um jeito de decodificar. O mundo está estilhaçado à minha volta.

Não estou respondendo ao tratamento, disso eu sei. Sempre houve essa possibilidade. As chances de que os remédios fizessem algo por mim sempre foram as mesmas de jogar uma moeda e dar cara: cinquenta por cento. Porém, todo mundo esperava que o tratamento fizesse toda a diferença no meu caso, porque sou muito jovem, porque tenho duas filhas e uma delas tem apenas 3 anos, e a outra ficará encarregada de catar os cacos. Todos esperavam que a medicação fosse funcionar e que os resultados seriam melhores do que qualquer um — até o médico com o nome comprido e difícil

— achasse possível. E eu também esperava pelo milagre inovador que mudaria tudo. Parecia justo que o destino, ou Deus, permitisse a mim, entre todas as pessoas, uma dispensa especial por causa das minhas circunstâncias atenuantes. Mas o destino, ou Deus, não fez isso: seja quem for que está dando uma boa risada à minha custa, fez o oposto. Ou talvez não seja nada pessoal. Talvez sejam apenas acidentes genealógicos de milênios atrás que me trouxeram a este momento em que fui a escolhida para aguentar as consequências. Estou deteriorando muito mais rápido do que se pensava. Tem a ver com uns pequenos êmbolos. Lembro-me perfeitamente dessa palavra, mas não consigo lembrar o nome da coisa metálica de mexer que veio junto com o café. Mas a palavra êmbolo é bem bonita, quase musical, poética. Minúsculos coágulos de sangue explodindo em meu cérebro. É uma nova característica, nada do que os especialistas esperavam. O que me torna quase única no mundo, e todos no hospital estão animadíssimos com isso, mesmo fingindo o contrário. Só sei que, toda vez que um deles explode, um pedaço de mim se vai para sempre — uma lembrança, um rosto ou uma palavra, simplesmente perdidos, como eu. Olho à minha volta, agora com mais frio que antes, e me dou conta de que estou com medo. Não faço ideia de como chegar em casa. Estou aqui, me sinto lúcida, mas sair deste lugar parece impossível.

Há enfeites natalinos pendurados no teto, o que é estranho. Não me lembro de estarmos perto do Natal; tenho certeza de que não. Mas e se faz semanas que estou aqui? E se eu saí de casa e apenas andei, andei, sem parar, e agora estou a quilômetros de distância de qualquer lugar, e os meses se passaram e eles estão pensando que eu morri? Eu devia ligar para mamãe. Ela vai se zangar comigo por eu ter fugido desse jeito. Ela diz que, se eu quiser que me trate como adulta, preciso me comportar como tal. Ela diz que tudo tem a ver com confiança. E eu respondo, bem, então não mexa nas minhas coisas, sua vaca. Não falo a parte da vaca em voz alta.

Eu enviaria uma mensagem, mas mamãe não tem celular. Estou sempre lhe dizendo, estamos no século XXI, mamãe, acompanhe o progresso. Mas ela não gosta de celulares. Acha chato lidar com todos aqueles botões. Mas eu queria que mamãe estivesse aqui; queria que ela estivesse aqui e me levasse para casa, pois não sei bem onde estou. Hesitante, olho em volta. E se ela estiver aqui e eu me esqueci do seu rosto?

Espere um pouco, eu estou doente. Não sou mais uma menina. Estou doente, saí para tomar um café e não consigo lembrar por quê. Minhas cortinas são coloridas e chamativas. Laranja, talvez. Laranja parece familiar.

— Olá. — Eu levanto a cabeça. É um homem. Não devo falar com estranhos, então volto a olhar para a mesa. Talvez ele vá embora. Mas não vai. — Tudo bem com você?

— Tudo — digo. — Bem, estou com frio.

— Se importa de eu me sentar aqui? Não tem outro lugar vazio.

Eu olho ao redor e vejo que o café está bem cheio, mas vejo outras cadeiras vazias. Ele parece legal, até bonito. Gosto dos seus olhos. Faço que sim. Fico pensando se terei palavras suficientes para conseguir falar com ele.

— Quer dizer que você saiu sem casaco? — pergunta o homem, gesticulando para mim.

— É, parece que sim! — digo com cuidado.

Sorrio para não assustá-lo. Ele retribui o sorriso. Eu poderia contar que estou doente. Ele poderia me ajudar. Mas não quero. Ele tem olhos bonitos. Está falando comigo como se eu não estivesse prestes a cair dura no chão a qualquer minuto. Não sabe nada a meu respeito. Nem eu sei, mas isso não tem importância.

— Então, o que aconteceu? — O homem dá uma risadinha, parecendo confuso, achando engraçado.

Descubro que estou com vontade de me inclinar em sua direção, o que deve significar que ele tem um magnetismo.

— Saí para comprar leite — digo a ele, sorrindo. — E fiquei trancada do lado de fora. Divido um apartamento com três garotas e minha..

Paro quando estou prestes a dizer minha filhinha. Por dois motivos. Primeiro, porque sei que isto é agora, que faz anos que dividi um apartamento com três garotas, e naquela época eu não tinha nenhuma filhinha. Segundo, porque não quero que ele saiba que eu tenho um bebê, um bebê que não é mais um bebê. Caitlin. Eu tenho Caitlin, que não é um bebê. Ela vai fazer 21 anos no ano que vem, e minhas cortinas são vermelho-rubi e flamejantes. Lembro a mim mesma que não estou em condição de flertar: sou casada e tenho duas filhas.

— Posso lhe convidar para tomar outro café?

Ele faz um sinal para a mulher atrás do balcão, que sorri como se o conhecesse. Ver que a moça do café também gosta dele me tranquiliza. Estou perdendo a capacidade de julgar as pessoas por suas expressões e por aquelas pequenas nuances que nos fazem perceber o que uma pessoa está pensando e sentindo. Talvez ele esteja me olhando como se eu fosse uma maluca. Só posso me basear em seus olhos bonitos.

— Obrigada.

Ele é gentil e fala comigo como se eu fosse uma pessoa. Não, não é isso; eu *sou* uma pessoa. Ainda sou uma pessoa. E ele fala comigo como se eu fosse eu mesma, e gosto disso. Faz eu me sentir melhor, e fico estranhamente feliz. Sinto falta de me sentir feliz, simplesmente feliz, sem a sensação de que agora cada instante de alegria também está matizado de tristeza.

— Quer dizer que você está trancada do lado de fora. Alguém vai ligar para você quando voltar ou lhe trazer a chave?

Hesito.

— Alguém vai chegar, não falta muito. — Não faço ideia se isso é mentira. — Vou esperar mais um pouco e então eu volto. — Isso *é* mentira. Não sei onde estou nem como voltar, seja lá para onde for.

O homem dá uma risadinha, e eu o olho com firmeza.

— Desculpe. — Ele sorri. — É só que você está parecendo um rato afogado. E um bem bonitinho, se não se importa que eu diga.

— Não, não me importo. Pode dizer mais!

Ele ri novamente.

— Sou uma boba — digo, me deleitando com meu novo status de não doente. É bom ser apenas eu e não eu com a doença, a coisa que agora me define. Encontrei um momento de paz e normalidade neste turbilhão de incertezas, e é um baita alívio. Eu poderia beijá-lo por gratidão. Em vez disso, fico tagarelando. Sou famosa por falar demais; era uma coisa que as pessoas gostavam em mim. — Sempre fui. Se algo puder dar errado, vai dar comigo. Não sei por que, mas é como se eu fosse um ímã para contratempos. Rá, contratempo. É uma palavra que não se ouve com frequência. — Continuo tagarelando, sem me importar com o que estou dizendo em voz alta, ciente apenas de que estou aqui, uma garota conversando com um cara.

— Eu também sou um pouco assim — diz ele. — Às vezes me pergunto se um dia vou crescer.

— Sei que eu não vou. Disso tenho certeza.

— Aqui. — Ele me dá um guardanapo de papel. — Está até parecendo que você escapou do apocalipse. Por pouco.

— Um guardanapo de papel? — Eu pego e dou uma risada, passando-o nos cabelos, no rosto, enxugando embaixo dos olhos. Quando acabo, ele está sujo de preto, o que significa que eu pus um troço preto nos olhos em algum momento do dia, fato que acho reconfortante: um troço preto nos meus cílios significa que meus olhos vão parecer mais bonitos, eu vou parecer mais bonita, mesmo que pareça um panda mais bonito. — Melhor que nada, não é?

— Tem um secador de mãos no toalete — diz o cara, apontando para uma porta atrás dele. — Você podia se secar um pouquinho com ele. Vai se sentir melhor.

— Estou bem — insisto, batendo nos joelhos úmidos na tentativa de provar que estava bem mesmo.

Não quero sair desta mesa, desta cadeira, deste café e ir para outro lugar. Aqui eu tenho a impressão de estar quase segura, como se estivesse me agarrando a uma borda e, contanto que não me mexa, ficarei bem e não vou cair. Quanto mais tempo puder ficar aqui sentada, sem ter de pensar sobre onde estou e como vou para casa, melhor. Afasto a onda de medo e pânico e me concentro no agora. Em me sentir feliz.

— Há quanto tempo está casada?

Ele acena a cabeça para a aliança no meu dedo, o que eu noto com leve surpresa. Ela parece bem acomodada ali, como se tivesse criado raízes na minha pessoa, mas ainda assim parece não ter nada a ver comigo.

— É do meu pai — digo, as palavras vindas de um momento longínquo do passado, de uma outra ocasião em que eu as pronunciei para outro cara. — Quando ele morreu, minha mãe me deu a aliança dele. Eu sempre uso. Um dia vou entregá-la ao homem que eu amar.

Um instante de silêncio, constrangimento, creio eu. Mais uma vez, presente e passado convergem, e eu fico perdida. Fico tão perdida que esta mesa, esta pessoa falando comigo de modo tão gentil e com esses olhos tão bonitos realmente são as únicas coisas que existem neste mundo no momento.

— Então talvez eu possa convidar você para tomar outro café? — propõe ele, perecendo hesitante, cauteloso. — Num dia em que estiver seca e sem estar passando por nenhuma situação difícil. Posso encontrá-la aqui ou em qualquer lugar que você preferir. — Ele estica o braço para o balcão e pega uma coisa de escrever grossa e curta, que não é uma caneta, e rabisca no meu guardanapo dobrado. — A chuva parou. Que tal eu acompanhar você até em casa?

— Não — respondo. — Você pode ser um maníaco.

Ele sorri.

— Então, vai me ligar? Para tomar um café?

— Não, não vou — respondo em tom de desculpas. — Sou muito ocupada. É provável que não lembre.

O homem olha para mim e ri.

— Bem, se por acaso tiver tempo ou vontade, me ligue. E não se preocupe, você vai voltar para seu apartamento. Uma de suas colegas vai aparecer a qualquer instante. Tenho certeza.

— Meu nome é Claire — digo depressa quando ele se levanta.

— Claire! — Ele sorri para mim. — Você tem cara de Claire.

— O que significa isso? — Eu rio. — E você, como se chama?

— Ryan — diz ele. — Devia ter escrito no guardanapo.

— Tchau, Ryan — digo, sabendo que em breve ele não será nem uma lembrança. — Obrigada.

— Pelo quê? — Ele parece surpreso.

— Pelo guardanapo! — digo, segurando aquele pedaço de papel amassado e molhado.

Eu o observo saindo do café, rindo sozinho e sumindo na noite escura. Fico repetindo seu nome. Talvez, se disser o nome dele vezes suficientes, ele se fixe na minha memória. Vou conseguir fixá-lo. Uma mulher na mesa ao lado o observa sair. Ela está com o cenho franzido e sua expressão é desconcertante. E isso me faz pensar se tudo o que eu acho que acabou de acontecer realmente aconteceu; se foi um momento legal e feliz ou se foi algo ruim que eu não vi porque não consigo mais perceber a diferença. Ainda não estou preparada para que isso aconteça. Ainda não quero que seja verdade. Agora está escuro lá fora, exceto por um talho de céu rosado que atravessa uma nuvem enquanto o sol se põe. A mulher ainda está com a mesma expressão, e eu estou presa a esta cadeira.

— Claire? — Uma mulher se inclina para mim. — Tudo bem com você? O que houve?

Eu olho para ela, para seu rosto oval suave, cabelos castanhos lisos e compridos. Acho que a expressão é de preocupação, e acho que ela me conhece.

— Eu não sei muito bem como chegar em casa — confidencio por necessidade de uma solução.

Ela olha para a porta e então fica óbvio que reconsidera o que ia dizer. Então, se volta para mim com a expressão preocupada mais uma vez.

— Você não se lembra de mim, não é? Tudo bem, eu sei sobre o seu... problema. Meu nome é Leslie, e nossas filhas são amigas. Eu sou a mãe da Cassie, a de cabelo rosa e piercing no nariz, sabe? E um péssimo gosto para homens? Nossas filhas eram inseparáveis uns quatro anos atrás.

— Eu tenho Alzheimer — digo. Isso volta à minha mente, como os últimos raios do sol penetrando as nuvens, e fico aliviada. — Eu me esqueço das coisas. Elas vêm e vão. E às vezes apenas vão.

— Eu sei. Cassie me contou. Ela e Caitlin se encontraram outro dia e botaram os assuntos em dia. Estou com o número da sua Caity aqui, daquela vez em que elas disseram que iriam dormir uma na casa da outra e tentaram farrear em Londres. Lembra? Nós duas ficamos esperando até tarde por todos os trens que vinham de lá até elas finalmente chegarem mais ou menos às duas da madrugada. Nem sequer tinham conseguido entrar na boate. Foram abordadas por um bêbado no metrô e choravam tanto que no final acabamos deixando para lá.

— Elas parecem uma dupla perfeita — digo.

A mulher franze o cenho de novo e desta vez concluo que é de preocupação em vez de raiva.

— Você vai se lembrar de Caitlin se ela vier? — pergunta a mulher.

— Ah, sim — respondo. — Caitlin, sim, eu lembro como ela é. Cabelos e olhos escuros, negros e profundos como poças rochosas sob o luar.

Ela sorri.

— Eu tinha me esquecido de que você é escritora.

— Não sou escritora — digo. — Mas tenho um escritório. Tentei escrever, mas não deu certo, então agora tenho um escritório vazio no sótão da casa. Não tem nada lá, apenas uma escrivaninha, uma cadeira e uma luminária. Eu tinha tanta certeza de que iria enchê-lo de ideias, mas em vez disso ele só ficou mais vazio. — A mulher franze o cenho novamente e seus ombros ficam tensos. Estou falando demais, e isso a deixa desconfortável. — O que mais me assusta é perder as palavras.

Eu a aborreci. Devia parar de falar. Nunca tenho muita certeza do que estou dizendo. Preciso pensar bem. E esperar. Tagarelar já não é mais uma coisa divertida ou engraçadinha em mim. Fecho os lábios firmemente.

— Vou ficar sentada aqui com você, tudo bem? Até ela chegar.

— Ah... — Começo a protestar, mas paro. — Obrigada.

Eu a ouço ligando para Caitlin. Depois de trocar algumas palavras, ela se levanta e sai do café. Eu a observo pela janela, sob a luz dos postes de rua, e posso ver que ainda está falando ao telefone. Ela assente com a cabeça, a mão livre gesticula. Então, a ligação termina, a mulher inspira fundo o ar frio e úmido antes de voltar e se sentar à minha mesa.

— Ela vai chegar daqui a pouco. — Ela parece tão legal que não tenho coragem de perguntar de quem ela está falando.

2

Caitlin

Eu abro a porta de casa para mamãe e dou um passo atrás, guardando a chave no bolso sem que ela veja. Mamãe não tem mais a chave, o que é uma das coisas que realmente a desagrada neste novo mundo. Seus cabelos estão escorridos nas costas — brilhosos, vermelho-fogo, agora num tom de rubi escuro. Ela está encharcada e trêmula. Quando vovó me contou que mamãe havia simplesmente saído para andar, eu quis perguntar por que a deixara ir, por que não a impedira, mas não houve tempo. Eu já estava na rua procurando por ela quando recebi a ligação da mãe de Cassie.

Agora estamos de volta em casa e, por amor a mamãe, estou me esforçando para não me aborrecer. O que teria acontecido se eu não estivesse aqui para sair atrás dela? Será que, por teimosia, vovó teria se recusado a impedi-la, decidida a se manter firme e fazer valer seu ponto de vista, ainda acreditando, de algum modo, que mamãe estava querendo aparecer e devia ser ignorada? Em breve não devo mais estar aqui. Na verdade, nos próximos dias, eu deveria voltar a Londres para meu último ano na universidade. E aí? O que teria acontecido? Mamãe teria ficado perdida lá fora na chuva, e quem sabe quando, ou mesmo se, chegaria em casa.

Talvez seja até bom que depois disso tudo eu não volte para Londres — não que eles já saibam. Talvez possa dizer que este é o motivo da minha decisão de não voltar — porque mamãe precisa de mim.

Vovó está esperando no corredor, as mãos apertadas, os lábios cerrados, formando uma linha. Ela está ansiosa, irritada e chateada. Mamãe fica instantaneamente tensa quando a vê. Observo as duas se olhando, irritadas, indecisas, ressentidas, e não sei o que fazer. Não faço ideia de como melhorar as coisas, especialmente sabendo que, quando a verdade vier à tona, tudo vai piorar muito por minha causa.

Estou sentindo aquela sensação nauseante agora já familiar, a onda de enjoo que me atinge quando penso no que fiz, e a afasto. Não tenho escolha, preciso afastar. Minha mãe está doente, muito doente, e nossa família está desmoronando a sua volta. Não tenho tempo para os meus próprios problemas, ainda não. Estou esperando, esperando pela hora certa. Mas talvez ela nunca chegue, e então... Pode ser melhor para todos que eu vá embora.

— Mamãe! — Esther, minha irmãzinha, se joga em cima de mamãe, que a pega no colo e tenta lhe dar um abraço apertado, mas está fria e molhada, e Esther logo se debate para sair do abraço. — Você tá grudenta! Eu fome, eu cansada, eu mal.

Esse é o novo mantra de Esther sempre que as coisas não estão acontecendo exatamente como ela quer. Seu rostinho triste, o lábio inferior queixoso — a manha que sempre dá certo, e ela sabe. Faz isso porque entende que funciona muito bem com todos nós.

— Quer uns biscoitos antes de ir dormir? — pergunto a ela, oferecendo a coisa mais proibida que me vem à mente, só para vê-la sorrir. Ela assente e fica pulando, alegre. — Então vá. — Eu gesticulo com a cabeça para a sala. — Vou pôr no prato para você.

Mamãe solta a mão dela, deixando-a ir, os dedos pairando no ar por um instante, talvez arrependida de tê-la soltado.

— O que você pensou que estava fazendo? — Vovó pergunta à mamãe, furiosa.

— Aqui. — Entrego a mamãe uma toalha que peguei no banheiro do andar de baixo. Ela fica olhando, e um tempo depois eu pego a toalha de volta e esfrego seus cabelos. — Não faz sentido discutir isso agora, faz? Não faz sentido criticá-la. Quero dizer, se a gente começar a querer debater o assunto, podemos muito bem nos perguntar como foi que ela acabou saindo daquele jeito, não é? — Eu olho enfaticamente para vovó, mas não adianta.

— Eu fiquei louca de preocupação — justifica ela acusatoriamente. — Claire, você precisa entender, precisa se dar conta de que não pode...

— Vovó — interrompo, dando um passo e me interpondo entre ela e mamãe. — Vovó, mamãe sabe disso.

Não sei por que ela está tão brava. Posso entender que esteja triste, perdida, e não consiga lidar com tudo isto acontecendo de novo, mas não entendo a raiva. A raiva não faz sentido.

— Bem, eu só fui dar uma caminhada e... — Mamãe gesticula para a porta. — E me esqueci da cor das cortinas.

— Mamãe, por que não toma um banho quente? Eu encho a banheira para você. — Aponto para as escadas, mas ela não se mexe.

— Eu ainda consigo encher a banheira para o meu banho — diz ela. — Mas não estou a fim de tomar banho.

— Eu sei, mas... faço questão. Você vai poder relaxar, se esquentar um pouquinho.

Bem quando acho que ela vai concordar, Greg entra pela cozinha, chegando do trabalho. Está segurando uma sacola.

— Oi, querida — diz ele. — Você está ensopada.

— Isso é óbvio! — Mamãe parece desconfortável, acanhada, assim que o vê. — Na verdade, estou indo tomar um banho, então...

Ela olha para mim, esperando que eu a conduza depressa para cima e a tire de perto de seu marido. Mas não faço isso. Se houvesse uma maneira de reaproximá-la de Greg, de fazer com que se sentisse bem perto dele de novo... Se eu soubesse que mamãe pelo menos se sente segura, poderia conversar com ela. Poderia lhe contar meus problemas, como antes, como sempre fiz. Uma súbita onda de perda me ameaça e então eu desvio o rosto dos apelos silenciosos, mas bem claros, de mamãe, e encaro o marido dela.

— O que tem nessa sacola, Greg?

Ele sorri, satisfeito com o que quer que esteja ali.

— Eu só queria dar isto a você.

Meu padrasto enfia a mão na sacola de papel pardo e tira o que logo reconheço como um caderno. É grande, tamanho A4, com uma capa lisa e brilhosa de couro vermelho-escuro.

Greg escolheu o caderno perfeito para mamãe, pois vermelho é sua cor preferida. Ela usa vermelho o tempo todo, mesmo sendo ruiva, o que não deveria funcionar: cabelos vermelhos, vestido vermelho, lábios e unhas vermelhos para ir trabalhar, a professora mais glamourosa do condado, talvez do mundo. Quando eu era pequena, queria que mamãe fosse menos chamativa quando ia me buscar na escola; queria que ela usasse parca e calça jeans como as outras mães. Agora, porém, o fato de ela se arrumar com elegância para qualquer ocasião me parece uma coisa preciosa, especial. Mamãe sempre será mamãe enquanto estiver bem-arrumada. Uma vez, quando reclamei que ela sempre chamava atenção feito uma palhaça, ela retrucou dizendo que vermelho era a cor de princesa guerreira dela, e que o batom vermelho era sua pintura de guerra. Sentia-se mais corajosa quando o usava, e eu entendi aquilo. Entendi a necessidade de se sentir valente; mas foi um choque perceber que isso não vinha naturalmente para ela. Não tenho certeza de quantos anos eu tinha na época, talvez uns 10, mas ainda guardo essa lembrança porque me fez sentir que ao saber disso eu me tornava um pouco mais madura. E quanto mais envelheço, mais isso faz sentido e mais eu entendo. Mamãe luta para se sentir corajosa desde que me entendo por gente.

Esta é a primeira batalha que ela enfrenta que sabe que não pode vencer.

— É um diário. — Greg estende o caderno para ela. — Para você escrever nele... para todos nós, na verdade. Lembra que a Diane disse que isso ia ajudar? Um "livro das memórias"?

Eu não estava lá quando mamãe conheceu a psicóloga, Diane, nem quando ouviu a ideia de escrever tudo que lhe parecesse importante, tudo que já tivesse significado alguma coisa. A ideia de um livro de memórias deixara mamãe intrigada, e ela fez uma brincadeira na época: "Eu queria ter pensado em fazer isso antes de perder o enredo."

— Sim, eu me lembro do livro da memória, para me ajudar a lembrar — diz mamãe agora, sorrindo com cuidado.

É seu sorriso educado, o sorriso de encontrar gerentes de banco, cumprimentar pais de alunos nas reuniões da escola. Não é real. Fico me perguntando se Greg também nota, e acho que sim. Eu costumava ser a única pessoa do mundo que realmente conhecia mamãe, e ela era a única pessoa do mundo que realmente me entendia. Sempre houve a vovó, é claro, a terceira mosqueteira, e nós três nos amamos muito. Mas vovó sempre pareceu um pouco em descompasso. Tudo que ela diz e faz aborrece mamãe, e tudo que mamãe faz parece decepcionar vovó, sempre de modo sutil. Eu acabei me acostumando com o bate-boca constante das duas ao longo dos anos; apenas recentemente comecei a me perguntar por que elas não se dão bem. Mas, de toda maneira, era eu que realmente conhecia mamãe — era a mim que ela realmente pertencia — até Greg aparecer. Quando ele surgiu, eu tinha 15 anos, não era mais criança, e mesmo assim fiquei com ciúmes, com raiva, e não o queria ali, mesmo sabendo muito bem que não era justo da minha parte. Foi só quando me dei conta de que ele a compreendia, exatamente do mesmo jeito que eu, que enfim entendi. Greg não iria embora, e agora mamãe pertence a nós dois.

Ela estende a mão e pega o caderno.

— É um belo caderno, muito bem-feito, obrigada — diz educadamente.

Nós três a seguimos quando ela vai para a cozinha e o coloca sobre a mesa.

— Eu sempre quis escrever um livro, vocês sabem. Sempre achei que o sótão seria um bom lugar para escrever.

Nós três não nos entreolhamos. As ocasiões em que trocávamos olhares pelas costas de mamãe quando ela fazia ou dizia alguma coisa meio sem sentido cessaram algumas semanas atrás, ao percebermos que esses momentos iriam acontecer todos os dias de agora em diante. Fico impressionada com a rapidez com que uma coisa antes tão extraordinária e estranha tenha se tornado normal, parte do nosso mundinho, o mundo que mamãe sempre comandou. O aperto de tristeza no coração ainda acompanha esses momentos, mas os olhares e a descrença se foram.

— Você *escreveu* um livro — esclareço. — Não se lembra do seu romance?

Ele está na gaveta da escrivaninha vazia e abandonada do sótão, todas as 317 páginas, presas por um elástico vermelho e fino, esticado ao seu máximo. Mamãe insistiu em imprimi-lo porque dizia que não era um livro até ter páginas impressas, e eu me lembro de que ela o leu lá em cima num único dia, depois o guardou na gaveta e desceu as escadas. E, pelo que eu sei, nunca mais voltou lá. Ela nunca fez nada com o livro, nunca pediu que outra pessoa o lesse, nunca o enviou a um agente literário ou a uma editora, nunca sequer falou sobre ele de novo. Dizia que quando se trabalha com literatura — ensinando, lendo, conhecendo, amando — é preciso pelo menos tentar produzir algo por conta própria. Então foi o que ela fez, e ponto.

Quando Esther tinha uns seis meses, e eles concluíram que eu era sensata o bastante para não matá-la acidentalmente se ficasse cuidando dela, mamãe e Greg saíram para passar a noite num hotel, perto de casa, apenas para ficarem a sós. Assim que minha irmã adormeceu no berço, eu puxei a escada e subi para o sótão. Cheirava a mofo e umidade, velho e... vazio. Eu ia tirar o livro da escrivaninha e lê-lo. Planejava fazer isso havia muito tempo, e aquela era minha chance. Eu queria saber de que tratava, como era, se era bom; e parte de mim, uma parte da qual eu não me orgulhava, esperava um pouco que não fosse. Mamãe sempre foi muito boa em tudo — até mesmo ao se apaixonar, quando finalmente aconteceu, foi como em um filme —, e às vezes dava a sensação de que ela era um fenômeno impossível de acompanhar, mesmo agora em que começou a entender tudo errado. Mas, assim que pus a mão no puxador da gaveta, mudei de ideia. Nem sequer a abri. Pela primeira vez na vida entendi que todo mundo precisa de segredos, e às vezes esses segredos nunca devem ser descobertos. Todo mundo precisa ter algo completamente privado. Tive a sensação de que ler aquele livro poderia mudar as coisas, e eu não queria que as coisas mudassem. Mas acho que querer não é o suficiente.

— Aquilo não é bem um livro — diz mamãe, sentada à mesa da cozinha, abrindo o caderno.

As folhas são grossas, onduladas, de papel leitoso, de um tipo ligeiramente texturizado com sulcos minúsculos que quase criam fricção contra a ponta de uma caneta: o tipo de papel em que mamãe mais gosta de escrever. Eu e Greg sabemos disso. O papel não escorrega em seus dedos; resiste um pouco quando vira as páginas. Nós ficamos observando enquanto ela encosta a bochecha no papel, deitando o rosto no travesseiro de páginas. Fazer isso é uma coisa tão típica de mamãe, acho que é algo que ela sempre teria feito, e isso me reconforta. Engraçado como coisas estranhas, malucas, também podem ser tranquilizadoras.

— Aquele lance do livro foi mais um download — diz ela, erguendo a cabeça das páginas e alisando o papel com a mão.

— Acho que eu precisava tirar aquilo do meu sistema. Talvez o motivo fosse o Alzheimer. Talvez eu já estivesse passando pelo processo de esvaziar a cabeça. Cabeça vazia, sótão vazio. Combina.

Ela levanta a cabeça e sorri para Greg, o mesmo sorriso educado de reunião de pais e mestres.

— É um caderno lindo. Perfeito. Obrigada.

Greg põe a mão no ombro de mamãe e ela não se desvencilha. É doloroso ver o alívio que ele sente.

— O caderno é meu — reivindica Esther, aparecendo à mesa, provavelmente procurando pelo biscoito prometido. Seu nariz se encaixa bem na borda. — É meu caderno pra desenhar, não é, mami?

Fico pensando se Esther faz alguma ideia do quanto se tornou importante para todos nós, de como dependemos dela para nos fazer rir. Olho para ela e me pergunto como isso acontece; como uma pessoa tão completa e única emerge de outra. Uma pessoa tão pequena, mas tão essencial para todos nós: ela é nosso sorriso coletivo.

— Por favor, pode sê meu, mami? — pede Esther com meiguice. — Sim?

Desde que ela fez 3 anos, nós aprendemos que é melhor não discordar abertamente dela; caso contrário, o famoso temperamento Armstrong se fará presente, e ela vai bater em alguma coisa, jogar alguma coisa, ou se deitar no chão e espernear como a verdadeira rainha do drama que é. Nenhum de nós se importa muito — bem, pelo menos não mamãe e eu. Nós duas também temos o temperamento Armstrong e, quando o vemos em Esther, sabemos que ela é verdadeiramente uma de nós. Mas mamãe sabe lidar com ela, concorda ou muda de assunto, e faz isso de tal forma que, apesar de a pequena dama não conseguir fazer sempre o que quer, não se dá conta disso. Mamãe tem sido genial ao lidar com Esther: fazendo o papel de mãe, seria mais certo dizer. Eu a observo o tempo todo agora. Tento anotar tudo. As coisas que ela faz, seu sorriso, suas piadas, suas expressões. Todas as coisas que, imagino eu, fazia comigo quando eu tinha 3 anos, mas na época também não percebia. Agora preciso prestar atenção, para quando chegar a hora eu conseguir cuidar de Esther da mesma maneira que mamãe cuidaria. É só isso que eu posso fazer, o que faz todo o resto, a bagunça idiota que fiz da minha vida, parecer pior ainda. Outras pessoas podem cometer erros na minha idade, mas eu, não. Não posso, não tenho tempo. Preciso estar aqui para Esther; preciso dar a ela a mesma vida que mamãe teria dado.

— Ah, sim, você pode desenhar nele — concorda mamãe, pegando logo uma caneta e entregando a Esther. Vejo Greg fazer uma careta, mas mamãe estica o braço e segura sua mão. Aquele toque instantaneamente desfaz todas as tensões do corpo dele. — Este não é um caderno só para *eu* escrever, é? — pergunta, sorrindo para ele, o sorriso da professora sendo substituído, pelo menos agora, por outro que significa tudo. E isso me faz lembrar da minha foto favorita do casamento deles: mamãe está olhando para Greg, que está de pé atrás dela rindo feito um bobo, parecendo muito feliz. — Este é um caderno para todos vocês escreverem também. É para as minhas lembranças, mas para as de vocês também. É um caderno para todos nós. E Esther pode começar.

Greg puxa uma cadeira e senta ao lado de mamãe, enquanto minha irmã sobe no colo dela com a ponta da língua para fora e começa a entalhar linhas no papel, entusiasmada, com a caneta que mamãe lhe deu. Eu a observo desenhar dois círculos — um grande e um pequeno —, depois preencher cada um com pontos que são os olhos, outro ponto para o nariz e então uma grande linha para um sorriso. Por fim, ela desenha linhas retas saindo dos círculos, que representam braços e pernas. Dois dos braços se tocam, e Esther rabisca uma pequena espiral emaranhada onde eles se unem, mostrando que estão de mãos dadas.

— Eu e você, mami — diz ela, totalmente satisfeita com seu trabalho.

Mamãe a abraça e beija sua cabeça.

— O modo perfeito de começar o caderno — diz ela. Greg apoia o braço nos ombros de mamãe, e eu vejo que eles ficam tensos, apenas por um minuto antes de relaxarem. Ela olha para o marido. — Pode escrever a data embaixo?

Greg escreve "Mamãe e eu. Feito por Esther", e a data.

— Pronto. — Mamãe sorri, e eu observo seu perfil. Ela parece contente por um instante, tranquila. — A primeira anotação do livro da memória.

Sábado, 13 de agosto de 2011

Nosso casamento

Este é um pedacinho do cetim duquesa do meu vestido de noiva. Eu o cortei da bainha, onde nunca fará falta. Tenho certa esperança de que talvez uma das minhas filhas queira usá-lo no dia de seu casamento...

Mandei fazer meu vestido escarlate porque parecia mais apropriado do que branco ou marfim e, de qualquer forma, vermelho é minha cor favorita. Eu não era mais nenhuma garotinha quando me casei com Greg: faltavam duas semanas para completar 40 anos, apesar de não falarmos disso. E certamente não estava nem perto de ser virgem. Eu me senti mais bonita do que nunca naquele dia — mais bonita e mais viva, cercada de todas as pessoas que eu amei ou ainda amaria.

Foi um casamento em agosto, celebrado junto ao mar, no Castelo Highcliffe, em Dorset. Eu queria uma cerimônia opulenta, grandiosa; queria que tudo cintilasse e estivesse coberto de brilho, bem como meus sapatos incrustados de cristais. Sabia que o bolo de seis camadas, as bandejas de canapés pequenininhos, as infindáveis taças de champanhe não importavam tanto quanto o homem com quem eu estava me casando, que estava se casando comigo e com minha família, apesar de todas as adversidades. Mas eu sou assim; sempre fui assim. Queria que o ar estivesse impregnado do aroma dos lírios e das risadas e conversas dos meus convidados; queria que o mar faiscasse de azul sob a luz do dia, e que cada folha de capim verde-esmeralda se erguesse orgulhosa e atenta sob um sol sorridente, como em um dos desenhos de Esther.

Caitlin me acompanhou até o altar, o que significou muito para mim, pois, até o dia do nosso casamento, ela ainda não conseguia acreditar que Greg realmente me amava. Quando eu lhe contei que estava saindo com o nosso mestre de obras sexy e jovem, ela ficou chocada.

— Deve ser algum golpe, mamãe. Ele deve estar querendo arrancar seu dinheiro. Está usando você como objeto sexual porque sabe que você está desesperada — dissera ela. E quando, depois de poucos meses de namoro com Greg, eu contei a ela que estava grávida: — Ele vai deixar você na mão, mamãe. — Essa é a minha garota, sempre diz as coisas como elas são, nunca se faz de boba.

Seguindo até o altar, Caitlin e eu fomos de mãos dadas como duas garotinhas. Ela estava deslumbrante, é claro, apesar de ainda parecer aborrecida por eu não a ter deixado usar o tubinho preto em que estivera de olho. Usava um vestido de organza marfim, que flutuava em torno de seus tornozelos quando ela andava, e os cachos rebeldes e pretos que herdou do pai caíam sedosos em torno do rosto em forma de coração.

A cerimônia aconteceu num salão com uma janela de vidraças em formato de losango, que ocupava uma parede inteira e tinha vista para o oceano tão azul e cintilante quanto eu queria. Dava para ver pequenas velas brancas no horizonte, barquinhos lá longe no mar, navegando e completamente inconscientes disso, do momento mais feliz da minha vida. Mesmo assim, eu sentia que aqueles barcos minúsculos, a muitos quilômetros de distância, também faziam parte do casamento. Assim como o sol e as estrelas além dele, o que parece meio exagerado e um pouco louco. Mas era assim que eu me sentia: o centro de toda a existência.

Nenhum de nós dois cedeu à pressão de escrever os próprios votos, então seguimos a cerimônia tradicional. Eu estava olhando para Greg, sentindo o amor e a boa vontade de todas as pessoas do salão, ouvindo Esther, vestida de organza com flores de laranjeira nos cabelos, gritando seus balbucios de bebê, quando cruzei os olhos com os de minha amiga

Julia, que articulou "Sua vadia sortuda" para mim com clareza suficiente para que o escrivão erguesse uma sobrancelha. Caitlin leu Um túmulo em Arundel de Philip Larkin. Lembro-me dessas coisas, e para mim elas foram os votos. Tudo isso, mais o modo como Greg me olhava, me fizeram perceber que eu estava me casando com o amor da minha vida. Já tinha sido feliz antes, e minhas filhas me fazem feliz o tempo todo, mas nunca me senti tão feliz de uma vez só como naquele dia.

Fiquei bêbada, é claro. Depois do discurso de Greg, insisti em fazer o meu, que durou pelo menos dez minutos além do que deveria, mas todo mundo riu, aplaudiu e tolerou minha exibição, como minha mãe colocaria, pois todos que estavam presentes me desejavam o melhor. Mais tarde, durante a dança, Esther ficou girando sem parar, sua saia flutuando como pétalas de uma flor se abrindo, até cair no sono no colo da minha mãe, que estava sentada numa sala tranquila, vizinha ao salão da festa, fingindo não estar meio alta e não ter flertado com o tio irlandês de Greg, Mort. Julia havia tirado os sapatos e dançava com os maridos de todo mundo, eles gostando ou não, apavorando um dos jovens garçons ao dançar de rosto colado ao dele.

Greg e eu dançamos a noite inteira, girando e rebolando, dançando rock e espalmando as mãos no jazz. Não paramos nem por um minuto. Não paramos de rir nem por um minuto, até ele finalmente me pegar no colo e me levar escada acima, para a cama, me chamando de "Sra. Armstrong", implicando comigo porque antes do casamento eu tinha perguntado se ele não se importava de eu manter meu nome de solteira. Já usava esse nome por tanto tempo, além de também ser o de Caitlin e de Esther, que não parecia certo trocar. É claro que ele não se importou — tinha gostado, me contou depois. Gostava de ser casado com uma Armstrong, e, ao me carregar para nossa suíte nupcial, cochichou no ouvido da Sra. Armstrong o quanto a amava, não importava o nome. Finalmente, quando acabei pegando no sono, a última coisa que me lembro de ter pensado foi: pronto, é isso. Aquele era o momento em que minha vida finalmente começava.

3

Caitlin

Pensei em esperar por ela no carro, mas então me dei conta da alta probabilidade de ficar ali o dia inteiro. Mamãe já não tem muita noção de tempo: horas lhe parecem segundos, e vice-versa. Não quero sair da segurança de seu Fiat Panda vermelho-cereja confiscado e correr pela chuva, que cai em gotas pesadas feito bolinhas de chumbo, até a escola, mas sei que será preciso. Tenho que ir buscá-la em seu último dia de professora, um dia que eu sei que está partindo seu coração. E, no caminho para casa, antes de estarmos de volta com vovó e Esther, terei que dar um jeito de contar a ela o que eu fiz, pois o tempo está se esgotando.

Linda, a recepcionista que já encontrei algumas vezes, mas que basicamente conheço pelas histórias animadas e divertidas da vida escolar contadas por mamãe, está sentada atrás de um vidro à prova de balas, dando a impressão de que a escola é no centro de Los Angeles, não em Guildford.

— Oi, Linda! — Dou um sorriso largo, que descobri ser a única maneira de superar esse tipo de conversa, essas conversas cheias de compaixão que sempre parecem ter um tom de alegria.

— Ah, olá, querida. — Os cantos da boca de Linda se arqueiam para baixo num beicinho automático de "que tristeza".

Após o diagnóstico, mamãe não quis que as pessoas ficassem sabendo de imediato: ela queria dar continuidade às suas atividades pelo máximo de tempo possível, e todos — inclusive o seu médico, Dr. Rajapaske — acharam que isso era viável.

— A senhora é uma mulher brilhante, Sra. Armstrong — disse ele. — Estudos demonstram que mentes muito inteligentes costumam provocar o retardamento do diagnóstico, pois pessoas inteligentes encontram maneiras de compensar e criam estratégias. A senhora deveria revelar seu estado ao seu empregador, mas, se a medicação surtir os efeitos desejados, não há motivo para que sua vida sofra mudanças drásticas num futuro próximo.

Nós todos nos sentimos tão tranquilizados, tão agradecidos pelo que parecia ser uma prorrogação, algo que daria tempo de nos adaptarmos e nos permitiria assimilar o que estava acontecendo; e então mamãe bateu seu adorável Fiat Panda — seu primeiro carro zero — numa caixa de correio. E, para coroar a situação, isso aconteceu bem na frente da escola. Se tivesse ocorrido na hora da entrada ou da saída das aulas, seria bem provável que tivesse atropelado uma criança. Não que mamãe tivesse perdido a concentração — nada disso. Ela estava concentrada na tentativa de se lembrar para que servia o volante quando tudo aconteceu.

— Olá, querida. — Linda se repete num tom musical. — Veio pegar a sua mãezinha, não é?

— É, vim. — Eu sorrio com intensidade ainda maior porque sei que Linda está sendo gentil, e não é culpa dela que o som de sua voz me dê vontade de arrombar a porta de seu cubículo à prova de balas e derramar aquela xícara de chá na sua cabeça. — Você sabe como foi?

— Foi lindo, querida. Eles fizeram uma assembleia sobre conscientização do Alzheimer. Todos os alunos da sétima série fizeram um amigo na Casa de Repouso Hightrees, em mem... em homenagem à sua mãe.

— Que legal — digo enquanto ela sai do cubículo, acompanhada pela barulheira de um pomposo molho de chaves, e, apertando um botão, nos deixa entrar no refúgio sagrado da Albury Comp: a escola de mamãe, como eu e muitas outras pessoas se referem ao estabelecimento nos últimos anos, principalmente depois que ela foi promovida a chefe do departamento de inglês. Mamãe fez desta escola o que ela é.

— E eles fizeram um chá especial com bolo... Você sabe como sua mãe gosta de bolo. Acho que ela parecia realmente feliz, sabe, assimilando tudo. Sorrindo.

Mordo a língua para não dizer que ela é uma vaca idiota, e que mamãe ainda é a mamãe, que seu cérebro não se transformou de repente num repolho. Que o diagnóstico não a torna menos humana. Tenho vontade de dizer isso, mas não o faço porque acho que minha mãe não ia querer que eu ofendesse a secretária da escola justamente em seu último dia aqui. Na verdade, não é bem assim. Acho que ela ia adorar. Mas, de todo modo, fico na minha. Mamãe achar que algo é uma boa ideia, às vezes, já é um bom motivo para não fazer.

— Na verdade, ela não está tão diferente do que era seis meses atrás — digo com cuidado enquanto a sigo, as chaves balançando em seu quadril. — Até um ano atrás. Ela ainda é a mamãe. Ainda é a mesma pessoa.

Tenho vontade de acrescentar que ela ainda é a mesma mulher que mandou você se controlar quando queria chamar a polícia para tirar a mãe de Danny Harvey da recepção no dia em que ela se encheu tanto do bullying que o filho sofria que ela mesma veio à escola para enquadrar os valentões. Mamãe estava na sala dos professores quando ouviu os gritos. Ela saiu e levou a Sra. Harvey para a sala dos professores, onde usou toda a habilidade para esclarecer que a última coisa que um garoto de 12 anos precisa é que sua mãe venha à escola para bater nos valentões. Mamãe se envolveu no assunto, mesmo sem nunca ter sido professora de Danny. Em uma semana, resolveu tudo. A Sra. Harvey a indicou para o prêmio de Professor do Ano de South Surrey. Mamãe ganhou. Ela ainda não é uma concha vazia. Ainda está lutando, e esta é sua última plataforma de resistência.

Linda abre a porta da sala dos professores, onde encontro mamãe sentada com sua melhor amiga, a professora Julia Lewis. Antes de mamãe conhecer Greg, Julia era sua companheira a reboque — era como ela a chamava. Na maior parte do tempo, eu tentava fingir que não sabia o que elas aprontavam, e, quando mamãe começou a namorar Greg, uma coisa que me deixou aliviada foi não ter mais que me preocupar sobre minha mãe tendo uma vida sexual misteriosa. Não que ela me deixasse vê-la se arrumando para sair à noite e ir dançar, beber, flertar e seja lá o que fosse. E nunca levou nenhum homem para casa quando eu estava lá, nem uma vez sequer, até Greg. Ele foi o primeiro cara que ela quis me apresentar, e eu realmente não queria conhecê-lo. Não é de admirar que o romance deles tenha me pegado de surpresa. Mas sei que ela conheceu outros homens, e sei que alguns deles devem ter aparecido enquanto ela e Julia estavam "soltando a franga" e "liberando a tensão". Certa vez ela me disse que nós nunca precisaríamos falar de nossa vida amorosa uma para a outra, a menos que realmente quiséssemos, e nunca falamos. Nem mesmo quando conheci Seb — nem mesmo quando fiquei tão apaixonada por ele que doía respirar quando não estávamos juntos. Nunca falei com ela sobre ele nem sobre o que eu sentia. Talvez devesse ter falado, pois, se alguém pudesse entender, teria sido a mamãe. Se tivesse, seria muito mais fácil contar a ela tudo o que aconteceu desde Seb, por causa dele. Agora, temo que o momento em que eu podia lhe fazer confidências e em que ela podia, bem, simplesmente ser minha mãe já tenha passado. Temo que, em breve, quando eu entrar num cômodo onde ela estiver esperando, ela não me reconheça, ou que tenha esquecido o que eu estou fazendo ali, como aconteceu com o episódio do volante.

Agora, porém, mamãe sorri para mim quando eu entro na sala dos professores. Está segurando um grande buquê de flores de supermercado.

— Olhe! — Ela o mostra para mim, alegre. — Coisas que cheiram bem! Não são bonitas?

Fico me perguntando se ela notou que perdeu a palavra "flores", mas não faço nenhum comentário. Vovó sempre a corrige, o que parece chateá-la, então nunca faço isso. Mas será que "flores" é uma palavra que se foi para sempre ou vai voltar? Já observei que às vezes as palavras vêm e vão, enquanto outras se vão para sempre. Mas a mamãe não percebe, então não digo nada.

— São um amor. — Sorrio para Julia, que está com um sorriso largo, decidida a manter o clima leve.

— Faz séculos que não recebo flores de um homem — diz mamãe, enterrando o rosto nas pétalas. — Julia, nós temos que sair de novo, arranjar um homem sexy.

— Você já tem um homem sexy — diz Julia, sem hesitar. — Você já se casou com o homem mais gostoso de Surrey, querida!

— Eu sei — diz mamãe ainda com o rosto no buquê, embora eu não tenha certeza de que ela realmente saiba, pelo menos por alguns segundos.

Até pouco tempo, Greg fazia com que se sentisse tão feliz que a deixava radiante como um daqueles balões chineses que os convidados soltaram no casamento deles. Na época, ela brilhava de dentro para fora, flutuando. Mas agora, Greg, o amor, a felicidade, o casamento deles, tudo vem e vai em sua mente, e acho que um dia irá para sempre.

— Vamos embora, então? — digo, acenando com a cabeça para a porta.

De fato, não há motivo para ir imediatamente, mas eu não aguento prolongar este instante final do trabalho de que mamãe sempre gostou tanto. Ao sair daqui, ela estará deixando para trás algo que a definia. E quanto mais tempo ficar, mais difícil vai ser.

Sei também que hoje, amanhã ou depois de amanhã, Greg, vovó, ou talvez até mamãe; alguém vai perceber que eu ainda não voltei para a universidade, e então tudo virá à tona. E todo mundo terá uma opinião e algo a dizer. E eu não quero isso. Não quero que todos os segredos e erros que consegui guardar por tanto tempo subitamente espirrem por todo lado, provocando a maior sujeira, porque então será real, e não estou pronta para encarar essa realidade. É terrível, mas a verdade é que, quando mamãe recebeu o diagnóstico, bem quando eu tinha chegado para as férias de verão, fiquei aliviada — aliviada por ter um motivo para não contar. E é isso que está me atormentando. Quero dizer, tenho quase 21 anos, mas ainda sou tão boba, tão imatura e egoísta, que realmente vi um lado positivo no fato de minha mãe saber que estava com um início prematuro do mal de Alzheimer. Esse é o tipo de pessoa que sou, e simplesmente não sei como ser melhor. De repente, preciso crescer depressa e decidir o que deve ser feito, e não quero que isso aconteça. Só tenho vontade de mergulhar debaixo de um edredom e me enterrar num livro, como fazia até pouco tempo atrás.

Não estou pronta para isso, para nada disso.

Uma parte de mim quer contar agora para mamãe sobre tudo que está acontecendo comigo, antes que todo mundo apareça com uma opinião. No entanto, estou preocupada: será que eu devia mesmo contar a ela? Não tenho certeza se vai entender ou ser capaz de lembrar o que eu disse por mais de algumas horas no máximo. Se eu contar agora, será que vou ter que passar as próximas semanas contando de novo e de novo sobre como estraguei totalmente minha vida e vendo o choque e a decepção na cara dela repetidas vezes?

Mas ela é minha mãe, e preciso lhe contar. Mesmo que seja apenas por agora.

— Mamãe, você está pronta? — convido novamente.

Ela não se mexe. Está sentada naquela cadeira marrom, áspera, horrorosa, e de repente seus olhos se enchem de lágrimas. Eu sinto as forças me escaparem das pernas e me sento ao lado dela, passando o braço pelos seus ombros.

— Eu amo meu trabalho — diz ela. — Adoro lecionar e faço isso tão bem. Deixo os alunos realmente interessados, eles realmente se importam com Shakespeare, Austen e... É a minha vocação. Não quero ir, não quero. — Ela se vira para Julia. — Não podem me obrigar, podem? Não tem nada que se possa fazer? Estão com preconceito contra o Alzheimer. — Sua voz começa a se elevar de indignação e algo parecido com pânico. — Não tem algum tipo de tribunal a que se possa recorrer e fazê-los ver meus direitos humanos? Porque eles não podem me obrigar a ir, Julia!

A amiga sorri como se estivesse tudo maravilhosamente bem, abaixa-se diante dela e põe as mãos nos seus ombros, dando-lhe força, sorrindo como sempre faz. Como se tudo fosse uma brincadeira. Sinto lágrimas pinicando meus olhos. Elas andam vindo com muita facilidade ultimamente.

— Amiga... — Ela fita mamãe nos olhos. — Você é a melhor professora, companheira de copo, dançarina e colega que já existiu. Mas, querida, embora a lei que proíbe professores de bater em caixas-postais na frente das escolas possa ser idiota, ela é válida. Mas não chore. Cabeça erguida, saia daqui como se não estivesse dando a mínima. Seja livre. — Julia para de falar para dar um beijo nos lábios de mamãe. — Agora vá lá para fora e seja livre por mim, e brilhante como sempre foi. O tempo todo. Seja brilhante, e que se dane esse monte de cretinos ingratos. Porque, sabe do que mais, garota, agora é o momento de aproveitar a sua vida. Você pode fazer o que quiser, meu amor, e vai se dar bem.

— Não quero ir — diz mamãe, levantando-se e abraçando as flores no peito de tal modo que algumas pétalas são esmagadas e caem aos seus pés.

— Pense na correção de provas — diz Julia. — Na administração, em guardar segredo sobre Jessica Stains estar de caso com Tony James, mesmo que todo mundo saiba que eles se encontram secretamente no armário de material do departamento de inglês quando ninguém está olhando. E a política, esse governo cretino dando o melhor de si para estragar nossa escola perfeitamente boa com regras de merda. Pense em toda essa porcaria e vá para sua liberdade, Ok? E seja tão louca e aventureira quanto puder, por mim.

— Está bem — diz mamãe, abraçando Julia. — Apesar das minhas aventuras precisarem ser locais, agora que não posso mais dirigir.

— É assim que se fala. — Julia retribui o abraço. — Eu ligo para você daqui a uns dias e combinamos uma saída à noite, está bem?

— Sim — diz mamãe, e se vira, olhando a sala. — Adeus, vida.

Vamos andando para o carro, e percebo que estou quase agindo como se ele não estivesse lá, para que talvez mamãe não note que estou dirigindo seu adorável veículo vermelho, agora completo com um novo para-lama cintilante. Ela para na porta do passageiro enquanto eu entro no banco do motorista e ponho a chave na ignição. Espero que abra a porta, mas ela não o faz, então estendo o braço e abro. Ao sentar-se, mamãe se vira, pega o cinto de segurança e o coloca. Hoje de manhã eu tive de fazer isso por ela; significa que essa é uma das coisas que foi e voltou. Uma pequena vitória.

— Então, amanhã de volta ao mundo real! — Mamãe sorri para mim, do nada, de repente muito presente. — Você já fez a mala? Parece que não trouxe a montanha de roupa suja de sempre. Não me diga que finalmente começou a cuidar disso! Ah, não, espere, aposto que sua avó lavou para você, não foi? O problema com a vovó, Caitlin, é que ela põe sua roupa para lavar, mas você pagará por isso, talvez pelos próximos quatro ou cinco anos.

Mamãe dá uma risada e eu suspiro. Ela está de volta, está aqui: é mamãe, inteira. É só nestes momentos que me dou conta do quanto sinto sua falta quando ela se vai.

— De volta ao mundo das esperanças, sonhos e futuros, Caitlin — diz ela, com alegria, e parece ter esquecido sua saída da escola. — Em poucos meses, você estará formada. Imagine! Mal posso esperar para ver você de capelo e beca. Prometo ficar bem sã, por bastante tempo, para não pensar que você é o Batman, e eu, a Mulher Gato. Apesar de gostar da ideia de usar um *catsuit* na sua formatura.

Eu sorrio. Como é que eu faço para contar a ela?

— Sinto que eu deveria estar fazendo um discurso — diz mamãe, pressionando a palma da mão na janela como se tivesse acabado de descobrir o vidro. — Dizer a você o que fazer com sua vida, dar conselhos maternos antes que seja tarde demais. Mas sei que não preciso fazer isso. Eu sei que a única coisa necessária é confiar em você e você fará o que é certo. Eu sei que estou sempre falando de como você é uma péssima filha e de como eu queria que arrumasse seu quarto e parasse de escutar aquela música fúnebre que você insiste em ouvir, mas a verdade é que sou extremamente orgulhosa de você, Caitlin. Pronto, falei.

Fixo os olhos na estrada, com toda a atenção no tráfego, nas pessoas na calçada, no detector de velocidade que está logo adiante. De repente, eu tenho certeza de como foi que ela simplesmente se esqueceu de como dirigir bem no meio da rua. Às vezes, sinto como se o peso de tudo que não estou dizendo em voz alta também possa arrancar da minha cabeça o que acho que sei. Eu me concentro no trânsito, os quilômetros se esgotando, o carro consumindo este tempo que temos para estar juntas. Se já existiu um momento para ser corajosa, adulta e forte, é este. Mamãe está aqui; estamos sozinhas. Mas não consigo. Não consigo.

— Ethan Grave chorou — diz ela de repente, e sua fisionomia fica um pouco desanimada, relembrando novamente seu último dia. — Quando fui me despedir da minha turma, as meninas tinham feito um cartão. Ah... — Ela se vira para trás. — Deixei o cartão lá.

— Eu ligo para a Julia — digo. — Ela pega.

— As meninas tinham feito um cartão para mim e dançaram uma coreografia. Foi tão coisa de *menininha*, sabe. Como se tivessem escrito um musical chamado *Vamos sentir sua falta, professora*. Eu adorei. Devia agradecer a Deus por não terem escrito uma música chamada "Alzheimer não é brincadeira" ou alguma coisa assim, e feito a Srta. Coop acompanhá-las naquele velho piano e desafinado no salão. Então veio Ethan Grave, para se despedir, imagino, e simplesmente começou a chorar. Bem ali, na frente de todo mundo. Coitadinho, vai sofrer com os outros garotos por causa disso na semana que vem, quando eu for uma lembrança distante e todos estiverem tentando ver os peitões da professora substituta.

— Ele não vai, não — digo, sendo sincera. — Eles adoram você. Todos, até os que fingiam não gostar.

— Acha que vão se lembrar de mim? Quando crescerem e se tornarem adultos, acha que vão olhar para trás e lembrar o meu nome?

— Claro! — respondo. Mais duas ruas e estaremos em casa. — É claro que sim.

— Esther não vai se lembrar de mim, vai? — Mamãe questiona tão de repente que eu preciso me controlar para não dar uma freada brusca. É como se meu corpo pensasse que estamos rumando para uma colisão.

— Ela vai, é claro que vai.

Mamãe balança a cabeça em negativa.

— Não me lembro de quando tinha 3 anos. Você se lembra?

Penso por um instante. Eu me lembro do sol brilhando, de estar sentada no meu carrinho que já era pequeno demais para mim e de comer um pãozinho. Talvez eu tivesse 3, ou 2, ou 5 anos. Não faço ideia.

— Sim — respondo. — Eu me lembro de tudo. Eu me lembro de você.

— Ela não vai lembrar — afirma mamãe. — Talvez tenha vislumbres de quem eu era de vez em quando, mas não vai se lembrar de mim nem do quanto eu a amava. Você terá que contar a ela, Caitlin. Não deixe sua avó se encarregar de contar sobre mim. Isso não vai adiantar nada. Sua avó acha que sou uma imbecil, sempre achou. Você precisa contar a Esther que eu era engraçada, inteligente, linda e que amava vocês duas mais que... Apenas conte a ela.

— Ela vai se lembrar de você. Ninguém consegue se esquecer de você, mesmo que tente. E, de qualquer maneira, você não vai a lugar nenhum, não vai morrer tão cedo. Vai estar presente na vida dela por muitos anos — lembro, embora nós duas saibamos com certeza agora que isso é improvável.

A princípio, logo depois do diagnóstico, o Dr. Rajapaske nos contou que o Alzheimer possui basicamente três estágios, mas que era impossível saber em qual deles mamãe se encontrava, pois ela tinha um QI alto e podia estar ocultando a deterioração de todo mundo, inclusive dela mesma. Seu cérebro podia estar se deteriorando há um ano ou mais, segundo ele, sentado em seu pequeno consultório bem-arrumado, repleto de fotos de família e diplomas. Talvez o tempo em que o mundo faça sentido para ela esteja acabando. Não havia como saber, e achei que era melhor do que ter certeza: era a segunda melhor coisa a esperar. Mas, na noite em que ela saiu andando na chuva, na noite em que Greg lhe deu o livro da memória, a vovó nos informou dos resultados dos últimos exames. Foi a pior notícia possível — uma complicação que ninguém esperava e que praticamente não tinha precedentes. A doença estava progredindo com mais rapidez do que haviam previsto. Vovó tinha anotado observações, decidida a nos dar todas as informações da melhor maneira possível. Mas eu não ouvi os detalhes, a argumentação, os resultados das tomografias, a marcação de vários outros exames. A única coisa que consegui fazer foi visualizar mamãe andando às cegas em direção a um penhasco, sabendo que a qualquer momento poderia simplesmente mergulhar na escuridão. Nenhum de nós sabe quando isso vai acontecer, muito menos ela. Dou uma olhada em sua direção. Preciso falar agora.

— Mãe. Quero contar uma coisa.

— Pode ficar com os meus sapatos — diz ela. — Todos eles, mas especialmente aqueles vermelhos de salto alto de que você sempre gostou. E quero que vá ver seu pai.

Desta vez, eu paro de fato. Falta pouco para chegarmos em casa, mas paro o carro numa vaga restrita e desligo o motor. Espero um segundo para que meu coração desacelere, para que minha respiração se normalize.

— Do que você está falando? — Eu me viro e olho para ela, com uma raiva inesperada surgindo em minhas veias como adrenalina. — Por que diabos você ia querer que eu fizesse isso?

Mamãe não reage à minha raiva, apesar de percebê-la. Continua calmamente sentada, com as mãos entrelaçadas no colo.

— Porque em breve não estarei aqui, e você precisa...

— Não — digo, interrompendo-a. — Não preciso de um pai para substituir você, mãe, e, além disso, não é assim que funciona. Ele nunca me quis, não é? Eu fui um engano, um erro que ele não estava preparado para encarar, que ele queria ter apagado num instante. Não fui? Não fui?

— Eles eram da sua avó, sabe, aqueles sapatos vermelhos, antes que ela abrisse mão de uma vida tomando LSD para se tornar uma velha chata e infeliz...

— Mãe! — Eu me pego batendo as palmas das mãos no volante. Ela sabe que eu não quero saber dele; sabe que pensar nele, nessa pessoa que nunca representou nada na minha vida, me faz tremer de raiva, ainda mais porque detesto o fato de me importar com esse homem que nem sequer queria que eu sentisse tanta fúria um dia. — Não me peça para ir vê-lo. Não!

— Caitlin, nós sempre fomos tão próximas quando éramos só nós duas. Nós três, se incluirmos sua avó. E sempre achei que isso era suficiente, e ainda acharia se não fosse pelo...

— Não! — Estou inflexível, meus olhos ficando marejados.

— Não, isso não faz nenhuma diferença.

— Faz diferença, sim. A diferença é que me fez ver que eu estava errada de pensar que você ficaria bem sem saber nada sobre ele, e errada de criar você sem que nunca soubesse e... e, veja bem, é o seguinte, eu tenho que lhe contar uma coisa. Uma coisa de que você não vai gostar.

Mamãe para de falar no meio da frase — não para pensar ou fazer uma pausa; simplesmente para —, e após vários segundos, percebo que o que quer que fosse dizer ficou perdido na beira do penhasco. Ela fica quieta, inconsciente da raiva que me aperta o peito, da ansiedade e da confusão; sorri com serenidade, esperando pacientemente que algo aconteça. E então não consigo mais segurar e as lágrimas aparecem, aos borbotões. Apoio a cabeça no volante, me segurando a ele com força. Sinto todo o corpo sacudir e me ouço repetindo sem parar:

— Desculpe, me desculpe.

Não consigo imaginar a hora em que esse choro vai parar e eu vou conseguir ligar o motor de novo. A sensação é de que poderíamos ficar ali para sempre, bem assim, e então ouço mamãe soltando o cinto e se inclinando, pondo os braços em volta do meu pescoço.

— Tudo bem — murmura ela no meu ouvido. — Quem é a minha garotona corajosa, hein? Foi um choque, só isso, mas, de manhã, você verá que tem um machucado de que se orgulhar. Minha garotona corajosa. Eu amo você, querida.

Eu caio nos braços dela e deixo que me console, porque seja o dia que for, seja lá qual o momento de nossas vidas que ela esteja revivendo agora, eu só queria poder estar com minha mãe, de volta a uma época em que um beijo e um abraço faziam tudo ficar bem.

Quando finalmente entro na garagem e abro a porta da casa para mamãe, me dou conta de que ainda não lhe contei meu segredo. E mais uma coisa: ela ainda não me contou o dela.

Domingo, 10 de março de 1991

Claire

Esta é uma carta do pai de Caitlin.
Ele escreveu a data no alto com sua letra preta forte e espiralada que subia e descia inclinada pela folha. Apenas pela sua letra dava para ver que ele era artístico, pouco convencional, perigoso, fascinante... e havia me escrito uma carta.
Cartas não eram uma raridade na época: eu escrevia para minha mãe quando estava na universidade e para minhas amigas de lá nas férias. Mas nunca havia recebido uma carta de um rapaz antes e, embora não tenha sido exatamente uma carta de amor, foi por isso que a guardei. Acho que esperava que fosse a primeira de muitas, mas foi apenas uma.
Eu leio agora e vejo o que não vi na época. É uma cilada, uma armadilha. Um ardil muito bem-construído para me atrair — para que eu me sentisse esperta, como se precisasse ser especial para ser digna de sua atenção. Isso não estava nas palavras que ele escreveu — o objetivo era que a carta em si demonstrasse que ele estava me cortejando. As palavras eram quase inconsequentes.
Chegou em algum momento da noite. Eu dormia no andar de baixo, naquela antiga salinha que agora era outro quarto em nossa casa compartilhada. Era meu pequeno refúgio úmido, cheio de roupas espalhadas e pôsteres pendurados nas paredes. Cheirava a roupa lavada

que fica dentro da máquina por tempo demais. Sempre que sinto esse cheiro, me transporto imediatamente de volta àquele quarto, olhando para o aquecedor a gás da parede, aguardando que a vida começasse de verdade.

Naquela manhã, na manhã em que a carta chegou, quando puxei as cortinas, vi algo que não devia estar lá, envolto pela névoa do tecido escorregadio por causa da umidade da vidraça. Depois de descolar do vidro úmido a renda acinzentada da cortina, consegui vê-lo com mais clareza: um envelope longo, grande, cor de creme, preso do outro lado da janela com meu nome escrito na frente.

Fazia frio — a primavera ainda não se manifestara —, mas fui lá fora de pés descalços para pegá-lo, e depois mergulhei de novo embaixo das cobertas para me aquecer. Aquilo era a coisa mais empolgante que já havia me acontecido, e meu primeiro impulso foi abrir o envelope, mas não o fiz. Fiquei sentada sem me mexer, olhando para ele por um bom tempo. Pela primeira vez tive aquela sensação de quando se sabe que algo grandioso, algo que vai mudar nossa vida, está para acontecer. Não estava enganada.

Dá para ver que ele não se deu ao trabalho de adicionar meu nome. Nada de "Querida Claire". Sua frase inicial foi: "Gostei da nossa conversa no sábado à noite." Nossa conversa. Fiquei empolgada com sua capacidade de se expressar. Estávamos numa festa quando ele me paquerou; lembro-me exatamente desse momento. Assim que entramos, eu o notei. Ele era mais alto que a maioria dos outros rapazes e tinha autoconfiança, como se estivesse à vontade em seu corpo magro e longilíneo. Não havia nada nele que atraísse instantaneamente uma garota — nada, exceto aquela qualidade rara entre os rapazes: parecia saber o que estava fazendo. Já estávamos lá havia algumas horas quando o notei olhando para mim, e me lembro de virar para trás para garantir que não estava enganada. Quando olhei de novo, ele ainda estava me fitando. Sorriu e ergueu uma garrafa de vinho, me chamando para seu lado com um gesto de cabeça. É claro que fui. Ele me serviu vinho tinto *numa verdadeira taça de vinho e me fez perguntas sobre meu gosto por arte, literatura e música. Menti sobre tudo que podia na esperança de impressioná-lo. Ele sabia que eu estava mentindo. Acho que gostou disso em mim. Todo mundo tinha ido embora, incluindo minhas amigas, quando a festa finalmente acabou. Então disse a ele que ia para casa, e que era mais seguro eu pegar um táxi. Eu nem sabia direito onde a festa era: tínhamos chegado sob o efeito de um vinho barato e de carona, rindo e falando demais para que qualquer uma de nós registrasse aonde estávamos indo, simplesmente seguindo as instruções da amiga de uma amiga. Foi então que ele revelou que aquela casa era* dele *e me pediu para passar a noite lá. Não para fazer sexo nem nada disso — ele foi bem claro —, apenas porque seria mais seguro do que pegar um táxi sozinha. Eu não ouvira falar daquela garota que entrara num na semana passada e desmaiara, e quando voltara a si estava no meio do nada com o motorista se masturbando em cima dela?*

É claro, pelo que eu sabia, estava trocando um perigo por outro, mas não pensei assim na hora. Achei que ele estava sendo cavalheiro, protetor, maduro. Analisando agora, acho que estava tentando uma psicologia reversa comigo, convencido de que, se me negasse acesso à sua masculinidade, eu arrancaria desesperadamente sua cueca antes do nascer do dia. Só que eu não era esse tipo de garota. Havia transado antes com um único menino, sem que ele soubesse que eu era virgem. Não parecia uma coisa muito legal de contar, pois tinha 18 anos e achava que já estava muito velha. Foi uma coisa de momento, esquisita e constrangedora. Então decidi fingir que não havia acontecido, exceto agora, quando eu pelo menos sabia o que esperar da próxima vez, e não era muito.

Apesar de toda a confiança impetuosa que demonstrava, eu era muito inexperiente. Deixei que me levasse para o quarto dele no andar de cima. Ele tinha uma cama de solteiro. Eu me deitei e, depois de alguns minutos de pé, desajeitado, na frente da calefação, ele se deitou ao meu lado, pressionando meu corpo na parede fria. Ficamos conversando por bastante tempo, deitados lado a lado, completamente vestidos. Conversamos e rimos e, a certa altura, ele entrelaçou os dedos nos meus. Agora lembro perfeitamente a emoção silenciosa que aquele toque provocou em mim — a promessa, a expectativa. O sol já tinha nascido quando ele me beijou. Ficamos nos beijando e conversando por mais algumas horas, e em cada beijo ele ficava mais audacioso. Acho que ficou surpreso quando me levantei, exausta e ainda perdida, e disse que precisava ir. Eu não precisava, mas queria ir embora. Queria ter a oportunidade de sentir saudade dele.

Houve apenas duas ocasiões no nosso futuro relacionamento em que agi como devia, em que fiz a jogada certa, e essa foi uma delas... uma jogada feita antes mesmo que eu soubesse que estávamos envolvidos num jogo. Fui embora antes que ele quisesse que eu fosse, e isso o fez me querer mais.

"Não parei de pensar em você." A segunda frase da carta. Uma frase padrão, creio, mas que me fez cair para trás na cama, afundando no travesseiro, apertando o papel no peito. Ele era tão engraçado, tão inteligente, tão importante no nosso mundinho, e não conseguia parar de pensar em mim! "Alguma coisa no sol batendo no tapete hoje de manhã me lembrou o cheiro dos seus cabelos." Eu achei essa frase incrivelmente romântica e engenhosa. Muito depois, descobri que ele a tinha usado mais de uma vez: era o verso de um poema de amor que ele dera a várias garotas durante o semestre. "Eu gostaria de ver você de novo. Hoje, do meio-dia até umas seis da tarde, estarei na seção de literatura da biblioteca. Pode me encontrar lá se quiser."

Olhei para o relógio. Ele já estava lá havia uma hora. Se eu estivesse pensando direito, se fosse mais velha, mais sabida, mais cética e menos apaixonada pela letra dele, teria ido — mas não antes das cinco. Porém, eu não era nada disso. Dobrei a carta, coloquei dentro do meu livro de Terry Eagleton e, depois de me vestir com pressa, fui imediatamente ao seu encontro.

Ele não ficou surpreso de me ver. Sorriu, mas foi contido.

— *Recebi sua carta* — *sussurrei, sentando ao lado dele.*
— *Evidentemente* — *retrucou ele.*
— *O que vamos fazer?* — *perguntei, preparada para ser levada por um redemoinho romântico.*
— *Preciso de mais uma hora, mais ou menos, para escrever este trabalho. Depois, que tal o pub?* — *sugeriu ele, esperando que eu concordasse, antes de voltar aos seus livros.*

Devagar, tirei meus livros da bolsa e fingi que estava lendo alguma coisa. Mas eu não via as palavras; só fiquei lá sentada, me esforçando para parecer inteligente, fascinante e linda, esperando que ele terminasse. Devia ter me levantado; devia ter ido embora. Devia ter lhe dado um beijo na bochecha e dito "Tchau". Mas não fiz isso, e, daquele momento em diante, eu era dele, até o momento em que deixei de ser. E esta foi a segunda coisa certa que fiz no nosso relacionamento.

4

Claire

Faz muito tempo que tenho conhecimento do Alzheimer, ou D.A., como nós que estamos por dentro do assunto o chamamos — um apelido engraçado para nós, membros do clube. Acho que secretamente eu o conheço há anos. Havia essa suspeita incômoda me mordendo. As palavras me escapavam bem quando precisava delas; promessas eram sempre quebradas porque eu simplesmente me esquecia. Culpava meu estilo de vida, que fora muito agitado nos últimos anos, com Greg e Esther, além da minha promoção no trabalho. Dizia a mim mesma que minha cabeça estava tão cheia de pensar e sentir que frequentemente tinha a sensação de que um vazamento se abria, como se partes de mim escoassem. Lá no fundo, porém, sempre estava com a imagem do meu pai, tão velho, oco e totalmente perdido para mim. Eu me preocupava e fazia suposições, mas dizia a mim mesma que era jovem demais e que só porque acontecera com ele não significava que aconteceria comigo. Afinal, não havia acontecido com a irmã dele, minha tia Hattie, que morreu de infarto, com todos os miolos intactos. Então prometi a mim mesma não ser tão melodramática e parar de me preocupar. E me senti assim por anos, até que um dia realmente percebi que não podia mais me esconder.

Foi no dia em que me esqueci qual sapato pertencia a qual pé, tomei o café da manhã duas vezes e me esqueci do nome da minha filha.

Desci levando os sapatos nas mãos e fui à cozinha para o café. Caitlin já estava em casa, tinha chegado da universidade, parecendo cansada e mais magra. Acabada por estar vivendo a vida, imaginei, embora suas habituais roupas escuras e seus olhos pintados de preto não ajudassem muito a amenizar a óbvia exaustão. Certa vez perguntei por que ela gostava tanto de se vestir de gótica, e ela segurou um punhado dos cabelos pretíssimos e perguntou que outra escolha teria. As férias escolares ainda não tinham começado, e a babá de Esther estava doente, então Caitlin ficaria com a irmãzinha naquele dia, o que seria bom. Ela dava a impressão de que só queria ficar deitada o dia todo, e parte de mim queria colocá-la na cama, aconchegá-la como eu fazia quando era pequena, tirando seus cabelos da testa e levando uma sopa para ela tomar.

Elas já estavam de pé quando cheguei à cozinha. Esther havia tirado a irmã mais velha da cama, arrastando-a escada abaixo, e estava acomodada em seu colo, balbuciando e exigindo ser alimentada como um bebê. Entrei na cozinha, ainda segurando meus sapatos e olhei para elas, minhas duas filhas, 17 anos de diferença, e senti uma leve efervescência de felicidade, pois, mesmo com toda a vida que eu tivera entre o nascimento de cada uma, elas eram muito próximas e ligadas. Eu ia chamar Esther para fazer um carinho nela quando aconteceu. Era apenas uma parede cinza, uma névoa densa entre mim e o nome da minha filha. Não, não era sequer uma parede: era um vazio. Um vácuo onde antes havia algo, talvez poucos instantes antes, e agora estava apagado. Entrei em pânico, e, quanto mais tentava pensar, mais densa ficava a névoa. Não se tratava de uma reunião da escola de que eu tinha me esquecido, nem daquela mulher do clube de livros que eu frequentara umas três vezes e de quem tinha de me esconder no supermercado porque não conseguia me lembrar do nome dela. Não era "alguém da televisão, que estava naquele programa". Era a minha garotinha, a menina dos meus olhos. Meu tesouro, meu encanto, minha querida. A criança a quem eu dera o nome.

Naquele instante, soube que a mesma coisa que viera para pegar meu pai também viera para mim. Eu sabia, mesmo tentando com todas as forças do coração e da razão não saber. Você está cansada e estressada, disse a mim mesma. Relaxe, respire fundo, e o nome virá.

Enchi uma tigela de cereais com gosto de papelão, e depois fui escovar os dentes. Mantenha a rotina, faça o que sabe, e o nome virá. Voltei, enchi uma tigela de cereais e Caitlin me perguntou se eu estava com muita fome, e me dei conta de que não estava com fome nenhuma. Então vi a minha primeira tigela vazia, ainda na mesa, e percebi por que não estava com fome. Mesmo assim, disse a ela que estava e forcei mais algumas colheradas garganta abaixo, fazendo uma piadinha sobre começar a dieta no dia seguinte. Caitlin revirou os olhos, daquele jeito que havia aperfeiçoado ao longo dos anos.

— Ah, mamãe.

Tentando conter o pânico, baixei o olhar da mesa e fiquei observando meus sapatos. Pretos, de saltos baixos e bico fino, como eu adorava. Eu os usava porque não machucavam, mesmo depois de um longo dia em sala de aula, e eram ao mesmo tempo adequados e sensuais o bastante para eu poder usá-los. Naquela manhã, entretanto, quanto mais eu olhava para eles, mais misteriosos se tornavam para mim. Eu simplesmente não conseguia decifrar que sapato ia em que pé. O ângulo do dedão; o relevo do lado — nada disso fazia sentido para mim.

Deixei os sapatos debaixo da mesa da cozinha e calcei as botas. Naquele dia, o trabalho correu bem: eu me lembrei de que aulas ia dar, do que estava ensinando, dos personagens e citações dos livros que estávamos usando... estava tudo lá. Mas não o nome da minha filha. Esperei e esperei para que o nome de Esther surgisse de novo. Mas tinha ido embora, juntamente com qual sapato era do pé direito e qual do pé esquerdo. E só retornou naquela noite, quando Greg chamou Esther pelo nome. Fiquei tão aliviada e ao mesmo tempo tão assustada, que chorei. Eu precisava contar a Greg: não havia mais como esconder. No dia seguinte, fui ver meu clínico geral, e a bateria de exames começou — um exame após o outro, todos com o propósito de tentar revelar com o máximo de certeza possível o que eu já sabia.

E agora eu estou morando de novo com minha mãe, e cada vez mais tenho a sensação de que meu marido é um homem que mal conheço; e, apesar de o nome de Esther não ter mais me escapulido, pois eu o seguro com toda força, outras coisas me escapam, todos os dias. A cada manhã, abro os olhos e digo a mim mesma quem sou, quem são minhas filhas e o que eu tenho de errado. E estou morando de novo com minha mãe, embora ninguém nunca tenha me perguntado se era isso que eu queria.

E tenho algo importante para dizer a Caitlin antes que ela retorne à universidade. Mas, seja o que for, está fora de alcance, escondido pela névoa.

— Quer pôr a mesa? — pergunta mamãe, segurando um buquê de metal brilhante.

Ela me olha de um jeito desconfiado, como se eu pudesse acabar com ela usando a faca cega de manteiga. O que está se perguntando é se eu sou capaz de lembrar e reconhecer os utensílios, e para que servem. E o que me deixa revoltada é que estou pensando o mesmo. Neste exato momento, sei precisamente tudo que preciso saber para pôr a mesa e assim vai ser até ela me dar os objetos que requerem uma posição específica. E então... será que a névoa voltará, e essa informação irá embora? Não saber o que eu não sei me impede de querer fazer as coisas. Tudo o que tento está carregado com a possibilidade de fracasso. Contudo, eu ainda sou *eu* neste instante. Minha mente ainda é minha. Quando chegará o dia em que eu não serei mais eu?

— Não — respondo, como uma adolescente mal-humorada.

Estou decorando meu livro da memória. Sempre encontro coisinhas, pequenos itens que não são propriamente memórias completas, que encheriam uma página ou mesmo uma linha do livro, mas que formam as partes de uma vida, da minha vida, como peças de um mosaico. Então, decidi preencher o livro com essas coisas que encontro. Prendo uma moeda de cinquenta centavos de dólar, remanescente da minha viagem a Nova York, ao lado de um ingresso para um show do Queen que fugi de casa para assistir quando só tinha 12 anos. Estou tentando descobrir um modo de prender um pingente de ouriço que meu pai me deu de aniversário antes de adoecer, e fico pensando se é possível costurá-lo de algum jeito na capa grossa do livro. É um trabalho pequeno, num mundo pequeno, num lugar que conheço, e me absorve e me conforta, bem como Diane, a psicóloga, disse que faria. Mas não é por isso que não ponho a mesa: não ponho a mesa porque não quero não me lembrar de como se põe uma mesa.

— Você mostrou a carta a Caitlin? — Mamãe se senta à minha frente, esticando o braço até o outro lado da mesa para organizar os objetos que formam uma moldura em volta do prato. — Falou com ela?

Fico girando o pingente prateado de ouriço na palma da mão por muitos segundos, esfregando-o com a ponta do dedo. Lembro o quanto fiquei encantada com ele, como brincava com ele mesmo depois de pendurá-lo na minha pulseira, fazendo-o andar no carpete e hibernar sob as almofadas. Uma vez ele ficou perdido por um dia inteiro, e eu não parei de chorar até mamãe encontrá-lo escondido no fundo de uma caixa de lenços de papel: eu havia me esquecido de onde o guardara na hora de dormir. Consigo me lembrar de tudo isso perfeitamente, em detalhes claríssimos.

— Não sei — admito, constrangida, envergonhada. — Acho que falei qualquer coisa. Não tenho certeza do que disse.

— Ela está chateada — conta mamãe. — Quando entrou, vi que tinha chorado. Estava com o rosto vermelho, os olhos inchados. Você devia mostrar a carta.

— Não sei. — Sempre detestei quando minha mãe decide que é hora de forçar o assunto, de me colocar num canto e me fazer agir. Mas agora, em vez de me sentir encurralada, é como se eu estivesse perdida num labirinto, sem ter certeza de como sair. — Ela não está falando uma porção de coisas, e não sei se consigo, se deveria forçar o assunto. Não agora, não depois de todo esse tempo.

— Seja como for, ela merece a verdade, não é? Essa menina sente tanta raiva. É tão insegura, tão... introvertida. Você já se perguntou se parte disso não se deve ao fato de ela sentir que foi abandonada pelo pai antes mesmo de nascer?

Não digo nada. Essa nova cruzada em que minha mãe está se empenhando tanto, decidida a me fazer pôr a casa em ordem, não parece justa. Não quero pôr a casa em ordem; quero colar coisas no meu livro. Levanto o minúsculo ouriço até o nível dos olhos e começo a fazer um laço para ele com um pedaço de linha.

— Me ignorar não vai afastar o problema — diz mamãe, mas um pouco menos severa desta vez. — Você sabe o que eu acho.

— Sim, mãe, eu sei o que você acha porque me diz isso quase sem parar desde o dia em que Caitlin nasceu. Mas a escolha não foi sua, foi?

— Foi sua? — indaga ela, como sempre faz, e eu percebo que há certas coisas que estou ansiosa para esquecer.

— Nada teria sido diferente do que é agora — retruco e volto ao meu livro.

— Você não tem como saber — argumenta ela. — Você fez suposições, e a vida de Caitlin se baseia nelas. É uma menina que sempre se sentiu perdida e abandonada. Mesmo que nunca diga isso, basta olhar para saber que ela não se sente incluída, não encontra seu lugar.

— Isso vindo de uma mulher que usava aquelas túnicas compridas, tipo kaftan, e flores nos cabelos? — questiono. — Você já ouviu falar de expressão pessoal, não é? Por que tem que significar mais que isso quando se trata de Caitlin?

— Porque *significa* mais do que isso quando se trata de Caitlin. — Mamãe se esforça para encontrar as palavras, mexendo num descascador que tem nas mãos enquanto pensa no que dizer. — Quando ela era pequena, nunca parava de cantar, sempre sorrindo feito uma lunática. Gritando, se tornando o centro das atenções, bem igual a você. Eu só... eu só sinto que ela não... está interagindo o bastante. Onde está aquela menina que dançava e saltava? O que aconteceu com aquela garotinha? E não venha me dizer que ela cresceu e deixou isso para trás. Você nunca deixou.

— Mamãe, o que eu preciso fazer para você me dar um tempo? Quero dizer, se uma doença neurológica degenerativa não fizer isso, o que vai fazer? Você me absolveria se eu tivesse câncer de mama, talvez? — As palavras vêm em rápidas explosões de raiva, baixas e contidas, porque sei que Caitlin está lá em cima, enroscada em si mesma, enrolada nas palavras que não consegue falar; e porque sei que mamãe tem razão, e ela ter razão é a coisa mais difícil de aguentar. Tocar nessa mesma velha ferida agora não vai ajudar Caitlin, então eu me forço a recuar e quando abro o punho cerrado vejo a marca do pequeno ouriço na palma da minha mão. — Caitlin pode não ter tido uma criação tradicional, mas sempre teve a mim e a você, e agora tem Greg e Esther. Porque isso não é suficiente?

Mamãe me dá as costas para ferver os legumes cor de laranja, que provavelmente serão esquecidos até ficarem cozidos demais, e eu a observo: seus ombros estão tensos, a cabeça, inclinada numa reprovação reprimida, talvez pesar. Está muito zangada comigo — a sensação é de que sempre esteve, embora eu saiba que não é verdade. Agora, mais do que nunca, as ocasiões em que ela não estava zangada reluzem como prata polida numa sala ensolarada, e essas lembranças se destacam. Às vezes, tento localizar o momento exato em que as coisas mudaram entre nós, mas ele sempre se move. Será que foi no dia em que papai morreu ou no dia em que ficou doente? No dia em que não escolhi os mesmos sonhos que ela sempre teve para mim? Talvez tenha começado com esta escolha específica, feita há tanto tempo — esta escolha que acabou se tornando uma mentira, e o pior tipo de mentira. Uma mentira que eu não exatamente contei para Caitlin, mas que deixei que ela acreditasse.

Caitlin tinha 6 anos quando notou que era o elemento que destoava na escola. Mesmo as crianças cujos pais eram separados tinham pais em algum lugar, e mesmo que raramente os vissem, sabiam de sua existência. Sabiam, pelo menos podiam imaginar, em que lugar do mundo estavam. Havia uma vaga ligação entre eles, uma singela noção de identidade. Caitlin, porém, não tinha nada disso, e talvez tenha sido essa a razão para que, um dia, em nossa caminhada costumeira de volta da escola, enquanto arrancava tulipas e narcisos das cercas dos jardins para me fazer um buquê roubado, ela tenha me perguntado se era um bebê de proveta. A pergunta, a expressão, tão claramente plantada em sua boca por outra pessoa, me chocou. Eu lhe disse que ela não era um bebê de proveta e que tinha sido gerada da mesma forma que os outros bebês. Bem depressa, antes que me perguntasse exatamente como tinha sido isso, disse que no momento em que soube dela, eu a quis e sabia que juntas poderíamos ser uma pequena família genial e tão feliz quanto possível, o que de fato éramos. Eu esperava que isso fosse suficiente e que ela fosse sair correndo na minha frente, como de costume, pulando para puxar os ramos de cerejeiras em flor que se enfileiravam pela rua. Em vez disso, ela ficou pensativa e quieta. Então eu lhe disse que, se ela quisesse, eu lhe contaria tudo sobre o homem que tinha me ajudado a fazê-la, e a ajudaria a encontrá-lo. Ela pensou nisso por muito tempo.

— Mas por que eu já não conheço ele? — perguntou, me dando a mão, deixando para trás um rastro de pétalas caídas. — John Watson conhece o pai dele, mesmo ele morando numa plataforma de petróleo, e só o vê duas vezes por ano. Ele sempre traz um monte de presentes para John. — Seu tom era melancólico, e não tive certeza se era por causa das visitas ou dos presentes.

— Bem... — As palavras não vieram. Eu não estava preparada para aquele momento, embora devesse ter percebido que ele chegaria; devia ter praticado, ensaiado, ficado pronta. E então contei a verdade, que de certa forma se tornou uma mentira. — Quando descobri que você estava na minha barriga, eu era muito jovem. Assim como o seu pai. Ele não estava pronto para ser pai.

— Mas você estava pronta para ser minha mãe? — Caitlin pareceu intrigada. — Não é muito difícil, é?

— Não — respondi, apertando um pouco seus dedinhos quentes e grudentos. — Ser sua mãe é a coisa mais fácil do mundo.

— Então não quero saber dele — disse Caitlin, muito decidida. — Vou dizer para todo mundo na escola que *sou* bebê de proveta.

Então, com uma rapidez inesperada, ela correu na minha frente, saltando para um galho baixo cheio de botões, criando uma chuva de confete cor-de-rosa à nossa volta quando eu passei embaixo da árvore. Nós rimos, virando o rosto para cima conforme as pétalas caíam, todos os pensamentos sobre pais esquecidos. Naquela hora, achei que ela ia querer falar mais sobre o assunto em outro momento, quando estivesse mais velha e eu, mais bem preparada, mas nunca aconteceu.

Aquela foi a única conversa em que ele foi mencionado, e foi tudo o que minha filha perguntou a respeito. Mas sempre tive a sensação desconfortável de que mamãe estava certa sobre isso, e que o silêncio, a insegurança de Caitlin, a timidez que ela esconde tão bem atrás do delineador, dos cabelos pretos e das roupas sempre escuras que usa como um escudo... tudo pode ter vindo daquela conversa mal-elaborada. Pode ser tudo culpa minha. E essa ideia de que a única coisa de que sempre achei que poderia me orgulhar — ser sua mãe — talvez não seja verdadeira, me enche de pavor. Eu me vou em breve; vou sumir e preciso endireitar as coisas.

Então, hoje à tarde, peguei uma caixa de sapatos empoeirada e encontrei aquela carta, que colei no livro. Estava dobrada em torno de uma foto dele segurando minha mão. Tirada num dia ensolarado, estávamos ambos sorrindo, sentados em balanços no parque, os dedos esticados para se tocarem, inclinados um para o outro num esforço conjunto para permanecermos ligados, não importava o quanto a gravidade e a energia cinética tentassem nos separar. Eu devia ter acabado de engravidar de Caitlin na época, mas ainda não tinha descoberto. Estranho como aquela determinação em nos tocarmos dissolveu-se de modo tão absoluto e rápido, sem restar nada. Prendi a carta e a foto atrás do livro e esperei Caitlin descer para jantar. Decidi que aquela seria a hora certa. Com a presença de todos que gostam dela: Esther, para fazê-la sorrir, e Greg, para lhe dar apoio. Essa seria a melhor hora para acertar as coisas.

— Ora, ela não pode simplesmente aparecer na porta dele e descobrir desse jeito, se é isso que você está pensando. Imagine só! — Mamãe ergue uma sobrancelha, colocando três objetos em volta do meu livro da memória. Eu o tiro da mesa e seguro junto ao peito, sentindo o metal gelado da moeda de cinquenta centavos.

— É claro que não estou pensando isso — digo baixinho, subitamente exausta.

Mamãe mexe alguma coisa, um molho que está fazendo para acompanhar a carne que está no forno.

— Quero dizer, pense nela — continua mamãe. — Pense no que ela está enfrentando agora. De repente, pode ter contato com um pai.

Desta vez não respondo. Apoio a cabeça no livro, com a bochecha encostada em sua capa irregular. Esgotei meus esforços.

A porta da frente se abre, e fico agradecida de ver Esther entrar correndo, agarrada a um ursinho de pelúcia cor-de-rosa que deve ter sido um presente de sua outra avó. Greg esteve na casa da mãe. Ela raramente vem aqui. Não aprovou a mulher mais velha do filho antes mesmo de eu me tornar oficialmente um fardo, e agora está atormentada com a situação difícil dele. Só de me ver, ela vai às lágrimas. Greg me convidou para ir junto e, por um instante, isso foi uma possibilidade: uma tarde com a minha mãe ou com a dele... Mas, no fim, escolhi a minha. É melhor ficar com o demônio que já se conhece.

— Olha! — Esther me mostra seu ursinho, toda orgulhosa. — Vou chamar de Urso Rosa da Vovó Pat.

— Que amor! — digo, sorrindo para Greg e, por um segundo, compartilhamos uma piada de família.

Os nomes literais dos bichinhos de pelúcia de Esther são lendários. Enfileirados em sua cama estão, entre outros, o Cachorro Laranja de Um Olho Só e o Coelho Azul que Cheira Engraçado.

— Não sei por que o ursinho precisa ser rosa — diz mamãe, olhando com desdém para o bichinho como se ele fosse a própria vovó Pat. — Só porque ela é menina precisam empurrar o rosa?

— Rosa é minha cor favorita! — diz Esther para minha mãe, olhando para a comida que a avó está servindo. — É muito mais bonita que azul, verde, amarelo, roxo ou qualquer outra. Eu gosto mesmo é de roxo e daquele verde que nem grama. Eu gosto da vovó Pat, mas não gosto de brócolis nem de carne.

— Você é bem igual a sua mãe. — Mamãe não diz isso como elogio, mas é assim que Esther entende e dá um sorriso radiante.

— Como foi na escola? — pergunta Greg, sentando-se.

Ele estende o braço para me tocar, mas o recolhe ao ver meu desconforto. Eu simplesmente não consigo esconder, apesar de tentar, porque sei que ele é meu marido, pai de Esther, e que eu o amava muito. Estive olhando as fotos do casamento, o vídeo. Lembro o modo como me sentia a seu respeito; ainda sinto as lembranças, como um eco, mas elas estão no passado agora. No presente, estou entorpecida. Eu o vejo e o reconheço, mas Greg parece um estranho. Isso o magoa: as conversas bobas e desconfortáveis, o bate-papo educado. Como duas pessoas presas numa sala de espera se vendo obrigadas a falar sobre a previsão do tempo.

— Triste — respondo, como se estivesse me desculpando.
— Ainda não entendo por que não posso dar aula. Quero dizer, não posso dirigir, tudo bem, mas por que não posso lecionar? É tão... — Perco as palavras. Elas me fogem à mente, respondendo com crueldade à minha pergunta. — E depois tentei falar com Caitlin sobre o pai dela, mas acho que não consegui, então pensei em tentar de novo quando estivéssemos todos juntos.

— O papai é o papai — diz Esther, prestativa, enquanto mamãe põe um prato de coisas laranja na mesa. — Não gosto de cenoura.

— Ah! — Greg é pego de surpresa. — Tipo, agora? Ele nunca me perguntou sobre o pai de Caitlin, e me lembro de que essa era uma das coisas que eu amava nele. Caitlin era apenas minha filha, a pessoa que vinha no meu pacote, sem negociação, e ele a aceitou de imediato. Levou muito tempo para que os dois se tornassem amigos: anos de dedicação que pouco a pouco permitiram que ela cedesse e o aceitasse em sua vida, muito depois de ter aceitado Esther, que instantaneamente era uma de nós, uma Armstrong, desde o momento em que nasceu. — Será que ela vai ficar bem?

— Ela não sabe — diz Caitlin, chegando à sala. — Mas seja o que for, ela não está gostando do tom dessa conversa.

— É cenoura e uns outros legumes — se solidariza Esther.

— Você parece descansada — digo com um sorriso.

Seus olhos pretos, a cascata de cabelos escuros e o queixo forte deixaram de ser lembretes de seu pai quando ela ainda tinha poucos meses: eram dela desde o início. Agora, porém, com a foto de Paul enfiada atrás do livro da memória, eu o vejo nos olhos de Caitlin, que estão me fitando, desconfiados.

— Mas você tem minhas sobrancelhas — digo em voz alta.

— Como se isso fosse uma coisa boa — brinca Caitlin.

— Querida, eu quero falar com você um pouco mais sobre seu pai...

— Eu sei. — Ela parece calma, pensativa. Qualquer coisa que a tenha feito se trancar no quarto a tarde toda parece tê-la acalmado um pouco. — Eu sei que você quer, mamãe, e sei por quê. Eu entendo. Mas não precisa, está bem? Não precisa me contar porque não vai fazer nenhuma diferença, talvez até torne as coisas mais complicadas do que já estão, e ninguém aqui precisa disso, pode acreditar... — Ela hesita, me olhando com atenção, e sua fisionomia, que eu era capaz de ler como um livro aberto, agora é um mistério. — Pensei nisso, porque é o que você quer. Pensei em ir vê-lo, mas não quero. Por que eu daria a um estranho a chance de me rejeitar de novo? Tenho certeza de que ele não liga nem um pouco que tinha uma filha por aí no mundo esse tempo todo. Se ligasse, caso se importasse, não estaríamos tendo esta conversa, não é? Eu teria o número dele no meu celular.

Minha mãe coloca a molheira na mesa com uma pancada.

— Adivinha o nome do meu ursinho? — pergunta Esther, sentindo a tensão respingar com o molho.

— Tarquínio? — arrisca Caitlin. Esther acha aquilo hilário. — Marmaduke? Otelo?

Esther ri.

— O negócio é o seguinte... — recomeço. — O que você precisa lembrar é...

— Conte logo a ela — diz mamãe, largando o prato de carne na mesa como se quisesse matar o boi mais de uma vez.

— Vó, mamãe me disse que vai me contar sobre ele quando eu quiser saber — diz Caitlin incisivamente, me protegendo. — Por favor, será que não dá para deixar isso de lado? Eu preciso falar uma coisa também, antes... antes de amanhã.

Esperançosa, mamãe olha para mim, e eu espero para saber o que dizer, mas não vem nada.

— O quê? Vamos, vovó, diga o que está pensando. Tenho certeza de que todos nós gostaríamos de saber.

— Não sou eu quem deve contar.

— O que você não deve contar? — pergunta Caitlin, exasperada, revirando os olhos para mim.

— Claire? — Greg me incentiva com o cenho franzido, algo que não consigo mais interpretar.

Fecho os olhos e me esforço para as palavras surgirem.

— Seu pai. Paul. Ele não me largou nem abandonou você. Quero dizer, se eu soubesse que era isso o que você estava pensando durante todos esses anos, teria lhe contado antes. Eu disse que ia lhe contar quando você estivesse pronta, mas você nunca mais me perguntou..

— Como assim? — Caitlin se levanta da cadeira. — O que você quer dizer... que você deu o fora nele?

Eu balanço a cabeça.

— Não... eu nunca contei a ele que estava grávida. Ele não sabe da sua existência. Nunca soube.

Caitlin se senta de novo, bem devagar, e minha mãe vai até ela, como o vento justiceiro soprando as velas do seu navio de batalha.

— Descobri que estava grávida — prossigo com calma, escolhendo as palavras que sei que não vão me faltar, para não dizer nada errado. — E soube o que devia fazer, por mim, por você, por ele. Sabia que queria ficar com você e sabia que não o queria comigo. Então não contei a ele que estava grávida. Simplesmente fui embora. Saí da universidade, saí da vida dele. Não respondi aos telefonemas nem às cartas que me enviou. E depois de um tempo bem curto, ele parou de tentar se comunicar. Portanto, Caitlin, ele nunca a abandonou. Nunca soube de você.

Caitlin fica imóvel por um instante. Sua voz está baixa.

— O que eu sempre pensei — diz ela, olhando para mim — foi que você tinha uma escolha a fazer que mudaria sua vida para sempre, e que escolheu a mim.

— Isso era verdade. Ainda escolhi você.

— Mas durante todos esses anos você me deixou pensar que ele *não* me escolheu. Quando ele nunca teve essa chance. E agora...
— Ela para de falar. — O que eu faço agora, mamãe? O que é que eu faço agora? Na minha cabeça achava que ele estaria me esperando chegar um dia. Que talvez ele até descobrisse o seu paradeiro e viesse para me conhecer!

— Mas...

— E agora... O que eu faço agora?

Silêncio na sala; a família que eu achava que seria um apoio parece remota e distante. Eu me esqueci de como tocá-los, como procurá-los — inclusive Esther, que subiu no colo de Greg com seu ursinho.

— O que quiser — digo calmamente, com todo o cuidado. Penso muito bem antes de tentar dizer qualquer palavra; verifico muito bem se não estou cometendo um erro. Não posso me permitir cometer um erro agora. — Se quiser, eu entro em contato com ele, conto sobre você. Podemos fazer isso juntas, se preferir, como você achar melhor, Caitlin. Entendo que esteja chateada comigo, mas é porque não sabe de tudo. Você não tem como saber por que eu fiz o que fiz. Deixe-me tentar... fazer com que entenda. E não se preocupe, pois há tempo, todo o tempo do mundo para você fazer tudo exatamente do jeito que preferir. Prometo. Eu vou ajudar você.

Seu rosto fica sem cor, e ela põe um braço na mesa para se equilibrar.

— Você está bem, Caitlin? — pergunta Greg.

— Não, não estou bem — responde. Ela olha para mim, o queixo contraído como sempre fica quando tenta conter o choro. — Acho que não vou ficar para o jantar. Acho que vou voltar para Londres agora à noite.

— Caitlin, por favor — peço, segurando sua mão, que ela puxa de baixo da minha.

— Eu só preciso de um tempo — diz ela, sem olhar para mim, mas eu a conheço muito bem para saber o que está pensando e por que seus olhos estão marejados de lágrimas contidas. Ela não pode ficar com raiva da coitada da mãe doente, e isso não é justo. — Eu só... Eu só preciso descobrir o que fazer. Longe de todos vocês.

É uma frase tão simples, mas o modo como ela diz, seu olhar distante de mim...

— Caitlin, não vá agora — diz a avó dela. — Coma alguma coisa pelo menos. Tudo vai parecer melhor depois que você jantar.

Ela olha para a comida, que esfria rapidamente na mesa.

— Vou voltar hoje. Vou chamar um táxi para me levar à estação.

— Eu levo você à estação — oferece-se Greg, levantando da cadeira.

— Não, obrigada — diz Caitlin, bem formal. — É melhor você ficar aqui com mamãe. Eu só... só acho que preciso ir.

— Ela só não queria conversar — diz Greg, me observando desembaraçar os cabelos com aquela coisa que parece um ouriço.

Não gosto que ele fique me olhando. De alguma maneira, isso dificulta minha concentração, como tentar fechar um colar quando se está olhando no espelho: se faz tudo ao contrário. E estou chateada de conseguir lembrar que um ouriço é um pequeno mamífero cheio de espinhos, natural das ilhas britânicas, mas não conseguir lembrar o nome da coisa curva pontiaguda. Tenho certeza de que Greg me observando piora tudo.

— Você tentou — continua ele, de pé perto de mim, com uma intimidade que eu simplesmente não sinto. Ele está só de cueca. Não sei para onde olhar, então viro o rosto e fico encarando a parede. — Você admitiu seu erro, e foi preciso ter muita coragem para isso. Caitlin vai acabar entendendo.

— Admiti? — indago, concentrada na parede lisa e vazia. — É, acho que sim. Às vezes, nunca há uma hora certa de se dizer algo, sabe? Eu a magoei, e ela ficou se segurando porque estou doente. Eu me sentiria muito melhor se tivesse gritado e me dito como eu ferrei com a vida dela. Eu aguentaria.

— Você não ferrou com a vida dela.

Greg se senta na cama ao me lado e eu fico tensa, me esforçando ao máximo para não demonstrar que a ideia de sua coxa nua tão perto da minha me faz querer disparar pela porta. Ele é meu marido; é o homem para quem eu nunca deveria querer parar de olhar. Sei disso e, mesmo assim, ele parece um estranho. Totalmente estranho, que de algum modo tem acesso à minha família e ao meu quarto. A sensação é de que ele é um impostor.

— Caitlin é uma menina sensata, adorável. Só ficou chocada — diz o estranho agora. — Dê um tempo a ela. Daqui a uns dias vocês endireitam as coisas.

Fico sentada na beira da cama, sem jeito, esperando que ele vá escovar os dentes para que eu possa tirar a roupa, vestir minha camisola e me esquivar embaixo das cobertas. Mais um instante — sei que está ponderando se vai me tocar ou não — e ele se levanta, seguindo para o banheiro. Depois de me trocar rapidamente, mergulho embaixo do edredom, enfiando as cobertas em volta de mim e para baixo das pernas e dos braços, formando um tipo de bolso, para que, quando ele vier para a cama, seu corpo não toque no meu — e, mesmo que me abrace, não encoste na minha pele. É mais fácil do que ter de explicar que ele me assusta, e que dormirmos na mesma cama dá uma sensação desconjuntada, de estranhamento. Não consigo me lembrar de como tocá-lo ou de como reagir quando ele me toca. Então, embrulho meu corpo, protegendo-o de Greg. Não apenas para me proteger, mas para protegê-lo também de se magoar comigo ainda mais do que sei que se magoa todos os dias. Ele parece um homem tão bom... O que será que fez para me merecer? Deitada, esperando que ele volte do banheiro com seu hálito cheirando a menta, penso que a coisa mais triste sobre esta doença é que ela me faz sentir como uma pessoa menos legal. Eu sempre me senti uma pessoa legal. Decido que desta vez serei eu a primeira a falar.

— O que me preocupa é que talvez a gente não faça as pazes a tempo. Fico preocupada que daqui a uns dias eu ache que meu nome é Suzanne e que esteja latindo feito um cachorro — digo, sorrindo timidamente para Greg, que vem para a cama.

Ele não ri, pois não consegue achar a D.A. nem um pouco engraçada, e realmente não é justo da minha parte esperar isso dele, só porque o humor negro deixa a coisa mais tolerável para mim. Ele achava que teria um tipo de vida, e veja a roubada em que se meteu: uma esposa que gosta cada vez menos dele e que em breve vai passar a maior parte do tempo apenas babando.

Greg se vira e põe um braço sobre meu corpo isolado. É pesado.

— Daqui a dois dias tudo vai ter passado — diz ele, me dando um beijo na orelha e me fazendo estremecer. — Ela vai estar de volta à universidade com os amigos, no ritmo normal das coisas, pensando, e vai ficar tudo bem. Você vai ver. É como você disse, nunca haveria uma boa hora para contar isso a ela, mas você fez isso. Contou.

— Espero que você tenha razão — respondo.

Há algo de errado com Caitlin, algo mais do que a magreza, a exaustão, a tristeza silenciosa, que eu atribuí à minha doença, pois tudo tem a ver comigo, não é? Alguns meses atrás, eu teria conseguido decifrar o que é, mas agora essa capacidade se foi. Decodificar as nuances nas expressões das pessoas está no meu passado: agora tenho que adivinhar ou ficar na esperança de que falem coisas óbvias. Mas tem algo mais — algo que Caitlin está escondendo para me proteger — algo diferente.

Greg se estica sobre mim e aperta uma coisa que faz o quarto ficar escuro. Sinto sua mão procurando um caminho por baixo das cobertas, violando minhas defesas e pousando na minha barriga. Não há nada de sexual naquele toque. Nós não... faz muito tempo. A última vez foi no dia que soubemos do diagnóstico, antes de contarmos a todos. E, mesmo nesse dia, foi mais por pesar do que por paixão — simplesmente ficamos grudados um no outro, desejando que tudo fosse diferente. Greg ainda está desejando e esperando. Eu sempre achei que lutaria até o último suspiro, mas às vezes me pergunto se já não desisti.

— Claire, eu amo você — declara ele, bem baixinho.

Tenho vontade de perguntar como isso é possível quando estou tão despedaçada, mas não pergunto.

— Eu sei que eu amava você — digo. — Disso eu sei.

O braço de Greg me confina por mais alguns instantes, depois ele se vira para o outro lado, e eu fico com frio. Ele não entende que, desde o momento em que a doença se tornou uma realidade, eu comecei a me afastar dele. E não sei se é a doença que está colocando essa barreira entre nós ou se sou eu, meu eu verdadeiro, tentando nos poupar da dor da separação. Mas, seja qual for o motivo, ele é culpa minha. Fecho os olhos e vejo as luzes se retorcendo sob minhas pálpebras. Lembro o amor que tinha por ele; lembro como era a sensação. Mas lembro aquela época, e é como se tivesse acontecido com outra pessoa. Se eu o afastar agora, talvez tudo isso seja menos doloroso a longo prazo.

Sexta-feira, 3 de agosto de 2007

Greg me convida para um drinque

Esta é a multa que levei por estacionar em local proibido na primeira noite em que saí com Greg. Eu estava atrasada, é claro. Tinha levado um tempo absurdo, talvez mais do que para qualquer encontro antes, pensando no que vestir e até mesmo se devia ir. Ele havia me convidado mais cedo naquele dia tórrido, e eu aceitara, mais por não saber como recusar do que por querer ir. Tirei tudo que tinha no armário e experimentei. E tudo que eu tinha me deixava gorda e velha — ou pelo menos foi o que pensei. Então encontrei aquele vestido de chiffon e o achei muito decotado; depois, experimentei aquele vestido tie-dye longo de alcinha e achei que mostrava minha idade; então fui ao quarto de Caitlin, que estava na cama, fingindo ler, e perguntei o que vestir para um encontro, e ela escolheu uma roupa que me fazia parecer uma bibliotecária — uma bibliotecária que também é freira depois do expediente. Então voltei ao meu quarto e achei uma calça jeans e uma camisa de malha, o que me fez parecer garota-propaganda de produtos para a pele, mas a essa altura era só o que eu tinha. Fiquei me virando de um lado para o outro, me olhando com aquela calça, pensando se realmente poderia ir com ela, sentando para verificar os pneuzinhos que apareciam por cima do cós, pensando naquele aventalzinho de pele solta que nunca voltou ao lugar depois do nascimento de Caitlin; imaginava se Greg sabia que tinha convidado uma mulher com estrias para sair.

— É só um drinque — foi o que eu disse ao meu reflexo no espelho.

Era apenas um drinque, mas, ao cruzar um sinal vermelho para chegar pontualmente ao pub, fazendo o carro parar com uma freada estridente e estacionar num lugar proibido, meu coração estava acelerado, e minha pele pinicava de um modo que eu nunca sentira antes, ou pelo menos não sentia há muito tempo.

Ele tinha dito que estaria no jardim, nos fundos. Atravessei o pub sentindo que todos olhavam para mim, uma mulher de 35 anos usando calça jeans e camisa de malha. Estava cercada de mulheres mais jovens que usavam blusinhas leves e shorts minúsculos, exibindo seu guarda-roupa de verão com a beleza segura que a juventude e a firmeza nos proporcionam. Eu me senti tão velha, tão mais velha que os meus quase 36, tão boba de ter concordado em sair com Greg, mais boba ainda por me permitir achar que era um encontro romântico. Eu tinha certeza de que, após uma conversinha forçada, ele viria com o papo de que poderia fazer mais algum trabalho na minha casa, ganhar mais dinheiro à minha custa. Ou talvez fosse como aquelas histórias da TV ou das revistas, em que uma coitada qualquer se apaixona por um golpista e ele leva todo o dinheiro dela. Na verdade, eu não tinha dinheiro nenhum, mas, quando avistei Greg sentado bem no fundo do jardim, debaixo de uma árvore, achei que poderia lhe dar a chave da casa em troca de cinco minutos para simplesmente ficar olhando para ele.

Ao me aproximar, ele se levantou do banco, ainda com uma perna de cada lado, como um caubói. Foi o que pensei quando o vi ali: ele parece um caubói. Um caubói mestre de obras.

— Pedi uma taça de vinho branco para você — disse Greg, acenando com a cabeça para a taça suada na mesa. — Não sabia se era o certo, mas como você tem um monte de garrafas de vinho branco na sua lata de recicláveis... É um Pinot Grigio. Não sou conhecedor, mas havia três tipos disponíveis em taça, e este era o mais caro.

Eu ri, ele corou; eu corei, ele riu. Houve um instante sem olhar um para o outro, sem saber se a gente se beijava ou se tocava de algum modo, até que, após alguns movimentos desajeitados da esquerda para a direita, sempre perdendo o outro, não fizemos nada disso.

Eu não conseguia decidir se me sentava na frente dele, do outro lado da mesa ou no mesmo banco em que ele estava sentado feito caubói. Por fim, dei a volta e me sentei do outro lado da mesa, bem de frente para o sol. Era fim de tarde, mas o calor ainda estava intenso, e quase imediatamente, quando uma gota de suor se formou na base da minha nuca e correu por minhas costas, eu me arrependi de não ter sentado ao lado dele, na sombra. Mas era tarde demais para mudar de lugar.

Não me lembro do que conversamos porque me lembro de todo o resto: a sensação de estar perto dele, o calor na nuca, o sol queimando meus braços e minhas bochechas ficando brilhosas de suor, a vontade de tomar outra taça e de ir ao banheiro, mas sem poder me levantar, logo depois de ter chegado.

— Você está pegando fogo — disse Greg.

— Ah, obrigada — falei, baixando os olhos, sentindo uma excitação repentina diante do elogio franco e inesperado.

— Não, eu quis dizer que você parece estar com calor, por causa do sol.

Por um instante, fiquei olhando para ele, envergonhada, apavorada, e então dei uma risada. E ele também riu. Enterrei a cara nas mãos, sentindo o sangue correr para a superfície da pele de todo o meu corpo.

Então Greg sugeriu que nós tomássemos outra taça de vinho do lado de dentro, longe do sol. Ofereceu a mão para me ajudar a levantar do banco, mas eu recusei e ele ficou me esperando desprender a perna que, não sei como, tinha ficado presa embaixo da mesa. Acabei tropeçando e caindo em cima dele, que segurou meus braços para me equilibrar e em seguida os soltou. Quando entramos, senti que todos os olhares estavam em nós, imaginando o que ele poderia estar fazendo comigo. Greg parecia o tipo de homem que estaria num calendário, cuja namorada teria bem menos de 30 anos, como ele, com um corpo sarado e cabelos louro-claros. O que estava fazendo comigo?

No bar, ele ficou parado, de pé, e me lembro da primeira vez em que me tocou de propósito. Lembro exatamente como foi — a excitação, o susto, o desejo quando ele correu o dedo indicador pelas costas da minha mão, que descansava no balcão. Nós nos olhamos e nada dissemos sobre isso: continuamos conversando, e os dedos dele pousaram sobre minha mão.

O sol estava finalmente se pondo quando voltamos para o carro e eu encontrei o papel da multa. Greg pediu desculpas e respondi que ele não tinha nada a ver com aquilo. Retirou-a do para-brisa para mim, e eu a dobrei e coloquei na bolsa.

— Tchau — falei.

— Posso ligar para você? — perguntou, deixando de lado as despedidas.

— É claro — respondi, ainda sem saber se ele estava tentando conseguir mais trabalho.

— Amanhã, então. Eu ligo amanhã.

— Greg... — Eu fiz uma pausa bem longa, sem saber como dizer o que devia. — Tudo bem — acabei dizendo, e fiquei lá parada, sem jeito, com a mão na porta do carro, sem saber direito como ir embora.

Greg abriu a porta para mim e me esperou entrar. Esperou até eu virar a chave e seguir o trânsito. Somente depois que passei por um sinal e virei à direita ele desapareceu do espelho retrovisor.

Nos dias que se seguiram eu me esqueci da multa de trânsito, dobrada no fundo da minha bolsa. Eu tinha muito mais em que pensar. Não, não é verdade. Só conseguia pensar numa coisa. Só conseguia pensar em Greg.

5
Claire

"Desculpe, o número chamado encontra-se indisponível", diz novamente a educada voz feminina. Olho para a coisa, a placa preta brilhante que tenho na mão, e a devolvo para Greg. O aparelho de fazer ligações. Eu sei o que ele faz, mas esqueci o nome e como fazê-lo funcionar. É o mesmo com os números: sei o que fazem, mas não como.

— Tentamos de novo?

Estoicamente, ele faz que sim. Desconfio que acredite que estou perdendo tempo, impedindo-o de sair para trabalhar. No entanto, não sei o que ele está pensando, pois, desde a noite em que Caitlin foi embora, nós mais ou menos paramos de nos falar. Antes, éramos um só, duas linhas tão perfeitamente entrelaçadas que era impossível se separarem... até a doença começar a me desenredar, me desprender da ligação com ele. Alguma coisa que eu fiz ou disse fez com que Greg parasse de agir da mesma maneira de antes. Não consigo lembrar o que foi, mas sei que estou agradecida por ele estar me evitando.

Eu o observo na realização de um ritual misterioso com a coisa de fazer ligações, o polegar deslizando pela superfície vítrea, tentando mais uma vez se comunicar com Caitlin. Ele fica escutando por um instante, e a voz feminina aparece de novo, desta vez mais distante: "Desculpe, o número chamado encontra-se indisponível."

— Já se passou muito tempo sem um contato, não é? — indago, sentada no chão do quarto de Caitlin.

Vim para cá assim que acordei, à procura de algo que possa me dizer onde ela está e sabendo que, seja o tempo que for, já é tempo demais. O medo toma conta de mim na hora em que acordo até vir ao quarto dela e começar a procurar por pistas de novo. Falo "de novo" porque, antes de pedir a ele que tentasse entrar em contato com minha filha pela coisa falante, Greg me contou que eu estou fazendo isso há vários dias seguidos. Talvez esteja, mas o medo é intenso, e novo. É medo de que vinte anos tenham se passado enquanto eu dormia. Medo de que Caitlin tenha crescido e ido embora sem que eu percebesse. Medo de que eu a tenha imaginado, que ela nunca tenha sido real.

Olho ao meu redor. Isto é real — Caitlin é real —, e faz muito tempo.

Ainda estou com meu pijama cinza de algodão e meias, e me sinto desconfortável de estar sem sutiã no mesmo quarto que Greg. Não quero que ele me olhe, então puxo os joelhos até o queixo e envolvo as pernas com os braços, ficando embrulhada. Mas tudo bem, porque ele quase nunca me olha diretamente desde a noite em que Caitlin se foi, seja lá quanto tempo faz.

— Não faz *tanto* tempo assim — diz ele, largando a coisa na coberta da cama bem-feita de Caitlin, e eu me pergunto se posso confiar nele. — Não se esqueça de que ela é uma mulher adulta. Ela disse que queria espaço. Um tempo para pensar.

Eu tinha um número que ligava para um lugar, um prédio de verdade, e não para aquele aparelho que Caitlin sempre carrega. Quando veio para casa no verão, ela trouxe todos os seus pertences pela primeira vez em dois anos, pois no ano seguinte, seu último na universidade, ela ia morar em outro lugar. Greg a buscara com a caminhonete e eu havia ficado sentada enquanto eles a descarregavam e Caitlin levava malas e mais malas cheias de sua vida escada acima, de volta para o quarto. Disse que ela e as amigas tinham conseguido um lugar melhor, perto do campus, mas nunca nos deu o endereço. Eu tinha ficado tão acostumada a toda hora poder entrar em contato com ela que suponho que imaginava estarmos em comunicação permanente e sempre poderíamos nos falar em questão de segundos. Mas isso era quando eu ainda sabia usar o objeto cujo nome não sei mais — e quando ela costumava atendê-lo de imediato.

Algo está errado; mais errado que mágoa e raiva.

— A sensação é de que tem muito tempo. — Cravo os pés no tapete.

Não sei direito quanto tempo faz. Um dos meus medos ao acordar todos os dias é que o tempo possa ter sumido enquanto eu não estava concentrada. Ela pode ter ido embora há um dia, uma semana, há um ano ou dez. Será que eu passei anos na névoa? Será que ela está mais velha agora e tem filhos e eu perdi uma vida inteira, deitada, inconsciente, adormecida no meu vácuo?

— Pouco mais de duas semanas — diz ele, olhando para as próprias mãos unidas entre os joelhos. — Não é muito, na verdade.

— Não é nada quando se tem 20 anos e se está na universidade — Minha mãe aparece, parada no vão da porta, de braços cruzados. Ela dá a impressão de estar a ponto de me mandar arrumar o quarto, embora este seja o de Caitlin. — Lembra quando você foi viajar de trem pela Europa com aquela garota? Como é mesmo o nome dela?

— Laura Bolsover — respondo, imediatamente me lembrando do rosto de Laura, redondo e oleoso, covinhas nas bochechas, vários piercings na sobrancelha esquerda.

Os nomes do meu passado distante vêm com uma facilidade absurda, pois com muita frequência eu sinto como se estivesse lá e este *aqui*, este *agora*, fosse um simples intervalo da realidade. Eu a conheci numa festa quando tinha 17 anos. Nós ficamos amigas instantaneamente e assim permanecemos por mais ou menos um ano, até nossas vidas nos levarem para outras direções, e as promessas de mantermos contato serem esquecidas em questão de dias, talvez horas.

— Isso. — Mamãe assente com a cabeça. — Ela mesma. Bem atrevidinha, sempre rindo como se estivesse achando graça de uma piada. Bem, não importa, vocês duas saíram pela Europa, e, pela maior parte daqueles três meses, eu não tive notícias suas. Fiquei preocupada, mas o que eu podia fazer? Precisava acreditar que você ia voltar, o que acabou acontecendo. Como um bumerangue.

— Bem, isso foi antes... — Gesticulo para a coisa que está enlouquecidamente adormecida sobre a cama. — Era mais difícil se comunicar. Agora dá para ligar de qualquer lugar, e existe e-mail.

— Lembro dos e-mails. Sorrio, bem orgulhosa do fato de ter me lembrado da existência deles e de ter falado. Tentei isso também, ou pedi que mamãe e Greg tentassem por mim, de pé ao lado do livro de palavras, dizendo o que deviam escrever. Ainda não tive resposta.

Mamãe olha em volta do quarto de Caitlin, o papel de parede de botõezinhos de flores cor-de-rosa quase todo coberto de pôsteres de bandas de rock de aparência deprimente

— Duas semanas não é tanto assim.

— São mais de duas semanas — digo, tentando salientar essa informação na mente, fixá-la em algum lugar para que não me escape. — É muito tempo para Caitlin. Ela nunca fez isso antes. Nós sempre nos falamos, quase todos os dias.

— A vida dela nunca foi assim antes — diz mamãe. — Ela também está enfrentando tudo isso, o seu... — Ela gesticula de um modo que suponho que esteja se referindo ao Alzheimer, pois não gosta de dizer a palavra em voz alta. — Além disso, ela acabou de descobrir que foi gerada por um homem que nunca soube que ela existia. Não é de admirar que sinta necessidade de fugir.

— Sim, mas eu não sou *você* — me ouço dizer. — Caitlin não sente necessidade de fugir de *mim*.

Mamãe fica mais um instante parada no vão da porta e depois dá a volta. Fui cruel de novo. Suponho que todos saibam que o motivo para eu ser cruel é a D.A., que me impede de saber o que as coisas são e como dizê-las, e também porque muitas vezes fico assustada. Suponho que todos saibam, mas isso não impede que eu os magoe e que eles comecem a ficar tensos, e acho que até ressentidos comigo. E deve ser mais difícil quando eu sou quase eu, mas não de maneira completa. No momento, sou suficientemente eu mesma para que Esther não veja a diferença. Vai ser mais fácil para eles quando mais de mim se for.

— Vou passar o aspirador lá embaixo — grita mamãe da segurança do patamar da escada.

— Não havia necessidade disso — me repreende Greg. — Ruth está fazendo o máximo para ajudar. Para estar aqui por você, por todos nós. Você continua agindo como se ela estivesse tentando piorar sua vida de propósito, não melhorar. — Dou de ombros, e sei que isso o enfurece. — Eu tenho que sair para trabalhar, Claire. Alguém precisa ficar aqui para... tomar conta das coisas... e temos sorte que sua mãe esteja disposta a ser essa pessoa. Tente se lembrar disso.

É uma coisa tão inadequada de me dizer, logo para mim, que me dá vontade de rir. Daria uma risada se não estivesse com tanto medo por Caitlin.

— Tem alguma coisa errada, eu sei. — Fico de pé, curvando os ombros para esconder os seios. — Seja o que for que tenha perdido, ainda conheço a minha filha. Ainda sei que isso tem a ver com mais do que apenas eu ter contado a ela sobre o pai. Se fosse só isso, teria discutido comigo. Teria havido gritaria, briga e choro, mas não isto. Não este silêncio. — Abro as gavetas, procurando por alguma coisa em meio ao monte de roupas pretas, torcidas e jogadas lá dentro sem qualquer organização. — Eu sei quando há algo de errado com a minha filha.

— Claire. — Greg diz meu nome, mas não fala mais nada por um tempo enquanto eu abro o armário de Caitlin. Há algo de errado no armário dela, cheio de cabides com roupas pretas. Mas não sei o que é. — Claire, eu entendo que você esteja com medo e com raiva, mas eu sinto sua falta, Claire. Sinto muito sua falta. Por favor... não sei o que fazer... Será que não dá para você voltar para mim, só por um tempo? Por favor. Antes que seja tarde demais.

Eu me viro devagar e olho para ele. Vejo seu rosto, que parece meio desbotado, desgastado, e seus ombros curvados.

— O problema — digo a ele numa voz bem baixa — é que não lembro como fazer isso.

Greg se levanta bem devagar, desviando o rosto de mim.

— Preciso ir trabalhar.

— Tudo bem ficar chateado comigo — afirmo. — Grite comigo, me chame de vadia, de vaca. Francamente, eu preferiria.

Mas ele não responde. Eu o ouço descer as escadas e espero por mais uns segundos até que a porta da frente se feche, e de repente estou sozinha no quarto de Caitlin, o barulho do aspirador de pó vindo lá de baixo. Fecho a porta e respiro o ar quente, as partículas de pó girando no raio do sol da manhã que aquece a coberta da cama, e penso em que época do ano estamos. Caitlin voltou para a faculdade, então deve ser outubro. Ou fevereiro. Ou maio.

Olho em volta, à procura de uma pista, do motivo para ela não atender às minhas ligações. Não há nenhum diário secreto, nenhum esconderijo de cartas. Eu me sento e lentamente abro a parte de cima do livro de palavras dela. Algo sobre ele estar ali me deixa inquieta: tão arrumado sobre a escrivaninha, parece uma relíquia. Olho para as teclas e passo os dedos em cima, sentindo-os afundar com meu toque. Minhas mãos costumavam voar sobre estas teclas, às vezes formando palavras com mais rapidez do que eu conseguia pensar nelas. Não mais. Agora, se tento digitar, é atrapalhado, lento e errado. Eu tenho as letras na cabeça, mas meus dedos não as executam. Greg gastou muito dinheiro para me conseguir um software de reconhecimento de voz para o computador lá debaixo, pois eu ainda consigo pensar muito melhor do que articular em palavras. Mas ainda não usei. A caneta-tinteiro cor-de-rosa que Esther me deu de aniversário ainda funciona bem, ligando o que resta da minha mente aos meus dedos, e as palavras saem direito no livro da memória. Quero continuar escrevendo à mão pelo máximo de tempo possível, até esquecer para que servem os dedos.

Fecho o livro de palavras e corro um dedo pela fileira de livros que Caitlin colocou no parapeito da janela, procurando alguma coisa, talvez uma tira de papel servindo de marcador de livro, algo que me diga o que há de errado. Mas até os livros quietos pousados na janela me parecem errados, embora eu não saiba por quê. Fico ali sentada por bastante tempo, olhando as coisas dela à minha volta e então noto que a cesta de papel, embaixo da escrivaninha, ainda está cheia, lenços de papel e de tirar a maquiagem, manchados de preto. Fico impressionada que mamãe ainda não tenha passado para esvaziá-la — ela parece ficar limpando a casa num ciclo sem fim, dando voltas e mais voltas com um pano de tirar pó, mantendo-se ocupada enquanto finge que não está apenas garantindo que eu não vá sair porta afora nem queimar a casa por acidente. Tudo indica que eu não saio muito de casa; acho que não quero. O mundo exterior está cheio de pistas que não consigo mais decifrar. A única pessoa que está contente com minha prisão domiciliar é Esther, que sempre reclamava por eu não passar tempo suficiente com ela. "Você não vai trabalhar", ela dizia-me quando eu tentava ir para a escola. "Vai ficar em casa e brincar comigo, sim, sim?"

E, se eu subo as escadas ou vou ao banheiro, ela ainda me pergunta: "Você não vai trabalhar, vai, mami?" E agora sempre posso dizer que não. E deixo que ela me leve para seu mundo imaginário — de criaturas minúsculas com vozes finas, chás, aventuras no fundo do mar, corridas e hospital, onde eu sempre sou a paciente e ela está sempre me deixando melhor com um curativo feito de papel higiênico. Pelo menos ainda faço Esther feliz. Talvez a faça mais feliz do jeito que sou agora do que fazia antes, e isso já é alguma coisa.

Pego a cesta de papel e a esvazio no chão, preparando-me para achar algo que não quero realmente saber, mas ao primeiro olhar tudo me parece inócuo, a não ser por um maço ainda quase cheio de cigarros, o que me surpreende, pois acho que Caitlin não fuma. E, se fuma, por que o jogaria fora? Começo a recolher o lixo e então vejo: uma coisa longa de plástico. Eu pego e fico olhando. Eu sei que antes saberia o que é, mas agora, não. Sei apenas que aquilo significa algo muito, muito importante, pois meu coração reagiu com uma aceleração incômoda.

— Mamãe! — grito para o andar de baixo, mas não há resposta, apenas o barulho do aspirador.

Parada no alto das escadas, olho para a coisa de novo. Observo com atenção, tentando desvendar seus mistérios. A porta do banheiro se abre e Greg aparece, e imediatamente eu escondo o objeto nas costas. Não sei por que, mas sinto que é um segredo.

— Achei que você já tivesse saído — digo.

— Saí, mas voltei — diz ele. — Eu tinha esquecido uma coisa.

— Sei como é. — Dou um sorrisinho, mas Greg não retribui.

— O que você tem aí? — pergunta ele, acenando com a cabeça para meu braço dobrado nas costas.

— Não sei.

Após um instante de hesitação, eu mostro a ele. Seus olhos se arregalam quando vê e cuidadosamente tira o objeto da minha mão.

— O que é isso? — pergunto, resistindo ao impulso de pegá-lo de volta.

— É um teste de gravidez — diz Greg. — É de Caitlin?

— Estava no quarto dela. Foi usado?

— Foi.

— Então, o que diz? — pergunto, frustrada.

— Nada. — Ele balança a cabeça. — Os resultados não ficam para sempre, lembra? Lembra que queríamos guardar o de Esther, mas depois de alguns dias o resultado sumiu e percebemos que era uma bobagem querer guardar aquilo?

Seu sorriso é carinhoso; seu rosto, dócil; por um instante eu o reconheço, e a sensação é maravilhosa. Como ver a pessoa amada lá no fim da plataforma da estação, emergindo do vapor do trem. Por um instante, fico tão feliz, tão repleta do amor perdido, e estou prestes a me atirar nos braços dele, quando todas as peças desajustadas, embaralhadas, do mosaico que formam meu mundo se encaixam, e eu vejo tudo. É isso que está errado com os armários de Caitlin: eles ainda estão cheios de roupas. Basicamente as roupas pretas que gosta de usar — ela as deixou e só levou umas poucas coisas. Seus livros didáticos estão na janela; seu livro das palavras ainda está fechado sobre a escrivaninha. Seja aonde for que Caitlin tenha ido naquela noite, duas semanas atrás, não foi de volta à universidade. Ela não levou nada.

— Preciso encontrá-la — digo, descendo rapidamente as escadas numa grande urgência de estar com ela.

Vou até a mesinha junto à porta onde ficam as chaves do meu carro, dentro de uma tigela vermelha de vidro. Greg desce correndo as escadas atrás de mim.

— Onde estão as chaves do meu carro? — pergunto a ele, alto o bastante para que minha mãe desligue o aspirador e venha até o vestíbulo. — Preciso das chaves do carro. — Estendo a mão enquanto Greg e minha mãe ficam me olhando.

— Claire, querida — fala mamãe cautelosamente, como se eu fosse uma bomba prestes a explodir. — Aonde quer ir? Eu levo você...

— Não preciso que você me leve. — Sinto minha voz se elevando. Esther aparece no vão da porta, atrás de minha mãe. Eles não percebem que agora, neste exato momento, eu sei tudo, como antes, e preciso ir, antes que a névoa chegue de novo. Preciso ir agora, enquanto consigo ver e pensar. — Eu posso dirigir. Eu sei para que serve a direção e a diferença entre freio e acelerador, e preciso encontrar Caitlin. Acho que ela está grávida!

Ninguém responde; ninguém vem me ajudar nem pega as chaves nem percebe o quanto eu falo sério. Até Esther fica me olhando, confusa. Será que estou dizendo as palavras que acho que estou em voz alta, ou eles estão ouvindo algo completamente diferente?

— Por que vocês estão fazendo isso comigo? — grito, descobrindo de repente que estou com o rosto molhado de lágrimas. — Por que estão tentando me manter prisioneira aqui? Vocês me odeiam tanto assim? Caitlin precisa de mim, não entendem? E eu preciso encontrá-la. Quero as chaves do meu carro!

— Amor, veja... respire fundo, vamos pensar nisso... — Greg toca meu braço.

— Ela precisa de mim — digo a ele. — Eu a decepcionei. Caitlin acha que não posso mais ser a mãe dela, e talvez esteja passando por essa coisa imensa, essa coisa que eu conheço, mas só consegue pensar em como eu fiz tudo errado. E ela não pode pensar assim porque eu sei, sei exatamente o que está passando e ela precisa de mim agora, antes... que tudo vá embora de novo. Greg, *por favor, por favor*, eu amo você. Estou aqui, estou aqui agora. Eu amo muito você. E você sabe disso. Por favor, por favor, não me deixe longe dela!

— Não entendo o que está acontecendo — diz mamãe, enquanto continuo olhando para Greg, querendo que ele veja que desta vez sou eu, que estou aqui, agora. Eu, o *eu* que ele conhece. Querendo que ele veja antes que me vá outra vez.

— Caitlin está grávida — digo a ela. — É claro que está. Não sei como não percebi. Ela parece tão cansada o tempo todo e tão preocupada. E não levou nada com ela, nada do que levaria para um semestre na universidade. Por que não me lembrei disso? Ela mal fez uma mala. Simplesmente se foi e não atende o telefone nem responde aos e-mails, não está no... Twitter nem na outra coisa. Aonde ela foi? Mamãe, preciso ir até ela. Você precisa deixar. Você não pode me deixar longe da minha filha!

— Mas você não sabe onde procurar — diz mamãe, e é ela que vem à frente, que passa o braço pela minha cintura e fala comigo, sua voz baixa e suave, me levando para a sala. Greg não se mexe. Olho para ele por cima do ombro, e todo seu corpo está cerrado, como um punho. — Já sei, por que você não senta e nós ligamos para a universidade e descobrimos onde ela está morando. Não sei por que não pensamos nisso antes.

— Não quero sentar — digo. — Quero encontrar minha filha.

— Acalme-se — me tranquiliza mamãe como se eu tivesse ralado o joelho. — Venha se sentar na cozinha e nós vamos pensar.

— Preciso ir — diz Greg do vestíbulo. — Já estou atrasado para o serviço. Claire, você não precisa se preocupar. Nem sabemos do resultado do teste. Fique calma. Ruth e eu vamos descobrir o que está acontecendo.

Não respondo nada, e ele vai embora sem perceber que sou eu que estou aqui. E não sei se vou conseguir perdoá-lo por isso.

Esther sobe no meu colo, segurando à bainha da blusa do meu pijama.

— Está passando aquele programa que você gosta? — sussurro para ela, enquanto mamãe enche a chaleira na cozinha. — Aquele dos legumes que falam?

— Quero ligar a TV, quero ligar a TV, quero ligar a TV! — grita Esther de imediato.

Mamãe se vira, resmunga e revira os olhos, indo para a sala com Esther atrás dela.

— No meu tempo, nós líamos livros — diz, esquecendo que Esther ainda não aprendeu a ler.

Aproveito o instante, vou até a porta dos fundos e visto o único casaco que está lá: é de Greg, grande, grosso e quente, salpicado de lama por causa do trabalho na obra. Tem umas botas que acho que são da minha mãe; eu as calço. São um pouco pequenas para mim, mas estou sem meias, então não ficam muito apertadas. Vou precisar de dinheiro, então pego a bolsa dela na bancada da cozinha e saio pela porta dos fundos, pelo quintal e pelo portão aberto. Paro. Penso em tudo que acabei de descobrir. Eu relembro, e os fatos ainda estão lá. Agora mesmo, neste instante, eu sou eu; eu sou eu e sei tudo. Começo a andar para o centro da cidade, para a estação de trem. Estou livre.

Domingo, 8 de agosto de 1993

Ruth

Este é o marcador de livro com um trevo de quatro folhas que dei a Claire no dia em que ela saiu de casa, de novo, para recomeçar sua vida. Caitlin tinha pouco mais de um ano, e elas moraram comigo durante todo seu primeiro ano de vida. Foi um dos anos mais felizes da minha vida.

Quando Claire me procurou muitos meses antes e me disse que estava deixando a universidade para ter um bebê, eu não a contrariei nem tentei fazer com que mudasse de ideia. Sabia que não ia adiantar. Ela sempre foi como eu: decide fazer algo e faz, não importa o que os outros pensem. Como no dia em que decidi me casar com um homem muito mais velho que nem sequer ouvira falar dos Beatles e dos Stones. Um homem que, para o mundo exterior, nunca poderia se encaixar na minha vida. Mas eu sabia que ele se encaixava, e isso bastou, até o dia em que morreu. Então, não tentei fazer Claire mudar de ideia nem quis prepará-la para ser mãe: simplesmente a acolhi e deixei que construísse um muro em volta de si mesma, afastando-se de sua vida passada e dos amigos, aguardando a maternidade. Eu achava — esperava — que talvez aquilo tivesse um pouquinho a ver comigo, sua determinação de trazer um filho a este mundo. Éramos muito ligadas antes.

Um dia, minha filha escandalosa, insolente e corajosa estava conquistando o departamento de inglês em Leeds com a coragem de uma

Boadiceia, a rainha dos celtas, e, no seguinte, estava tudo desfeito. Bem como as heroínas dos romances que eram objeto de seus estudos. Ela sucumbira ao que imaginara ser amor e se perdera no turbilhão. Quando acabara e a tempestade a havia deixado num lugar muito distante de qualquer coisa que ela reconhecia, Caitlin já estava lá, guardada dentro dela, uma minúscula pérola negra de vida esperando para florescer. Naqueles primeiros momentos, quando ela chegou à minha casa, nós ficávamos conversando o tempo todo, sobre o amor e a vida, ambições e futuro e sobre como, às vezes, as coisas não saem do jeito que se planeja nem como se quer que sejam. Claire conseguiu um trabalho de meio período na biblioteca e me lembro disso como uma época feliz — lendo livros, trocando livros, falando a respeito deles. Pintando o quarto de hóspedes para o bebê, tentando montar um berço numa noite. Nós quase nos matamos, mas também rimos muito.

Quando Caitlin chegou, eu não podia ter ficado mais orgulhosa de Claire: ela mesma era pouco mais que uma criança, mas imediatamente se apaixonou por seu bebê. Imagino que, na época, na hora em que eram apenas elas duas, o pai de Caitlin não parecia nada importante. Devia ter lhe falado que ele teria importância um dia, mas não falei. Eu via as duas juntas num casulo e queria mantê-las seguras e puras. O primeiro ano voou, Claire sentada na cozinha, cantando para Caitlin enquanto conversávamos e ríamos.

Eu sabia que elas não ficariam lá para sempre, e estava certa. Minha filha não é do tipo que fica sentada esperando que a vida aconteça: não, ela vai ao seu encontro e a agarra com toda as forças. Bem como o pai que ela mal conheceu.

O dia que saiu de casa novamente foi para assumir seu segundo emprego, o único que conseguiria sem formação nem experiência: recepcionista de um parque tecnológico no campus da faculdade de pedagogia local. Ela disse que gostava de estar entre os alunos, que tinham mais ou menos a idade dela e, embora o trabalho fosse maçante, e ela não levasse muito jeito para aquilo, gostava do chefe.

Claire encontrou um quarto para morar com Caitlin, em cima de uma lanchonete próxima ao campus. Eu não queria que se mudassem. Queria que ficassem em casa comigo, em segurança e conforto, onde eu poderia continuar protegendo as duas, mas ela estava decidida a retomar sua vida. Mesmo que não fosse a vida que havia planejado ou a que eu esperasse — de uma carreira brilhante, fazendo parte dos letrados, dos romancistas vencedores de prêmios, dos inteligentes e dos famosos contadores de histórias. Ela não estava amargurada com isso, com a parada abrupta que Caitlin trouxera à sua vida. No fundo, acho que ficou aliviada. Agora só precisava tomar conta de si mesma, sem se preocupar em satisfazer promessas ou fracassar. Já não havia grandes expectativas. Às vezes eu acho que foi só então, quando não tinha o fardo da responsabilidade de tentar ser bem-sucedida, que ela começou a fazer as coisas direito.

No dia em que foram embora, fiquei observando-a colocar as últimas coisas na mochila enquanto eu segurava Caitlin no colo.

— Vai me ligar? — perguntei.

— Mamãe, vou estar perto daqui. Tipo, cinco minutos de distância.

— Não parece que você tem o suficiente só nessa mochila. Por que não deixa que eu leve vocês de carro? Assim, pode levar mais coisas. Não que eu me importe de você ter coisas aqui. Eu gostaria que deixasse todas as suas coisas aqui e me deixasse cuidar de vocês duas.

— Preciso fazer isso, mãe. Preciso ser adulta.

Foi quando eu lhe dei o marcador plastificado, com o trevo de quatro folhas, uma delas ligeiramente separada das outras três. Abaixo, em itálico, estão as palavras: "Cada folha deste trevo traz um voto para seu caminho. Sorte, saúde e felicidade, hoje e sempre."

Ela deve ter achado que eu tinha enlouquecido, pois ficou intrigada quando lhe dei o marcador, um objeto tão distante das nossas vidas que dava a impressão de ter surgido de outro universo. Ao sair para comprar leite na mercearia da esquina aquela manhã, eu o tinha visto numa banca de jornal e me pareceu perfeito.

— É para fazer você lembrar de todos os livros que lemos juntas — expliquei. — Sei que é bobo, é só uma lembrança.
— Na verdade, eu adorei. — Ela sorriu. — Eu amo você, mamãe.
— Ele meio que falou comigo — contei.

Lembro-me de abraçar Caitlin, a mochila e Claire, tudo ao mesmo tempo, e beijar as duas em cada bochecha antes de deixá-las ir.

— A vovó está ouvindo vozes de novo! — disse Claire a Caitlin.

Ela enfiou o marcador no livro Como água para chocolate, que estava no alto da mochila, e o guardou com ela desde então, me devolvendo quando chegou a minha vez de escrever em seu livro da memória, me pediu para lembrar o dia em que eu a presenteei e explicar seu significado.

Acho que não sabia o que essa pequena lembrança significava até vê-la de novo vinte anos depois, mas agora acho que sei. Acredito na sorte, acredito no destino, e que nada é arbitrário ou acontece por acaso. Acho isso reconfortante agora, pois tenho certeza de que tudo acontece por uma razão, até mesmo o fato de perdermos as pessoas que amamos mais de uma vez. E eu conheço Claire melhor que ninguém, e sei que ela vai brilhar mais que qualquer estrela no céu pelo tempo que puder: vai brilhar, não importa o que aconteça. Sei que, em breve, muito em breve, vou ter que parar de sentir tanta raiva e simplesmente lhe dizer que também a amo.

6
Claire

Vou até o fim da rua, onde fica a avenida e passam os ônibus. Chego lá, e poderia até esperar por um, mas nunca ando de ônibus. Não sou exatamente o tipo de pessoa que anda de ônibus, pelo menos desde que passei dos 30. É uma questão de princípio: estou sem acesso a um carro no momento, mas tenho, ou pelo menos tinha até pouco tempo, meios para comprar um carro novo. Além disso, não quero ser aquela pessoa no ônibus com roupa de dormir, aquela que os outros fingem não ver. Isso me faz pensar no quanto deve ser horrível para as pessoas loucas de verdade. Já é ruim o suficiente sentir-se tão mal e perdido ou ouvir vozes na cabeça sem que o resto do mundo se recuse a nos notar. É claro, logo, logo começaríamos a questionar se somos reais. Comigo seria assim. Eu começaria a me perguntar se sou real. Portanto, não quero ser essa pessoa invisível, pois tenho certeza de que neste instante tudo está presente e correto na minha cabeça, e não sou uma coitada demente vagando pelas ruas, mas uma rainha guerreira, racional e lúcida, correndo para a liberdade, para solucionar as coisas. É isso que estou fazendo... não é?

Não posso parar para pensar nisso. Se hesitar, perco o momento. Então decido andar. Andar cheia de determinação, para que todos vejam que tenho para onde ir. Não é longe. É uma caminhada tranquila, mas devo admitir que estou com frio, mesmo com este casacão pesado. E queria ter saído de sutiã: sentir os seios sacolejando para cima e para baixo, completamente descontrolados, diminui muito a autoconfiança. Mas vamos lá. Quando se é forçado a escapar da prisão, nem sempre dá tempo de pensar nas opções de roupa íntima. Agarro a bolsa da minha mãe junto ao corpo e encolho os dedos na ponta das botas. No fim da rua, viro à esquerda — esta é a mão com que não escrevo —, e então sigo pela avenida larga até chegar à estação. Vou acabar chegando à estação se continuar andando pela avenida. É como o lobby de um hotel em algum lugar onde, se você ficar lá sentado por muito tempo, acaba encontrando todo mundo que conhece.

Mas não estou indo para um hotel.

Ninguém está olhando para mim, o que é bom. Achei que eu poderia parecer uma fugitiva de hospício, mas suponho que a calça de algodão cinza do meu pijama, embora não seja ideal para esse frio cortante, não é extravagante a ponto de chamar a atenção, e, graças a este casaco pesado, só eu sei que saí de casa às pressas. Fico rindo sozinha e por um segundo esqueço o que estou fazendo e por quê. Será que as pessoas não estão olhando para mim porque não conseguem me ver?

Cabeça erguida, queixo para cima, ombros para trás, lembre-se da rainha guerreira. Estou fora de casa, saí sozinha e sou eu mesma novamente. Dona do meu destino. É empolgante. Eletrizante. A sensação de liberdade é imensa. Ninguém me conhece — eu poderia ser qualquer pessoa —, e, se não tivesse que manter a discrição, ia cantar, saltitar, sair correndo, qualquer coisa do tipo. Adoraria correr se estivesse vestida de maneira apropriada, mas me contento em andar de modo decidido, convicta de que poderia ser qualquer mulher normal que saiu para uma caminhada com as botas da mãe e sem sutiã.

— Ei, olá. — Ouço uma voz vagamente familiar e ando um pouco mais rápido.

Se for alguém conhecido, não posso me arriscar à possibilidade de essa pessoa me impedir de seguir, de tentar me levar de volta.

— Ei, Claire? É o Ryan, se lembra de mim, do café?

Eu paro e olho para ele. Ryan. Por um instante, me dá um branco: que café, quando? Dou dois passos para trás, me afastando dele.

— Não lembra? Chovia muito, e você estava toda molhada. Eu disse que você parecia um rato afogado e bem bonitinho. Lembra?

Então me lembrei daquela combinação curiosa de palavras e do momento que as acompanhou. Foi um momento feliz, um momento em que me senti eu mesma. Ryan, o homem do café. E ali estava eu, sem sutiã.

— Hã... olá — digo, de repente me dando conta de que não penteei os cabelos nem lavei o rosto e muito menos escovei os dentes. Viro a cara para o outro lado, pois não quero que ele me olhe. — Estou só dando uma caminhada rápida.

— Eu esperava encontrá-la por aí de novo. — Ele tem uma voz bonita, gentil e bondosa, o bastante para que eu pense que, talvez não importe que meus cabelos estejam embaraçados e que meus olhos não estejam maquiados. — Achei que você iria me ligar.

— Desculpe — digo, meio aérea. — Andei muito ocupada.

Mentira. Não andei muito ocupada. Andei deitada no tapete, enrolada nas ataduras de papel higiênico de Esther, escrevendo no meu livro e preocupada com Caitlin. *Caitlin.*

— Na verdade, preciso ir a um lugar...

— Aonde? — pergunta ele, acertando o passo com o meu.

Enfio as mãos no bolso do casaco e encontro um pacote daquelas balas redondas de hortelã. Greg anda chupando balas. O que será que isso significa? Será que ele anda planejando beijar alguém, talvez alguém que não eu? Hoje me lembrei dele, ou pelo menos meu coração se lembrou, mas era tarde demais. Ele não me viu; deixou de se importar e me deixou. Paro de mexer nas balas, pensando no momento em que não serei mais nada para meu marido além da lembrança de tempos difíceis.

— Aonde mesmo você disse que estava indo? — repete Ryan, me cutucando para que eu responda.

— Para... — Paro de falar. Estou magoada e triste, e não sei por quê. O céu está limpo e dourado; o ar, fresco e puro, mas a névoa apareceu e estou perdida de novo. — Só vou dar uma caminhada.

— Posso caminhar com você?

— Não sei bem aonde estou indo — aviso. — Só estou andando, sem destino! — Há uma ponta de ansiedade na minha voz.

Eu sei que saí atrás de Caitlin, mas por quê? Onde vou me encontrar com ela? Será que vou buscá-la em algum lugar? Na escola? Uma vez, me atrasei para buscá-la na escola e, quando cheguei lá, ela estava pálida, os olhos inchados de tanto chorar. O ônibus se atrasara, tinha sido por isso. Não sou mais uma pessoa que anda de ônibus. Se eu me atrasar, ela vai ficar com medo; não quero que tenha medo.

— Preciso encontrar minha filha — digo.

— Você tem uma filha? — pergunta ele, e me dou conta de que não a mencionara na última vez.

— Sim, ela está na universidade. — Escuto as palavras se formarem na minha boca e presto bastante atenção a elas.

Sim, Caitlin está na universidade, não está me esperando no pátio de escola nenhuma. Ela tem 20 anos e está segura na universidade.

— Você não parece ter idade para ter uma filha na faculdade — diz ele, e não consigo deixar de abrir um sorriso.

— É um milagre moderno, não é? — Tiro uma mecha de cabelos do rosto e sorrio para ele.

— Podemos dar a volta? — sugere ele, sendo agradável. — Por aqui só tem o centro da cidade, lojas e trânsito. Se formos para o outro lado, poderemos até ouvir um pássaro cantar.

Andamos em silêncio por alguns minutos, e eu dou umas olhadas furtivas para ele. O homem que me lembro de ter conhecido no café era mais jovem, mas achei que eu também fosse mais jovem. Pelo que eu saiba, esse encontro pode ter sido dez ou vinte anos atrás, mas, pelo modo como ele fala comigo, de um jeito tímido, hesitante, sugere que nos conhecemos há pouco tempo e muito superficialmente. Mas deve ter gostado de mim: caso contrário, não teria parado para falar comigo.

Agora olho para ele, vejo que tem mais ou menos a minha idade e está bem-vestido, de terno e gravata. Parece o tipo de homem com quem eu devia ter me casado; o tipo de homem que teria um plano de previdência e provavelmente de saúde. Aposto que é melhor ficar demente tendo um plano de saúde. É como o atendimento público à demência, mas com comida mais gostosa e provavelmente TV a cabo.

— Nós realmente nos cruzamos por acaso? — pergunto de repente, um pouco receosa. — Ou você estava me perseguindo?

Ele ri.

— Não, não estou perseguindo você. Admito que tinha esperança de conseguir encontrá-la de novo. Sou apenas um homem solitário e triste que a viu num café semanas atrás e achou que você parecia... encantadora, e dava a impressão de precisar de cuidados e... Bem, ah... espero que não se importe que eu diga, mas você está fora de casa e ainda está de pijama, então só pensei que... talvez quisesse um amigo.

— Quer dizer que você é solitário e triste — digo, apreciando o fato de que ele notou minha roupa (por que estou fora de casa de pijama?) e mesmo assim não está me levando direto para um hospício. — E obviamente não é um profissional de marketing. Conte alguma coisa sobre você, tipo, por que é solitário e triste?

— Só se você me contar por que não se dá ao trabalho de trocar de roupa para caminhar — diz ele.

— Eu... — Fico a ponto de contar a ele, mas paro. Ainda não estou pronta. — Eu sou um espírito livre — digo, e ele ri. — Agora é a sua vez.

Ele não sabe que pode me contar o que quiser, e é bem provável que terei esquecido em questão de minutos; embora não tenha me esquecido dele nem do nosso primeiro encontro desde que falou as palavras "rato afogado e bem bonitinho". Bem, eu não havia pensado nele até então, mas assim que ouvi aquelas palavras, o reconheci e isso já é alguma coisa, uma coisa boa. E me lembrei dos olhos dele. Ele não sabe o que pode e não pode me contar, e fico impressionada e, sim, comovida, quando me conta tudo.

— Sou um caso patético — admite. — Minha esposa... ela simplesmente deixou de me amar e me abandonou. Estou arrasado. Sinto uma falta absurda dela. Tem dias em que não vejo sentido em continuar, mas então me lembro de que é preciso, pois há pessoas que dependem de mim. Gostava de ser a pessoa forte, mas não gosto mais. Agora, não sei como vou fazer para ser feliz de novo, e isso me apavora.

— Nossa! Isso é realmente triste e patético — digo, mas entendo.

Ele se sente perdido, assim como eu, tanto literal quanto figurativamente. Seguro a mão dele. Ele fica surpreso por um segundo e depois satisfeito, acho. De toda maneira, não se retrai.

— Que bom que você acha minha dor divertida. — Ryan sorri e me olha de esguelha.

— Não estou rindo de você — digo. — Só estou rindo de nós dois. Olhe só para nós, almas perdidas numa caminhada pelas ruas de Guildford. Na verdade, precisamos de um campo ou uma floresta. Precisamos de uma paisagem que tenha alguma metáfora apropriada. Postes de luz e pontos de ônibus não são o ideal.

Fico satisfeita comigo mesma: tenho certeza de que fui esperta e engraçada, tudo ao mesmo tempo. O pessoal lá em casa já me vê como um caso perdido. Será que estão procurando por mim, será que estão pirando? Já deve fazer algum tempo que saí. Mamãe já deve ter descoberto que escapei com as botas dela. É isso mesmo, fugi. Mas não consigo lembrar o motivo, e, de mãos dadas com Ryan, isso parece menos importante.

— Teremos que nos virar com o subúrbio arborizado — diz ele enquanto subimos a ladeira, que é ladeada por casas geminadas da década de 1930, que parecem idênticas.

No passado, essas casas eram o paraíso, a utopia. Agora parecem ter sido construídas só para me confundir: uma brincadeira cruel, um labirinto cheio de becos e subterfúgios sem saída. Sei que moro numa delas, mas não faço ideia em qual. Tem algo a ver com cortinas, mas esqueço o quê. De qualquer modo, não quero voltar para onde me esperam, para me trancafiar.

— E você? — pergunta ele enquanto viramos numa rua idêntica à outra. — Conte sua história.

— Eu não estou bem, Ryan — confesso, pesarosa. — Não queria lhe contar porque acho que, quando você souber, não vai mais me olhar da mesma forma nem falar comigo do mesmo jeito. Existem apenas duas pessoas no mundo que não me tratam de modo diferente agora que estou doente, e você é uma delas. A outra é minha filhinha, minha filha mais nova, Esther. Ela só tem 3 anos e meio. Estou casada com o pai dela faz pouco mais de um ano. Ele é um homem bom, um homem digno. Merece algo muito melhor que isto.

Ryan fica em silêncio por um tempo, assimilando tudo.

— Então vamos supor — diz ele por fim — que, como eu estou muito feliz de andar de mãos dadas com uma mulher casada que está de pijama na rua, não vou mudar o jeito como a vejo e como falo com você se me contar qual é a sua doença?

— Eu... — Não sei como dizer a verdade sem assustá-lo, então lhe digo uma versão dela. — Digamos que não me resta muito tempo.

O passo lento e contínuo de Ryan vacila, e fico com pena dele. Estou sempre esquecendo como qualquer doença grave é assustadora para os outros. É como se a morte tivesse lhes batido no ombro e lembrado que um dia virá para eles também.

— Não é justo — diz ele baixinho, assimilando a notícia.

— É, não é. — Só posso concordar. — Esta é a pior parte. A parte em que sei o que estou perdendo. Esta parte me magoa. Mais do que eu possa dizer. Não que já tenha tentado explicar a alguém... além de você. Esta é a parte que nunca quero que termine e a parte que eu quero que termine agora.

Ryan parece... o quê? Arrasado, acho. Apavorado. Está branco feito um lençol.

— Desculpe — digo. — Não sei por que escolhi você para confessar meus pensamentos. Olhe, está tudo bem. Não se sinta obrigado a falar comigo. Vou ficar bem daqui em diante.

Olho em volta e me dou conta de que não sei onde estou nem em que época. Não quero soltar a mão dele, mas digo a mim mesma que, se ele soltar meus dedos, por um pouquinho que seja, eu devo fazer o mesmo.

— Você ama seu marido? — pergunta Ryan enquanto olho em torno e percebo que ele ainda segura minha mão com firmeza.

Olho para minha mão na dele, minha aliança brilhando ao sol da manhã.

— Às vezes me lembro de como era essa sensação — respondo. — E sei que tive muita sorte de senti-la, mesmo que por pouco tempo.

Mordendo o lábio enquanto continuamos a caminhar, eu me pergunto o que estou fazendo e por quê. Por que estou contando a esse estranho, que possivelmente tem mais problemas de saúde mental que eu, os segredos que não consigo contar à minha família? A essa altura, eu já devia ter lhe metido medo, ele devia estar dando desculpas educadas e procurando uma maneira de ir embora, mas continua andando comigo, e ainda segura minha mão. E não parece errado estar de mão dada com ele. Parece... reconfortante.

— O amor é uma coisa engraçada — diz ele, quebrando o silêncio. — Às vezes eu gostaria de saber lidar melhor com as palavras para poder falar mais sobre isso. Parece tão errado que apenas os poetas e compositores consigam falar com autoridade sobre esse estado que nos afeta a todos, mais que qualquer outra coisa na vida.

— Pode falar disso comigo. Não importa as palavras que use.

— Acho que é mais que apenas palavras e sentimentos — explica. — Acho que, de fato, eu realmente gostaria de ser seu amigo, se você sente que precisa de um, mesmo que eu sinta falta da minha esposa, que ainda amo, e mesmo que você esteja tão doente. E mesmo que a gente não possa ser amigos para sempre, gostaria que fôssemos amigos agora. Se você não se importar.

— Mas por quê? Por que você iria querer qualquer coisa comigo?

— Nossos caminhos se cruzaram exatamente na hora certa, não acha? — Ele para de andar e se vira para me encarar. — Quando penso em amor, tenho a impressão de pensar em algo externo a nós. Algo mais do que apenas sexo e romance. Acho que, quando nos formos, o que restará de nós é o amor.

— Isso me lembra de alguma coisa — digo. — Não sei bem o quê.

Olhando em volta, tento afastar a névoa que paira sobre a memória e então vejo uma casa com cortinas vermelhas na janela. É a minha casa; de algum modo, paramos do lado de fora da minha casa.

— Eu moro aqui — digo, surpresa. — Você me trouxe para casa.

— É mais provável que, sabendo o caminho, você tenha nos trazido para cá porque não estava pensando muito nisso — diz ele, parecendo um pouco triste, talvez porque nossa caminhada tenha terminado. — Ou então porque sou seu anjo da guarda.

— Espero que não — declaro. — Sempre achei que anjos da guarda devem ser uns estraga-prazeres.

Algo se mexe na minha visão periférica, provavelmente minha mãe puxando as cortinas, o que significa que ela está indo para a porta. Não quero ter que falar sobre Ryan para ela, ou pior, para Greg, então eu o dirijo uns dois passos para trás da cerca viva ridiculamente alta do nosso vizinho.

— Acho que minha mãe pode me pôr de castigo — sussurro para Ryan com um sorriso de lástima.

— Ah, não é melhor eu...? — Mas antes que ele se ofereça para cumprimentá-la, eu o interrompo.

— Não, tudo bem. Obrigada pela caminhada. Obrigada por me trazer de volta. É melhor eu ir.

— Você ainda tem meu número? — pergunta ele, me segurando pela cintura.

— Tenho — digo, mas a verdade é que não sei.

— Se precisar de mim, se precisar de um amigo que não se importa com o que você esteja vestindo, pode me procurar. Promete?

— E você também. Pode me procurar quando estiver sentindo mais falta de sua esposa do que deseja.

— Lembre-se de mim — diz ele.

— Vou lembrar — digo, e não sei por quê, mas sei que é verdade.

— Sinto muito — diz mamãe assim que eu entro, com a cabeça para trás, pronta para ser repreendida.

Eu me viro devagar e olho para ela.

— Como?

— Não estou conseguindo entender direito como isso está sendo para você — diz ela, sem parar de esfregar as mãos. — Eu só quero cuidar de você, é só o que quero fazer. E às vezes acho que me esforço demais, ou de menos, nessa tentativa de entender o quanto tudo isso é frustrante para você. Acho que não a escuto o bastante. Eu estava louca de preocupação, e Greg está por aí procurando por você. É melhor ligar para ele.

Greg não atende, e mamãe deixa uma mensagem. Sua voz está trêmula e percebo que a assustei. Parece tão bobo que só de sair porta afora eu assuste minha mãe desse jeito. Parece tão bobo que esta seja minha vida agora.

— Desculpe — digo. — Não faço as coisas para assustar você. Faço porque honestamente acho que não tem nada de mais... Tudo isso está acontecendo muito depressa para eu conseguir acompanhar, esse é o problema.

Minha mãe assente com a cabeça e solta a bainha do blusão, que estava agarrando como se sua vida dependesse disso, vem em minha direção e me abraça. É um abraço desajeitado, só de cotovelos e ombros. A princípio, estamos sem prática, mas então eu me lembro de como era sentar no colo dela. Deixo-me abraçar e ficamos paradas no vestíbulo, uma nos braços da outra. Fico feliz de estar em casa.

— Olhe — diz mamãe gentilmente quando por fim nos separamos. — Enquanto Greg estava procurando você, fiquei pensando sobre o que fazer em relação a Caitlin...

Aquilo volta numa onda de preocupação — a razão para eu ter saído; a razão para ter fugido. Preciso estar com ela.

— Onde estão as chaves do meu carro? — pergunto.

— Greg está vindo para casa — diz ela, segurando a coisa por onde chegam as mensagens. — Ele está feliz que você tenha voltado. Está vindo para casa para ficar com Esther.

— Preciso das chaves do meu carro — digo, perdida no mosaico de informações.

— Quando Greg chegar, podemos ir, você e eu.

As peças deslizam e se reencaixam, e então eu entendo exatamente o que ela está dizendo.

— Você e eu. — Ela sorri. — Vamos para Londres juntas, encontrar Caitlin.

Quinta-feira, 19 de novembro 1981

Claire

Esta é uma foto do meu pai em seu uniforme do exército. Foi tirada muito antes de minha mãe conhecê-lo, talvez até antes que ela tivesse nascido. Ele só tem 18 anos nesta foto, tão bonito, e, mesmo nesta pose, formal, sempre acho que há uma faísca em seus olhos: uma sensação de vida começando. É assim que gosto de guardá-lo na lembrança. Ele serviu nos últimos dois anos da Segunda Guerra e nunca falou a respeito, nem uma vez sequer; mas, seja o que for que tenha lhe acontecido na França, aquilo o modificou. As únicas vezes que vi essa faísca em seus olhos foi nesta foto e no dia em que ele morreu, quando achou que eu fosse sua irmã.

Já no fim, eu não tinha permissão para vê-lo; e, para ser honesta, não queria. De qualquer maneira, ele sempre foi quase um estranho para mim, o tipo de pai à moda antiga que geralmente chegava em casa depois do trabalho, quando eu já estava na cama. Lembro que, quando eu era pequena, passava o dia brincando com minha mãe e à noite tentava ficar acordada até ouvir aquele clique na porta da frente, na esperança de que aquela fosse uma das raras noites em que papai iria ao meu quarto e me daria um beijo na testa. Mas ele só fazia isso se achasse que eu já estava dormindo. O mais leve movimento dos cílios e já não entrava no quarto. À medida que fui crescendo, me ressentia com isso. Achava-o muito velho, muito distante. Levei anos para perceber que esse era simplesmente o jeito dele. Era o tipo frio, que só dava um tapinha nas costas; nada de abraços e beijos, esse era o tipo de pai que ele era. O tipo de pai que faz perguntas educadas sobre o meu dia na escola. Como se fôssemos conhecidos que se encontram na rua e falam sobre o tempo. Eu o amava e tenho certeza de que a recíproca era verdadeira, mas não o conhecia de fato, especialmente aos 10 anos, que era minha idade quando ele morreu. Eu me lembro direitinho dessa idade, mas muito pouco do meu pai. Se tivesse vivido mais tempo, será que ele significaria mais para mim como pessoa? Será que me lembraria dele pelas coisas que significava para mim e não o contrário? Fico muito preocupada com o modo como Esther vai se lembrar de mim ou ao menos se vai se lembrar.

Tenho apenas duas lembranças realmente nítidas do meu pai, e uma delas é da última vez em que o vi antes de morrer, quando achou que eu era sua irmã, Hattie.

Mamãe estava na cozinha falando com o médico, e eu, no vestíbulo, sentada nas escadas. Nos últimos dias de papai passei muito tempo nas escadas, tentando ouvir o que estava acontecendo. Papai estava de cama no que antes era a sala de jantar. Sentada nas escadas, eu o escutava chamar sem parar e relutava a entrar, esperando que mamãe fosse lá, como sempre fazia, quando então fechava a porta e eu ficava ouvindo sua voz baixa, murmurante, tranquilizante. Mas agora ela ainda falava com o médico na cozinha, e papai parecia agoniado, então entrei. Eu não gostava de vê-lo assustado, pois isso me deixava assustada também. Estando fraco, com uma grave pneumonia, ele não conseguia se sentar. Fui até a cama para que ele me visse.

— *Ah, é você* — *disse.* — *Diz para mamãe que não fui eu. Diz para ela que não fui eu que quebrei aquela boneca idiota, sua dedo-duro.*

Sem entender, inclinei-me sobre ele.

— *Como assim, papai? Que boneca?*

— Você é uma manhosa, Hattie — disse ele. — Não passa de uma dedo-duro manhosa.

Ele puxou meus cabelos com muita força, agarrando-os e puxando para baixo, de modo que, por um momento, minha cabeça ficou junto à cama e senti o cheiro de suor e urina, sem conseguir me mexer nem respirar. Quando me soltou, tropecei para trás, esfregando o couro cabeludo, apavorada. Fiquei com os olhos marejados, apesar de detestar chorar e me orgulhar de conseguir conter o choro. Lágrimas quentes rolaram pelo meu rosto. Ele olhou para mim com aqueles olhos azuis opacos que já haviam faiscado e agora olhavam para alguma outra época, algum outro mundo, para outra menina.

— Desculpe, irmã — disse ele com uma voz gentil. — Não tive intenção de fazer você chorar. Olha só, depois do almoço, vamos descer até o riacho e ficar balançando os pés lá dentro até os dedinhos ficarem azuis, combinado? Eu ajudo você a pegar uns girinos; a gente bota eles num balde até crescerem pernas.

Então minha mãe entrou e, me vendo chorar, me tirou da sala, fechando a porta, e depois eu só consegui ouvir sua voz, baixa e tranquila, acalmando-o. Papai morreu pouco depois naquela tarde.

7

Claire

O trem do metrô chacoalha de um lado para outro, tic, tic, tic, marcando a passagem do tempo conforme avança aos solavancos sobre os trilhos. Estou me concentrando no mapa colado acima dos bancos à minha frente, num esforço de não me perder, não apenas neste imenso labirinto, mas também no tempo. Preciso me lembrar do que estou fazendo e por quê. Aconteça o que acontecer, não posso me esquecer dessas duas coisas.

Estou em Londres; estou procurando Caitlin.

Andei pensando nisso, desde a minha caminhada — minha expedição para salvar minha filha que mal passou da faixa de pedestres. Sou como uma aluna de autoescola: preciso manter total atenção para onde estou indo, o tempo todo. Qualquer lapso de concentração fará com que eu mude de direção, perdendo-me em alguma aventura num desvio da estrada principal, onde não tenho habilidade para pilotar. Estou tentando reaprender as habilidades básicas de sobrevivência com mais rapidez do que as perco. É um pouco como subir a escada rolante que desce; se me esforçar ao extremo e me mantiver no mesmo lugar, já está bom. É melhor que descer.

Só faltam duas paradas. Fico satisfeita comigo mesma por saber disso. Contudo, olhando para meu reflexo na janela da frente, côncava e translúcida, vejo uma mulher desaparecendo. Ajudaria se eu parecesse assim na vida real — se, quanto mais a doença avançasse, mais transparente eu me tornasse, até, por fim, ser uma pequena nuvem fantasmagórica. Como seria melhor, como seria mais fácil para todos, inclusive para mim, se meu corpo simplesmente se dissolvesse junto com minha mente. Então todos saberíamos onde estamos, de modo literal e metafísico. Não sei se isso faz sentido, mas gosto de ter lembrado a palavra "metafísica".

Mamãe está sentada ao lado do meu reflexo fantasmagórico, lendo o jornal, seu braço alinhado ao meu, mantendo contato sem dar essa impressão. No meu outro lado está uma garota cheia de piercings acima do lábio superior. Eu me viro e olho bem para ela, vendo que há cinco deles, pinos de metal inerte perfurando sua pele branca, acompanhando o formato de sua boca em perfeito arco de cupido. Ela está usando um casaco branco de pele sintética sobre uma camisa vermelho-escura desabotoada, que mostra uma cicatriz bem no meio do peito, talvez de uma cirurgia cardíaca. Em cada covinha que antes foi um ponto, ela colocou uma joia cintilante. Aquilo me faz sorrir.

Se ela sente que estou olhando, ignora, e vejo que está com fones de ouvido enquanto lê um exemplar de aparência bem usada de *O grande Gatsby*. O trem segue chacoalhando — tic, tic, tic. Não consigo parar de olhar para ela, pensando no motivo que a levou a tornar feio o que era lindo, e o que era feio, em lindo. Talvez seja sua versão de equilíbrio.

Mamãe me dá uma palmada no joelho.

— Pelo amor de Deus, pare de olhar para a coitada da garota, vai deixá-la complexada — sussurra, mas de um modo que todos escutam.

— Ela não se importa — digo, gesticulando para a garota, que olha para mim por um segundo. — Veja, ela quer ser olhada. Acho isso lindo.

— Talvez, mas não como se fosse um animal no zoológico — sibila mamãe, embora o trem seja barulhento e a garota esteja escutando um som pesado e em alto volume com seus fones de ouvido. Talvez ela goste das mesmas músicas que Caitlin. Talvez conheça Caitlin.

— O que você está escutando? — Eu toco no seu braço e ela tira os fones de ouvido.

— Desculpe — diz mamãe, mas se controla antes de informar meu diagnóstico.

— Tudo bem. — A garota sorri. — Estou escutando Dark Matter. Você conhece?

— Acho que não — respondo. — Quando foi sua cirurgia?

Estendo a mão e por um instante toco um dedo no pino mais alto.

— Claire! — Minha mãe estende o braço, talvez para me conter, ou talvez apenas para que eu pare de falar. Eu me desvencilho dela.

A garota sorri.

— Faz quatro anos.

— Eu gosto das pedras na cicatriz — digo. — Mas não gosto dos piercings no seu lábio. Você é tão bonita, eles estragam.

Ela assente com a cabeça.

— É isso que minha mãe diz.

— Desculpe — diz mamãe novamente. — Vamos descer na próxima estação.

— Tudo bem. — A garota dá uma risadinha e olha para mim. — Isto não é uma fase. Este é o meu rosto e o meu corpo, e esta é minha manifestação sobre a vida e o modo como quero viver até que ela acabe.

— Você acha isso — começo, acenando para mamãe. — Mas está vendo esta mulher aqui? Ela foi hippie, dançava nua pelos campos tomando LSD. Agora usa meias de compressão e The Archers.

Os olhos da garota se arregalam, e ela ri por trás do livro.

— E ela está com Alzheimer precoce — retruca mamãe, o que, vamos encarar, é um grande trunfo.

O trem vai diminuindo a velocidade até parar na nossa estação, e mamãe me agarra pelo punho como se eu fosse uma criança travessa, me tirando do trem. Eu me despeço da garota a distância quando o trem parte, e ela acena também, os pinos acima do lábio cintilando. Eu gostaria de enfeitar minhas cicatrizes com pedras preciosas, mas elas estão todas no interior da cabeça. Talvez possa mandar botar no meu testamento: depois que me fatiarem, podem colocar alguns brilhantes junto com o formol.

Mamãe sabe o caminho, ou pelo menos tem o mapa. Pelo jeito, não é longe da estação do metrô, então deixo ela me segurar pela mão e a sigo como uma menininha a caminho da escola, a chuva fina cobrindo nossa pele, nos molhando um pouco enquanto nos aproximamos do que ela me diz ser o gabinete do departamento de inglês da UCL na Rua Gower.

— Quando entrarmos, deixe que eu falo — diz ela, o que me faz rir.

— Eu ainda possuo o poder da fala — retruco.

— Sei disso, mas não possui o poder de filtrar o que está pensando e o que está dizendo. — Ela arqueia uma sobrancelha. — Na verdade, acho que você nunca possuiu.

— Obrigada por estar aqui — agradeço. — Por me deixar fazer isto.

— Acho que às vezes você se esquece de que eu faria qualquer coisa por você. — O sorriso de mamãe se suaviza e ela toca meu rosto com a mão fria. — Você ainda é o meu bebê, sabe.

— Não sei de nada disso, apesar de ser bem capaz de você estar me dando comida na boca antes que a gente se dê conta — retruco, antes mesmo de realmente pensar no que estou dizendo.

Mamãe enfia a mão no bolso, a fisionomia se fechando novamente, e eu a sigo para dentro do prédio. Fico cheia de culpa. Ela perdeu anos de sua vida cuidando da pessoa que amava até uma morte prematura por causa dessa doença, e agora está destinada a fazer a mesma coisa de novo. Fico com vontade de lhe dizer para não se dar ao trabalho, que ficarei bem em uma clínica, sendo cuidada por estranhos. Mas não digo, porque ela é minha mãe e eu a quero por perto. E sei que vou querê-la comigo, mesmo quando já não souber o que faço.

Nossa chegada não perturba a mulher bastante avantajada que está na recepção; ela parece se inflar um pouco mais, como uma galinha limpando as penas. É uma estratégia brilhante: ela baixa o olhar, desviando-o de nós para ficar observando com toda a atenção a tela do computador, como se estivesse fazendo algo incrivelmente importante.

— Olá — digo com educação, repetindo a palavra quando ela não olha para cima. — Olá?

Sou cumprimentada com um dedo levantado enquanto a mulher aperta algo no teclado, aguarda mais dois segundos e finalmente me agracia com sua atenção. Ultimamente, na maior parte do tempo, não sei se o modo como eu sinto as coisas é de fato como me sinto em relação a elas ou o modo como a doença está me fazendo sentir. Mas, nesta raríssima ocasião, tenho certeza de que eu — o eu que ainda permanece apesar da doença — não gosto desta mulher e, por essa única razão, o outro eu também não gosta.

— Em que posso ajudá-las? — pergunta ela, claramente irritada por ser requisitada a fazer seu trabalho.

— Minha filha é aluna do terceiro ano e preciso do endereço dela — digo de maneira agradável. — É uma urgência familiar.

— Não damos informações pessoais. — A mulher dá um sorriso benigno. — Quero dizer, a senhora está dizendo que é mãe de alguém, mas, pelo que eu saiba, poderia ser até a rainha.

— Bem, não, se eu fosse a rainha, tenho quase certeza de que a senhora saberia quem eu era. E o negócio é que, mesmo concordando inteiramente com sua política, eu não sei o endereço dela e preciso vê-la com urgência. É realmente importante: ela precisa de mim.

A mulher torce o nariz.

— A senhora está dizendo que é a mãe dessa pessoa e mesmo assim não sabe onde ela se encontra?

— Sim — digo. — Sim, eu sou uma mãe de merda.

A mulher se prepara para ficar ofendida, mas, antes que tenha tempo, minha mãe interfere.

— Por favor, perdoe minha filha. Ela tem Alzheimer precoce.

Sei exatamente qual é a tática da minha mãe: ela pretende atingir o ponto fraco da recepcionista com minha doença, ir direto para o cartão de solidariedade e acabar com as táticas de perda de tempo da minha inimiga. Mesmo assim, isso me magoa. Eu queria vencê-la com minha esperteza, não com a falta dela.

A boquinha gorda da mulher forma um "O" rosado, mas sem produzir nenhum som.

— É bem simples — continua mamãe. — Só precisamos que a senhora faça contato com Caitlin, esteja ela onde estiver no campus, e lhe diga que a mãe e avó dela estão aqui. É uma emergência familiar.

— Caitlin? — A mulher se endireita um pouco no assento. — Caitlin de quê?

— Armstrong — digo. — Você a conhece?

— Caitlin Armstrong é filha desta pobre mulher? — A recepcionista parou de me olhar e de falar diretamente comigo. — Bem, ela não estuda mais aqui. Saiu no final do semestre passado. — Ela baixa a voz, e levanta a mão para me impedir de ler seus lábios e ver o que ela diz. — Talvez a senhora aí tenha esquecido — sussurra.

Mamãe e eu trocamos olhares chocados, e vejo que isso está deixando minha pequena recepcionista eletrizada.

— Saiu? Tem certeza? — Eu me inclino sobre a escrivaninha, numa insinuação de ameaça, pois como paciente de Alzheimer não há problema com não ter noção de limites de espaço. — A minha Caitlin? Ela é alta, como eu, mas tem olhos grandes e pretos, cabelos compridos... Ela é... é... estudante de palavras. Está estudando palavras. A minha Caitlin.

— Sinto muito. — A recepcionista desliza em sua cadeira com rodinhas e sorri para minha mãe. — É a senhora que cuida dela? Ela fica muito confusa? Deve ser difícil.

— Não estou confusa — digo-lhe, embora ela ainda esteja olhando para minha mãe.

— Tem certeza de que é a mesma moça? — pergunta mamãe.

Ela segura minha mão por baixo da escrivaninha e aperta meus dedos. Está me dizendo novamente para deixá-la conduzir a conversa.

— Absoluta. — A mulher assente com a cabeça, apertando os lábios, numa expressão que é um misto de empatia e júbilo contido por ser a portadora da má notícia. — Eu lembro porque estava aqui quando ela veio falar com o reitor. Nunca vi uma menina chorando tanto. Ela não passou nas provas de fim de período. Algo a ver com um rapaz, acho... geralmente é isso. Veio falar sobre uma segunda chamada, mas como não fez a matrícula, achei que tinha ido para casa se recuperar, tirar um troco da mamãe e do papai. Entendo por que ela não quis lhe contar. — A voz dela baixa a um sussurro novamente. — *Não há necessidade de aborrecê-la ainda mais.*

— Estou bem aqui e ainda tenho ouvidos — digo. — Que não são surdos.

A mulher me dá uma rápida olhada, mas ainda não se dirige a mim diretamente e por um segundo questiono se não virei aquela outra mulher fantasmagórica do trem do metrô, aquela a quem ninguém mais fita nos olhos. A que talvez nem seja real.

— A senhora poderia tentar falar com a melhor amiga dela — diz a recepcionista, num lampejo de inspiração. — Caitlin sempre estava com ela quando vinha aqui no período passado. O nome dela é Becky Firth. Só não posso lhe dar o endereço. Como já disse, isso é contra nossa política de proteção de dados. Mas ela deve estar no campus hoje. Se forem ao refeitório, perguntem, é provável que a encontrem. Uma garota bonita, loura.

— Obrigada — diz mamãe, ainda segurando minha mão.

Eu me viro e olho para a recepcionista uma última vez e sei que esta é a hora certa para lançar uma frase espirituosa e cortante que a fará ver que não sou uma pessoa digna de pena e sou mais que apenas uma doença. Mas nada me vem à mente, o que me faz lembrar, com muita clareza, que sou ambas as coisas.

Há muitas garotas louras, bonitas, de rabo de cavalo no refeitório, tantas que questiono se não vão nos retirar dali à força se abordarmos uma após a outra.

Felizmente, essa é uma das raras ocasiões em que ser mulher e ter mais de 40 anos na verdade é uma vantagem, pois ninguém espera que estejamos lá com propósitos maldosos, apesar de recebermos vários "nãos" confusos, chateados e desdenhosos até finalmente encontrarmos uma garota loura de rabo de cavalo que sabe quem — e, o mais importante, onde — está Becky Firth.

— Ela não veio hoje — conta a menina que se apresenta como Emma. — Aula de crítica literária. Se der, ninguém assiste. Mas deve estar em casa.

— Você sabe onde ela mora? — pergunto, aliviada ao ver que Emma não está nem remotamente preocupada com a privacidade de Becky, pois não demora a anotar seu endereço e número de telefone para nós.

Eu pego o papel e me sinto dotada de objetivo: estou fazendo algo por mim e por Caitlin. Vou encontrá-la, salvá-la, levá-la para casa. Estou sendo sua mãe. Sinto-me forte e livre por pouco tempo; segundos, na verdade, talvez uns dez. Então me dou conta de que não faço a mínima ideia de aonde estou indo.

Felizmente, Becky está em casa quando chegamos, após andarmos num ônibus lotado, o que eu faço de má vontade, por uma boa causa, visto que claramente não sou a pessoa mais louca ali dentro. A tarde foi ficando cada vez mais escura e úmida, com água vitrificando as ruas, transformando-as em espelhos sujos, que refletem o mundo, talvez como ele verdadeiramente seja, com as cores vazando umas nas outras — um lugar fluido, sempre à beira de ser lavado. É assim que me sinto agora: como se estivesse do outro lado daquele espelho sujo, tentando limpar a mancha para enxergar com mais clareza e ser capaz de entender.

— Que tempo horroroso — diz mamãe, e eu tento me lembrar de um momento em que não estivesse chovendo.

Becky atende a porta vestindo uma camisa de malha e calcinha. Tenho vontade de lhe dizer para vestir um blusão. Ela parece estar congelando, e basta ver os dedos compridos de seus pés descalços, encolhidos nos ladrilhos do piso, para me fazer estremecer.

— Não sou religiosa — responde ela, olhando para mim e para a mamãe.

— Nem eu — digo. — Ou pelo menos, se acredito em Deus, neste instante adoraria trocar umas palavrinhas com ele, a maioria xingamentos que nada têm a ver com a disseminação do evangelho.

Becky começa a fechar a porta.

— É sobre Caitlin. Você a conhece, não? — Minha mãe coloca o pé na porta com uma determinação tão grande para obter respostas que eu achava que só os policiais da periferia e vendedores em domicílio tivessem.

Becky olha para o pé sensatamente calçado de minha mãe e com cautela abre a porta de novo.

— Eu sou a avó de Caitlin — diz mamãe. — Por favor, se ela está aqui com você, se souber onde ela está, por favor, nos diga. Sabemos que largou a universidade e sabemos que está grávida.

— Mas que m... — Os olhos de Becky se arregalam, e ela morde o lábio para não pronunciar o palavrão, claramente ainda sendo a boa moça que não quer xingar na frente da mãe e da avó de alguém. A garota não sabia que Caitlin estava grávida. Talvez isso signifique que não esteja. — Ah, meu Deus. Eu achava que ela tivesse...

— O quê? Pílula do dia seguinte? Camisinha? Educação sobre sexo seguro? — pergunto.

— Você está bem apta a falar — diz mamãe. — Achamos que ela pode estar grávida, mas não temos certeza. É isso que eu devia ter dito. Ela não está em casa e estamos preocupadas. Por favor, Becky, não queremos que ela fique sozinha, não numa hora dessas.

Becky faz que sim com a cabeça e abre bem a porta, seus pés descalços e gelados recuando.

— Entrem, saiam da chuva.

A casa dela cheira a curry e roupa úmida. Ficamos paradas no vestíbulo e vejo a nécessaire de Caitlin numa mesinha da sala. Meu coração dá um pulo e eu fecho os olhos, esperando passar a onda de lágrimas que me ameaça. Não sabia o que estava achando que poderia ter acontecido com ela até saber que estava a salvo.

E então fico revoltada. Com certeza não há nada tão ruim que faça com que ela queira nos deixar preocupadas desse jeito.

— Ela está aqui — digo, me virando para encarar Becky. — As coisas dela estão aqui.

— Não, quer dizer, sim, ela está dormindo aqui. Mas está no trabalho agora. — Becky parece perturbada; ela pega um casaco de capuz no corrimão e o veste, abraçando-se. — Ela disse que só precisava de um lugar para ficar, para pensar, até botar a cabeça em ordem, conseguir um lugar, essas coisas. Disse que houve... um problema. Ela não me contou muita coisa, nada, na verdade.

Trabalha o tempo todo... — Becky dá uma olhada para o quarto da frente, onde eu vejo um saco de dormir e algumas roupas espalhadas pelo tapete. — Não me falou nada sobre gravidez e, bem, já faz duas semanas que está aqui... Ela me conta tudo.

— Onde está trabalhando? — pergunto, imaginando, pelo modo como ela fala comigo e não com minha mãe, que Caitlin não lhe conta tudo.

— Ah! — Os ombros de Becky despencam, e fica óbvio que essa é uma informação que ela realmente não quer divulgar para a mãe e a avó de sua amiga. — Humm, bem, é num...

Ela diz as duas últimas palavras tão baixinho que não tenho certeza de ter ouvido direito até minha mãe repeti-las.

— Num clube de striptease?

Sexta-feira, 15 de dezembro de 2000

Claire

Este é o programa da primeira peça da escola em que Caitlin participou quando tinha 8 anos. Caitlin interpretava a Rainha Vermelha na produção de Alice através do espelho. *Lembro nitidamente o dia em que a peguei na escola e ela veio saltitando da sala de aula para me contar que tinha um papel e falas para decorar, além de uma canção para cantar sozinha. Instantaneamente, fiquei com o estômago embrulhado de medo. Caitlin sempre fora uma menininha alegre, despreocupada — em situações em que se sentia confortável e familiarizada. Mas assim que a colocavam num lugar desconhecido ou diante de rostos estranhos, ela se fechava, virando o rosto da conversa, se escondendo em minhas saias, por trás das minhas pernas. Dizia que não gostava que desconhecidos ficassem olhando para ela. Imagine só quem podem ser, dissera ela, com os olhos grandes e temerosos. Levei muito tempo para me dar conta de que ela tinha medo de ver seu pai e não saber que era ele.*

Suas primeiras semanas na escola foram um pesadelo: chorava com um sofrimento tão autêntico todas as manhãs, quando eu a arrastava para o parquinho, que tive vontade de tirá-la da escola, e quase o fiz.

— Não conheço ninguém aqui — lamentava-se. — Vou ficar tão sozinha. Por que você não pode ficar comigo?

Isso levou muitos dias tenebrosos, mas aos poucos Caitlin fez amizade com as outras crianças e as professoras. Lentamente, foi ficando extrovertida e passou a ser a menininha engraçada, atrevida e popular que eu sabia que poderia ser, mas nada havia mudado nos últimos anos; ela inclusive tinha a mesma professora. E apesar de ter interpretado um burrinho charmoso e depois uma ovelha nos dois presépios anteriores, ninguém a fizera ficar sozinha num palco, recitando frases nem cantando. Eu sabia que ela ia fracassar, tinha certeza, e sabia o quanto isso a deixaria chateada. Meu único pensamento foi o de salvá-la dessa decepção esmagadora numa idade tão tenra. Era preciso protegê-la. No dia seguinte, quando fui buscá-la, conversei com a professora enquanto Caitlin saiu correndo para encontrar algumas amigas antes que fossem embora. Enquanto conversava, eu a observei fazendo piruetas, rindo e saltitando.

— Acho que ela não está preparada para isso — disse à Srta. Grayson. — Lembra-se de como ela era no início? Acho que será demais para ela. Será que consegue pensar numa razão para mudar o papel dela?

— Mas ela está tão alegre e orgulhosa — argumentou a Srta. Grayson. — Além disso, está se saindo muito bem nos ensaios!

— Sim, mas não é a situação real, é? Não é como ver todas aquelas caras estranhas olhando para ela.

— Acho que a senhora a subestima — disse a professora com um sorriso e um tom carinhoso na voz, mas eu sabia que ela estava me criticando por não acreditar o suficiente em Caitlin.

Eu não lhe pedi novamente para tirar Caitlin da peça e lembro-me de ter pensado, ela vai ver. Quando minha filha congelar de pavor e sair correndo do palco banhada de lágrimas, ela vai ver.

Acho que fantasias para peças escolares foram inventadas e colocadas neste mundo para testar as mães. Eu detestava costurar, então mamãe veio e fizemos a roupa juntas, nós três. Mamãe era autoritária e controladora. Caitlin estava aprimorando suas habilidades de diva, e eu estava sempre costurando as partes erradas do tecido. Mas foi uma época alegre e feliz. Caitlin ensaiava suas falas e cantava para nós enquanto ajustávamos o vestidinho vermelho em seu corpo e pintávamos sua coroa de papelão.

Eu queria que aquele momento de preparação durasse para sempre. Queria que o dia da peça nunca chegasse, e comecei a ter esperança de que talvez Caitlin pegasse um resfriado ou perdesse a voz. Que algo acontecesse para salvá-la.

Cheguei meia hora antes do horário marcado para o início da peça para poder pegar um assento na frente e estar lá quando ela corresse para os meus braços. Mesmo assim, ainda tive que disputar meu assento na primeira fila. As outras mães — as verdadeiras, que tinham maridos, usavam parcas e faziam bolos para as feiras — já tinham colocado seus cardigãs nas cadeiras, reservando todos os assentos da primeira fila com antecedência. De toda forma, a maioria delas não gostava de mim. Eu era diferente, chegando ao portão da escola de sapatos de salto alto e batom; sem um marido óbvio na cena, era uma ameaça. Eu ficava lá sozinha na hora da saída, fingindo que lia um livro enquanto esperava o sinal tocar, enquanto as outras mães ficavam todas em grupinhos e — pelo menos na minha cabeça — falavam mal de mim. Então precisei de muita coragem para pegar um dos cardigãs da reserva e colocá-lo na segunda fila atrás de mim, mas eu só conseguia pensar em estar lá para Caitlin, bem diante de seus olhos quando ela precisasse de mim, pronta para segurá-la nos braços e protegê-la.

— Você não pode sentar aqui — disse-me uma das mães, uma daquelas que faziam bolo e pertenciam à máfia da Associação de Pais e Mestres, o tipo que organizava bingos e vendia bilhetes de rifas de porta em porta para velhinhas que realmente precisam do dinheiro para comprar comida.

— Acho que você vai descobrir que posso — contrapus, cruzando os braços, acomodando meu traseiro grande na cadeira minúscula e *olhando-a de um modo que dizia: pode se meter comigo, sua vaca, mas, se fizer isso, eu levo junto seus braços e esse seu corte Chanel ridículo.*

Escandalizada, ela saiu a passos largos e me deixou em meu assento nobre. Dava para ouvir seus guinchos com as outras mães sobre o monstro terrível que eu era e como simplesmente "não tinha modos", até as luzes se apagarem e a Srta. Grayson começar a tocar o piano. Cerrei os punhos, minhas unhas cravadas nas palmas das mãos.

Coitadinha da minha Caitlin.

Nas primeiras cenas, ela não estava no palco. De todo modo, essas foram dominadas por tossidas e remexidas na plateia, além de crianças pequenas cochichando umas com as outras ou acenando para suas mães quando deveriam estar reproduzindo falas. Tentei relaxar, dizer a mim mesma que as peças de escola eram assim, mas não consegui. Eu conhecia Caitlin e sabia o quanto ela ficaria profundamente decepcionada, arrasada, e o quanto lhe custaria para se recuperar desse fracasso.

Então ela entrou no palco, com seu vestidinho vermelho e coroa de papelão e foi... brilhante.

Fiquei ali sentada, boquiaberta, enquanto ela dizia suas falas com tamanha altivez majestosa, fazendo todo mundo rir a cada piada e vaiar quando exigia que a cabeça de alguém fosse decapitada. Ela ofuscou todas as outras crianças do palco, o que eu sabia que iria achar porque ela era a minha Caitlin, mas foi verdade. Minha menininha havia encontrado seu talento, e estava à vontade ali. Sim, quando chegou a vez de seu canto solo, sua voz tremeu; e, em vez da voz alta, retumbante da rainha que ela usara em suas falas, saiu a voz pequena e melódica de uma menina de 8 anos. No entanto, ela cantou, sem vacilar nem uma vez. E, quando terminou, a plateia irrompeu num aplauso espontâneo, deixando-a radiante de orgulho, olhando bem para mim na primeira fila, e então reconheci que a Srta. Grayson estava certa, e eu, errada.

Naquela noite aprendi algo sobre Caitlin e sobre mim. Aprendi que ela era e é uma obra em construção — um ser humano evoluindo no mundo —, e que ninguém, muito menos eu, deveria tentar imaginar quais eram seus limites. Ser mãe é proteger os filhos de qualquer coisa concebível que possa lhes causar dor, mas também é confiar que irão viver da melhor maneira que conseguirem, da melhor maneira que puderem; e confiar que, mesmo que não estejamos lá para segurar suas mãos, eles terão sucesso.

8
Caitlin

A garota gira lenta e sensual em volta do poste, deslizando até embaixo, se pendura de cabeça para baixo; as unhas de acrílico arranham o palco sujo enquanto ela executa arabescos invertidos, presa pelas coxas, e depois põe os pés no chão, inclinada para trás. Segurando-se no mastro, ela chuta as pernas para trás, cortando o ar feito tesouras, e circula velozmente o palco. Aos seus pés, três ou quatro homens assistem sua estrutura delgada se contorcendo e alongando. Todos os olhos fixos nela, em seus seios escassos, quase inexistentes, nas costelas distendidas, na pele clara e firme, no traseiro pequeno, parecendo de menino, e na expressão entediada e vaga. Pelo menos, ela mantém a calcinha fio-dental.

Ainda bem que não trabalho num clube onde tiram tudo, apesar de saber que isso acontece na sala privada. Acontece muita coisa lá dentro que eu não preciso saber, portanto, faço o possível para não notar as outras oportunidades de ganhar dinheiro que as dançarinas têm se quiserem, o que muitas fazem de vez em quando, tratando do assunto de modo displicente, como se estivessem fazendo hora extra repondo produtos nas prateleiras do supermercado. Acho que foi isso o que mais me chocou quando vim trabalhar aqui na primavera: o modo como se vender para o sexo, de uma maneira ou outra, é tão... fácil para as dançarinas.

Neste clube não há nenhuma daquelas garotas bem-nascidas, instruídas, sobre quem se lê nos jornais de domingo, que decidiram fazer striptease para serem pós-modernas ou pagar a universidade. Aqui, cada uma das dançarinas é uma mulher sem escolha, sem um futuro além da próxima dança. Eu as vi, vi suas fisionomias e entendi isso... sinto-me igual: uma garota sem futuro. Sem diploma universitário, sem namorado e com cinquenta por cento de chance de carregar o gene que pode provocar uma doença neurológica degenerativa antes mesmo que eu realmente tenha descoberto o que quero da vida. Mamãe não sabia que tinha o gene, assim como eu ainda não sei. Mas agora, diante da possibilidade de descobrir se o tenho ou não, não sei se quero. Pois há uma escolha que não quero fazer baseada no que pode acontecer; há uma escolha que sei que precisa ser feita com base na pessoa que sou agora.

E esta foi a escolha que fiz: ficar com o bebê.

Mamãe me criou lendo Jane Austen e as irmãs Brontë, com a noção de amor romântico e sexo como uma coisa só — uma coisa pura, sagrada. Cresci acreditando no amor verdadeiro, que coincidências improváveis sempre seriam a salvação. Mesmo em nosso pequeno mundo feminino, onde não havia pai, avô, irmãos nem tios, eu ainda achava que, quando meu herói chegasse, ele seria infalível: seria a chave para minha felicidade. Como quando Greg chegou à vida da minha mãe, e ela simplesmente... relaxou. Como se ele fosse a peça que faltava, que ela nem sabia que estava procurando, mas certamente ainda não estava lá.

Entretanto, até conhecer Greg, mamãe sempre tivera o cuidado de manter sua privacidade. Nunca havia levado namorados para casa, nem mesmo para o jantar — pelo menos, não que eu saiba. Nenhum desfile de homens fazendo tentativas pouco animadas de me conhecer enquanto eu crescia. Será que não teria sido melhor se ela tivesse me deixado ver que os relacionamentos vêm e vão, que as pessoas podem nos usar e magoar, dizer uma coisa e depois mudarem de ideia num piscar de olhos? Talvez tivesse ajudado se eu não acreditasse tanto na ideia de me apaixonar. Quando era pequena, passei anos sonhando que o motivo para mamãe preferir ficar sozinha era por ainda ser apaixonada pelo meu pai — aquele grande herói misterioso —, que eu tinha certeza que voltaria um dia para nos procurar. Porém, ele não voltou e, se pensou em mamãe nesses últimos vinte anos, agora sei que em nenhum momento da vida se preocupou comigo, pois nem sabe que existo. Durante todo esse tempo estive preocupada com a possibilidade de cruzar com ele por acaso; mas, mesmo que isso tivesse acontecido, não teria importado. Só teria feito diferença se, por todos esses anos, ele também tivesse se preocupado de cruzar comigo.

É claro que fiquei magoada e chateada quando mamãe me contou a verdade, mas não sei por que a notícia foi tão dura de aceitar. Não sei por que isso me fez sair de casa, me afastar de mamãe e Esther quando elas mais precisam de mim, e voltar para este lugar que eu esperava nunca mais ver. Mas eu não podia ficar lá. Sabendo que ele nunca havia se preocupado em cruzar comigo por acaso, sabendo que eu não existia para ele, não poderia ficar em casa e não ficar com raiva dela. E não posso ter raiva dela.

Não quando eu também fui negligente e perdi o pai do meu bebê.

Olho para o relógio. Mal passam das três da tarde. O clube fica morto a essa hora do dia durante a semana, exceto pelos clientes costumeiros ou a mesa ocasional de sujeitos engravatados — talvez uma festa de despedida de solteiro, dessas em que passam o dia bebendo, ou um aniversário. Mais vinte minutos e serei novamente ejetada para o mundo real de fumaça de carros, pistas de ônibus, supermercados 24 horas, a necessidade muito real e urgente de descobrir o que fazer... Quero procurar minha mãe; quero pedir sua ajuda. Mas não posso. Não posso deixar que ela saiba da roubada em que me meti.

O velho que vem aqui todos os dias que recebe o pagamento da aposentadoria chega ao bar e eu sirvo a imitação barata de Coca com uma dose de uísque aguado, como ele gosta. Ele se vira no banco do bar e lambe os lábios, olhando para a garota que está terminando seu ato. É impressionante que estar aqui possa ser uma perspectiva melhor que estar lá fora.

A dançarina termina, pega do chão o pedacinho de pano que constitui seu biquíni e sai do palco, andando meio cambaleante e desajeitada em cima dos sapatos altos de plataforma. Há uma calmaria entre as apresentações, e o salão se enche de tossidas e fungadas por uns instantes. Até o cheiro de suor e cerveja parece mais evidente no silêncio. Mais dez minutos e meu turno acaba, e depois o que fazer? Será hoje o dia que vou ligar para casa e contar o que eu fiz? Dizer para não se preocuparem, que estou bem?

Sei que eles devem estar loucos de preocupação, mas não sei se já estou pronta para vê-los. Especialmente mamãe. Ela sempre acha que eu posso fazer qualquer coisa que quiser e ser brilhante naquilo, e sei que não vai me julgar pelo que aconteceu, mas sei também que vai ficar decepcionada. E não quero que a última coisa que se lembre de sentir a meu respeito seja decepção.

Na manhã seguinte à minha volta para Londres, fui ver Sebastian, só para me certificar de que ele não havia mudado de ideia em relação a nós dois. Sei que isso é patético; sei a impressão que dá. Se fosse Becky me contando isso, eu lhe daria uma enorme barra de chocolate Dairy Milk, uma garrafa de vinho e lhe diria para esquecer aquele fracassado. Mas é mais fácil falar que fazer, não é? Ser madura e racional. Saber quando uma coisa acabou mesmo — especialmente se não tiver acabado para nós. Eu tinha a impressão de que alguém não poderia demonstrar sentir tanto por outra pessoa num minuto, e no seguinte tudo aquilo ter desaparecido. Isso simplesmente não me parecia possível nem apropriado. O amor não é algo que vem e vai, é? Não é algo que quando reduzido à sua essência deve sempre ser verdadeiro? Eu sempre achei que seria assim quando me apaixonasse, e então aconteceu e foi uma droga.

Havia sido bem fácil encontrar a nova casa de Sebastian. Só tive que andar pelo campus e fazer algumas perguntas. As mesmas pessoas que tinham sido minhas colegas até recentemente sorriram, acenaram e pararam para se inteirar das novidades, sem jamais adivinhar que eu não devia estar lá. Ficou óbvio que minha saída da faculdade não era notícia. Ninguém sabia ainda que eu não havia passado nas provas — ninguém sabia que eu havia largado a universidade —, e, apesar de todos saberem que eu e Seb não estávamos mais juntos, ninguém suspeitava da minha gravidez. Nem mesmo Seb, para ser sincera. Outro motivo para eu não poder ficar em casa, chateada com mamãe. Não podia ficar chateada com ela por ter feito uma coisa que eu estava pensando em fazer agora. Sua escolha me enfureceu e magoou, e com certeza foi errada, mas foi uma escolha que agora eu entendia, e muito melhor depois de ter estado novamente com Seb.

O que eu mais queria dele era um abraço, mas, desde o instante em que abriu a porta, ele mostrou o aborrecimento de me ver lá.

— O que você quer, Caitlin? — perguntou, aborrecido, revirando os olhos.

— Sei lá — respondi. Tentei não chorar, mas não consegui. Uma imbecil, de cara vermelha, nariz correndo, soluços ruidosos, que foram do inexistente ao histérico em seis segundos. — Eu queria ver você. Sinto saudades.

— Não sinta — disse Seb, irritado. — Não sou digno de saudades.

— Posso entrar? — implorei, feito uma idiota. — Depois de tudo que aconteceu, só preciso conversar, e você é a única pessoa com quem eu posso conversar sobre isso.

Seb deu um suspiro, olhando sobre o ombro para o lugar de onde vinha o som entrecortado de um videogame de tiroteio.

— Acho que não temos nada mais para conversar, não é? — disse ele, deixando que eu entrasse no vestíbulo sem fechar a porta. — Tivemos um lance e agora acabou. — Ele franziu os lábios, incapaz de olhar para mim. — Sinto muito sobre o... sabe. Deve ter sido uma merda para você. Mas... é hora de esquecer, gata, Ok? Agora nós dois temos que seguir adiante com nossas vidas.

— Você não se importa nem um pouco? — solucei, me sentindo muito idiota.

Como se não fosse eu, agarrei-o, segurei a camisa dele com os punhos cerrados, na esperança de que ele fosse me abraçar e beijar meu rosto molhado. Como se isso tivesse chance de acontecer.

O motivo que me levou a ir vê-lo — o outro motivo além da esperança de que ele ainda me amasse — era lhe contar que eu não tinha feito o aborto: o aborto ao qual ele não me acompanhara porque tinha um jogo de rugby muito importante na universidade. E eu disse que estava tudo bem, quando devia ter dito: "Você é inacreditável de tão babaca, Sebastian." Mas não consegui fazer isso porque ainda achava que talvez, talvez, ele pudesse mudar de ideia e me querer de volta. Fico enojada comigo mesma. Se eu fosse convidada de um desses programas de auditório sensacionalistas, jogaria um sapato na minha cabeça.

Quando chegou o dia, não consegui ir. Levantei da cama, tomei um banho, me vesti, peguei minha bolsa e então... me olhei no espelho e pensei, este é o vestido que você vai usar para interromper sua gravidez. E bastou isso para que eu não conseguisse ir adiante. O que me surpreendeu. Acredito no direito de escolha da mulher, mas nunca me ocorreu que, se eu estivesse nessa situação, escolheria a vida — embora, de fato, quando penso nisso, fica absolutamente óbvio: minha mãe me escolheu. Então, em vez de sair, fui para a cama e fiquei bem encolhida, feito uma bola. Fechei os olhos, imóvel, como se fosse possível dar um jeito de me abstrair do tempo e ficar assim para sempre, com a minúscula essência de vida dentro de mim, e fingir que eu não acabara de descobrir que mamãe estava desesperadamente doente, nem existe cinquenta por cento de chance de eu ter um gene que me dá maior probabilidade de desenvolver Alzheimer precoce também e que, se eu tivesse um filho, também haveria cinquenta por cento de chance de passá-lo para ele. Fiz o máximo possível para ignorar essas coisas, pois encarar o futuro já era difícil o bastante, e eu queria que minha escolha fosse feita pela pessoa que sou agora, não pela que talvez venha a ser um dia. Mas não é tão simples, e eu apenas queria que outra pessoa me dissesse que estava fazendo o que era certo.

Eu ia dizer tudo isso a Sebastian, achando que talvez ele de repente sentisse o mesmo e que pudéssemos ter o filho juntos, mas quando olhei para a cara dele entendi que a última coisa que ele queria saber era que eu ainda estava grávida. Terá sido essa expressão que minha mãe viu no rosto do meu pai quando rompeu com ele?

— O que interessa se eu me importo ou não? — perguntou Seb, olhando por cima do ombro de novo, para onde estava a diversão. — Qual é o sentido de ficar falando sobre isso? Poxa, Cat, sai dessa. Você não está fazendo nenhum favor a si mesma.

E aquela última olhada que ele me deu foi o olhar de um cara totalmente distante de mim, de nós, e de tudo que poderia ter sido. Não pude evitar o choro, as lágrimas rolando pelo meu rosto enquanto ele ficou lá parado, me olhando.

— Nossa! — Seb abanou a cabeça, fechando um pouco a porta. — Você é mesmo demais, não percebe? Eu gostei de você, no início, mas você... matou isso. E sinto muito sobre todo o resto, mas não é culpa minha, Cat. Foi você quem não estudou... eu passei nas provas.

Ele fechou a porta com uma batida.

Fiquei lá por mais um ou dois segundos, até parar de chorar, até o vento amargo secar minhas lágrimas, e então pensei, certo, é isso, não vou perder mais nem um segundo com ele — mesmo sabendo que iria, mas pensando que era um começo. Então fui trabalhar, de volta ao meu emprego atrás do balcão de um clube de striptease, o emprego que eu conseguira logo antes do fim da primavera e ao qual não foi difícil voltar quando passei lá com meu novo busto, levemente melhorado, maior, para ver o patrão. O sujeito é um pervertido total, mas consigo lidar com ele.

Confiro meu relógio de novo. A minha substituta deve estar chegando a qualquer minuto, e então é voltar para a casa da Becky, onde ela vai ficar no quarto com o namorado, e eu, na sala, sozinha, questionando por que não estou em casa, por que não contei nada disso à mamãe e por que sempre estrago tudo.

 Olho para a cortina com um sino que toca na entrada, esperando ver Mandy chegar com seu andar pesado. Mas não é Mandy, em seu casaco de pele sintética e grossos cílios postiços, que entra ruidosamente no salão, de modo tão dramático e visível que até a dançarina no palco se vira para olhar. É minha mãe e, logo atrás dela, a vovó.

 Eu me viro e vou para o escritório atrás do bar, esperando dar um jeito de me esconder delas, talvez até de me espremer e sair pela janelinha do banheiro unissex realmente imundo dos funcionários. Mas elas me seguem para dentro do pequeno escritório lúgubre pouco depois e me encontram lá, parada no canto feito uma idiota.

 Vovó me olha de cima abaixo, vê o emblema de Vênus na minha camiseta apertada e solta um suspiro de alívio.

— Bem, pelo menos ela está vestida.

 Tenho vontade de soltar uma gargalhada. Elas vieram até aqui para me encontrar; minha mãe e a vovó, trabalhando em equipe, como uma velha policial grisalha a ponto de se aposentar para sempre quando, contra a vontade, a colocam com uma novata para juntas trabalharem num último caso. Ver minha mãe e minha avó, ambas parecendo preocupadas e zangadas, mas aqui, juntas, é algo maravilhoso e engraçado.

Mamãe está olhando para mim, e parece mesmo a minha mãe. Como quem me conhece. Tenho vontade de abraçá-la, mas não quero interromper este momento.

— Belo lugar — diz ela, olhando em torno.

O escritório não tem janela, apenas um exaustor com uma camada grossa de pó. Um cinzeiro cheio de guimbas de cigarro está sobre a escrivaninha, pois a lei antifumo no local de trabalho não é levada muito a sério aqui.

— Desculpem — digo, constrangida. — Eu sei que deveria ter contado o que aconteceu, onde estava e tudo o mais. Devia ter contado sobre não ter passado nas provas e... e que estou grávida desse cara que não é mais meu namorando e que... que não sabe que vou ficar com o bebê.

Digo isso como um desafio. Digo como se isso devesse ser seguido pela frase: "E o que você pode fazer?"

— Ah, meu Deus, sua boba — diz mamãe. — E eu contando tudo sobre a idiota que fui com seu pai, o que fez você pirar, não foi? Eu sinto muito, querida, venha cá...

Ela abre os braços e me atiro neles sem hesitar. Vinte anos de idade e ainda preciso do abraço da minha mãe. Imagino que um dia estarei abraçando meu bebê e ainda necessitando do abraço dela.

— Você não precisa explicar — diz mamãe. Eu fecho os olhos e pouso a cabeça em seu peito. — Imagino que nunca pareceu a hora certa de contar à sua mãe cada vez mais senil que você estava grávida e sem perspectivas.

Sorrio diante de sua avaliação prática da situação, mas não digo nada; não é necessário.

Vovó ainda está parada no vão da porta, olhando para o corredor como se estivesse aguardando uma batida policial.

— Ei, Caitlin — diz ela. — Seus patrões são da máfia? Armênios?

— Não, acho que ele é grego — respondo. — A mãe dele tem um bar nesta mesma rua.

— Deve ter sido tão difícil para você — diz mamãe com a boca nos meus cabelos. — Eu entendo. Sem fazer ideia do que o futuro nos reserva, o meu, o seu e o do bebê. E então ficar sabendo que seu pai nem sequer soube de você... Não a culpo por querer fugir.

— Você está sendo boa demais — digo. — Eu abandonei você. Não precisava. Eu não tinha para onde ir... além daqui.

— Sim. — Mamãe olha em volta. — Devo dizer que o fato de você ter corrido para cá é um pouco ofensivo. E fiquei tão preocupada, Caitlin. Por você não ter dado notícias, não dizer que estava bem... foi muito difícil. Acho que entendo, mas todos os dias eu pensava se não tinha perdido você para sempre. Sei que não sou o melhor modelo de mãe no momento, mas venha para casa, Caitlin, por favor. Deixe-me cuidar de você.

— Shhh — sibila a vovó com urgência do vão da porta, se achatando no papel de parede que imita madeira. — Acho que vem vindo alguém!

Eu sinto a risada borbulhando na barriga.

— Qual é a graça? — pergunta mamãe, abrindo um sorriso.

— Vocês duas. Parece uma aventura do *Scooby Doo*.

— Ah, não — retruca mamãe. — Isso não é *Scooby Doo*. Na cabeça da sua avó, trata-se de *Os intocáveis*, e nós somos o Eliot Ness.

Eu estava com saudades de mamãe.

— Lembra quando você era pequena e sentava no meu colo para ler um livro ou assistir a um filme? Estávamos sempre juntas, não é? Sinto saudades daquilo, Caitlin. Vamos para casa. É provável que eu seja um fardo e é quase certo que sua avó vá tentar sufocar você de carboidratos como forma de amor, mas o fato é que nós amamos você.

— Meu turno já está acabando — digo, piscando para mamãe. — Se meu patrão pegar vocês duas aqui, não vai gostar. Há uma chance de calçarem botas de concreto em vocês e jogarem para os peixes. Tem um café aqui perto. Esperem lá. Chego em cinco minutos.

Mas mamãe não se mexe, fica lá parada, olhando para mim.

— Você fez uma linda rainha — diz ela. — Tão régia, era como se tivesse nascido para a realeza.

Bem naquele segundo, meu patrão, Pete, chega, involuntariamente empurrando minha avó, que bate num arquivo — não porque ele seja um brutamontes, mas porque não esperava ver uma idosa xeretando seu escritório. Ele olha para minha mãe, que está com o punho cerrado junto ao peito e dando uma impressão passável de ser frágil, e depois para mim.

— Mas que droga está acontecendo aqui? — pergunta Pete, olhando para mim. — O que é isso? Uma batida policial? Olhe, eu já lidei com tipos religiosos como vocês antes. Ninguém aqui precisa ser salvo, muito obrigado, muito menos por solteironas amarguradas que não gostam de ninguém se divertindo.

— O que há comigo que estou parecendo tão íntegra? — pergunta mamãe. — Francamente, vou ter que rever meu guarda-roupa. Estou perdendo meu status de mulher fatal.

— Quem são vocês? — pergunta Pete, antes de olhar para mim novamente. — E *você*, o que está fazendo? O bar está lá abandonado, e tem a maior fila.

— Tem apenas duas pessoas lá fora — diz mamãe. — E uma delas está dormindo.

— Ah, não fode. — Ele cospe as palavras para ela e, boquiaberta, assisto a mamãe se esticar em toda sua altura, agarrar Pete pela camiseta suja e jogá-lo na lateral do arquivo, onde vovó estava um minuto atrás, provocando um som metálico.

Ele fica estupefato. Eu tenho vontade de rir, mas estou surpresa demais.

— Não fale assim comigo. Agora vou levar minha filha embora daqui. E você, sua escória da humanidade, se não quer que eu arranque os últimos fios de cabelo da sua cabeça e os enfie no seu traseiro, cale a boca.

Ela o solta e sai a passos largos do escritório. Eu seguro vovó pelo braço, tiro minha bolsa e casaco do gancho e a sigo, passando pelo bar, pela dançarina, pelo leão de chácara, pela garota da porta e saio no frio da tarde escura.

Mamãe para na rua, o rosto virado para a chuva, deixando-se molhar. Ela está rindo, as mãos esticadas para o céu, os dedos brincando com os pingos de chuva.

— Mãe! — Eu a abraço, rindo. — Você ia enfiar os cabelos dele no traseiro. Essa é a ameaça mais hilária que já ouvi.

— Bem, funcionou, não foi? Ele se sentiu ameaçado, não é?

Ela sorri para vovó e para mim, e sinto uma onda de alívio que elas estejam aqui, quase como se meu coração tivesse recomeçado a bater. Lembro que sou parte de uma família e sempre fui. Sou uma idiota.

— Vai voltar para casa agora? — pergunta ela, pressionando a bochecha fria na minha.

— Você não está chateada comigo?

— Você não está chateada *comigo*? — repete ela.

— Como posso estar? — respondo.

— Por causa da D.A.? — pergunta ela.

— Agora eu entendo por que você fez o que fez. E sei que vou fazer as coisas de outro jeito. Talvez não imediatamente, pois ainda estou numa fase em que não tenho certeza se quero cobrir Sebastian de beijos ou de socos, mas, em algum momento, vou contar sobre o bebê, pois então, aconteça o que acontecer depois, pelo menos ele vai saber.

— Desculpe — repete mamãe.

— Mãe, meu pai era um idiota de marca maior?

Ela ri e segura minha mão.

— Não, querida, ele era apenas, muito, muito jovem, e não tinha metade da minha inteligência.

— Nunca gostei dele — diz vovó. — Só o vi uma vez, e ele me levou uma caixa de bombons quando eu estava de dieta.

— Vamos para casa, Caitlin — diz mamãe, pondo a mão na minha barriga. — E você também, bebê, e nós duas vamos dar um jeito nisso juntas, como nos velhos tempos, quando você se sentava no meu colo para ouvir uma história.

Entrelaço meu braço no dela e, enquanto nos encaminhamos para o ponto do ônibus, me dou conta de que fazia muito tempo que não sentia tanta certeza.

— Que história você gostaria? — me pergunta mamãe. — Que tal a Pippi Meialonga? Ela sempre foi sua predileta.

Andando sob a chuva, mamãe me pergunta se eu quero um chocolate quente antes de ir dormir, só desta vez, contanto que prometa que vou escovar os dentes — e percebo que, pelo menos por agora, eu tenho uns 10 anos de idade para ela, e não importa, não agora, pois estou segura.

Sexta-feira, 11 de julho de 2008

Greg

Esta é a foto da ultrassonografia de Esther, ainda na barriga, com apenas seis semanas. Foi a foto que Claire me deu no dia em que me disse que estava esperando um bebê, e até hoje está na minha carteira.

Ainda não havia um ano que estávamos juntos quando Esther foi concebida. Mas eu já sabia que amava Claire mais do que podia imaginar que amaria alguém. Mesmo que, na maior parte do tempo, ela não acreditasse. Ela ainda achava que a diferença de idade era muito grande e que eu não a levava a sério. Nada que fizesse ou dissesse mudava isso. Acho que foi essa a razão para ela estar com tanto medo de me contar sobre Esther.

Era um dia muito quente. Eu havia trabalhado na obra o dia inteiro sob o sol, e devia ter voltado ao meu apartamento para tomar um banho antes de ir encontrar Claire, mas havia algo me puxando para ela. Eu passara o dia pensando nela, no modo como havia me olhado quando eu a acordei naquela manhã, chateado por ter feito isso às seis horas, quando o sol já havia nascido, significando que ela não conseguiria retomar o sono. Havia restos de maquiagem da noite anterior em seus olhos, os cabelos estavam despenteados, e ela me olhou de cara feia quando fui lhe dar um beijo de despedida.

— Amo você — falei.

— Sei, tudo bem — retrucou ela. Então, bem quando eu estava para sair do quarto, me chamou. Eu parei, e ela apenas sorriu e disse:
— Também amo você, infelizmente.

Depois do trabalho, cheguei na casa dela, nossa casa agora, todo sujo. Ela abriu a porta e me disse que eu não iria entrar daquele jeito, então me despi ali mesmo — tirei as botas, a calça, até a camisa — sempre olhando bem nos olhos dela. Claire se encostou no portal de braços cruzados e ficou me olhando, rindo, franzindo o cenho e corando naquele incrível tom rosado, tudo ao mesmo tempo.

Fiquei parado diante dela só de cueca, o sol batendo nas minhas costas.

— Ainda bem que a cerca viva da Sra. Macksey é alta — disse Claire, me olhando de cima abaixo. — Ela teria um ataque do coração se o visse agora.

Ela me levou para a cozinha, que não era exatamente o cômodo para onde eu esperava ser levado, mas a segui, segurando sua mão. Ficamos lá parados, pisando nos ladrilhos, e ela foi até sua bolsa. Dava para notar que se preparava para me contar algo, e de repente tive certeza de que ia terminar comigo. Lembro-me de pensar, que tipo de pessoa deixa um homem tirar a roupa até ficar só de cueca para lhe dizer que acabou? E foi então Claire que veio com a foto.

Lá estava eu, de cueca, quando ela me disse que eu iria ser pai.

— Fui ao médico hoje — contou, parecendo tão tensa e nervosa que fiquei preocupado. Achei que pudesse ser alguma coisa grave.

— Você está bem? — perguntei.

Lembro-me de como ela assentiu com a cabeça, colocando a palma da mão no meu peito nu. Fechou os olhos por um instante e me apresentou este pedaço fino de papel.

— Eu fiquei meio preocupada porque andava sangrando um pouco, e isso não devia estar acontecendo. E li em algum lugar que podia ser grave, então fui verificar.

— Ah, querida. — Fiquei instantaneamente preocupado.

— Mas está tudo bem — disse ela. — Mais ou menos. Veja.

Eu olhei para aquilo, para aquela imagem estranha, granulada, e, por alguns segundos, não consegui entender. Não tinha certeza do que estava me mostrando.

Devo ter parecido confuso, porque ela riu.

— Gregory, vou ter um bebê seu.

Eu me lembro de meus joelhos se dobrando, de me ouvir abafar um grito, caindo ajoelhado no chão da cozinha, algo que procuro não mencionar o tempo todo, pois é meio constrangedor. E lembro a expressão de Claire me olhando. Ela achou que eu não tinha gostado.

— Sei que não foi planejado ou esperado — começou. — E tudo bem, você não precisa se preocupar. Pode fazer parte da vida do bebê ou não, como quiser. Afinal, sei que você não estava exatamente pensando em se acomodar e ter uma família com uma mulher mais velha, então...

— Sim — falei, agarrando a mão dela e puxando-a para mim. — Sim, eu estava pensando exatamente nisso, Claire. Passei o dia pensando em você. Em você, e que ter você na minha vida me transformou, para melhor. Antes de te conhecer, eu era apenas um... cara. Mas você me amou, e eu me sinto... lindo.

Talvez tenha sido a coisa mais idiota que um homem adulto já tenha dito a uma mulher, especialmente estando só de cueca e ajoelhado no chão da cozinha dela, mas era como eu me sentia, então pensei em dizer em voz alta e ver o resultado. Esperei que Claire fizesse o que geralmente fazia quando eu lhe dizia que a amava, que era rir como se fosse uma piada, mas não fez isso. Ficou lá, segurando minha mão, e me dei conta de que ela estava trêmula.

— Você é lindo — disse, tocando meu rosto. — Eu sei disso, você está de cueca na minha cozinha.

Ficamos lá por um instante, nos olhando, e depois caímos na risada. Sem precisar pensar nem mais um segundo, pus os braços em volta dela e encostei meu rosto em sua barriga.

— Claire, nós vamos nos casar.

— *Só por que estou grávida?*

— *Porque eu amo você e o nosso bebê. E este é o melhor momento da minha vida, o mais feliz.*

E, por incrível que pareça, ela concordou.

Sempre que olho esta foto, de Esther no útero, lembro-me daquele dia, e acho que foi então que realmente me tornei um homem.

9

Claire

Observo o perfil de Caitlin, que está dirigindo. Estamos indo às compras. Decidimos isso ontem à noite, numa festa do pijama improvisada. Caitlin não quis voltar à casa de Becky para pegar suas coisas, nem sequer o iPod. Não queria ver a amiga, pelo menos por enquanto, e eu entendo: Becky faz parte de sua vida antiga, e ela está se preparando para embarcar numa nova. Mesmo assim, mamãe telefonou para a garota, disse que Caitlin estava vindo para casa e pediu que ela colocasse algumas coisas no correio.

Portanto, apesar de ela não ter levado quase nada para Londres quando foi embora, vamos fazer compras; não passa de uma desculpa para sair e eu aproveito a oportunidade. Tenho permissão de sair se Caitlin estiver comigo, e isso é a melhor coisa depois de ficar sozinha. As coisas melhoraram um pouco entre mamãe e eu desde que eu voltei daquela caminhada com Ryan e ela me levou a Londres para encontrar Caitlin. Não é como se subitamente entendêssemos uma à outra ou que tudo esteja bem entre nós só porque pegamos um trem e enfrentamos um dono de clube de striptease, mas é a primeira vez em muito tempo que compartilhamos uma experiência e eu ainda lembro. Temos algo sobre o que falar, além dos artigos que ela recorta para mim do *Daily Mail*. E estamos tentando ser amáveis uma com a outra. Mamãe está tentando ao máximo não me controlar muito. Até permitiu que eu ficasse com meu cartão de crédito; e sei minha senha: é o ano em que nasci, 1971. É improvável que me esqueça do dia em que nasci, razão pela qual eu a escolhi alguns anos atrás, muito antes de ter recebido o diagnóstico, porque estava sempre me esquecendo da senha, e meu cartão era bloqueado e tinha de ser substituído quase todos os meses. Costumávamos rir do quanto eu era tonta e distraída. Que gracinha, imagino. A bobinha da Claire nunca consegue se lembrar de sua senha, com a cabeça tão cheia de pensamentos. Agora é difícil deixar de me perguntar se, já naquela época, fissuras de escuridão não estavam se embrenhando na luz, reivindicando pedacinhos meus.

Caitlin boceja, bem como fazia quando era bebê, todo o rosto se esticando até formar uma grande circunferência.

— Está cansada? — pergunto desnecessariamente, e ela faz que sim.

— Acho que ando exausta desde que tudo aconteceu.

Eu me lembro de que chegamos em casa depois das nove ontem à noite, mas Esther ainda estava acordada, brincando de esconde-esconde com Greg. Senti uma coisa estranha vendo-a com o pai: ela parecia tão feliz, estava muito sorridente, e mesmo assim tive a sensação de que ele não devia estar cuidando dela. Quase como se eu a tivesse deixado com um estranho. Apesar de saber que Greg é seu pai e meu marido, não gostei que ela tivesse ficado com ele. O desconforto e inquietação quando o vejo só aumentam. Leio o que escrevi e o que ele escreveu no livro da memória. É uma história muito linda, mas a sensação que tenho é exatamente essa: é uma história. É uma pena que a heroína já tenha saído de cena. Como Anna Karenina se jogando nos trilhos do trem por volta do capítulo três, ou Cathy morrendo antes mesmo da chegada de Heathcliff.

Esther adorou ver Caitlin, e adormeceu em questão de minutos nos braços da irmã mais velha. Caitlin levou Esther para cima, mas eu a puxei para o meu quarto e a deitei na minha cama, com Esther ainda no colo. Depois, fui para a cama também.

— Lembra quando fazíamos festas do pijama, nós duas? — pergunto.

— Você deve ser a única mãe no mundo que acorda a filha e chama para sua cama. — Caitlin sorriu.

— Eu sentia saudades. Nunca tinha tempo de ficar com você quando você era pequena. Estava sempre estudando ou trabalhando. Não há nenhuma lei que diga que não se pode ter uma conversinha com os filhos à meia-noite!

Ela se acomodou na cama e nós ligamos a TV, com o volume baixo para não acordar Esther. Não falamos sobre a gravidez nem sobre o rapaz, as provas ou os segredos da minha doença. Apenas assistimos a um filme horrível até Caitlin finalmente adormecer também. Fiquei por muito tempo olhando minhas filhas dormindo, as cores da tela brincando em seus rostos, sentindo-me muito calma, muito tranquila.

A certa altura, ouvi Greg parar na porta do quarto, provavelmente pensando em entrar, e meu coração se acelerou, cada músculo do meu corpo ficando tenso, pois não queria que ele entrasse. A ideia desse homem que eu conheço cada vez menos entrar no meu quarto me enerva. Talvez ele tenha sentido, porque, depois de um instante, a sombra de seus pés se afastou de baixo da porta. No entanto, fiquei acordada até muito tempo depois disso, com os ouvidos atentos, esperando. Ansiosa com a possibilidade de que ele pudesse voltar.

Quando anunciei que levaria Caitlin às compras, pude ver que mamãe não achou uma boa ideia — a mulher demente saindo sozinha com a filha frágil —, mas, mesmo assim, nos deixou ir e ficou observando Caitlin tirar o carro da entrada, de pé com

Esther no colo, minha filha mais nova ainda protestando por ser deixada para trás.

— Como está se sentindo? — pergunto a Caitlin.

— Além de cansada, você quer dizer? Melhor, agora que está tudo esclarecido. Acho que estou aliviada.

— Sua avó está marcando consultas para você — digo, embora tenha quase certeza de que ela já sabe. Eu repito as coisas para também lembrar a mim mesma. Carrego e recarrego minha memória recente, como se estivesse constantemente enchendo um balde cheio de furos. O oposto de liberar meu cérebro. — Médico amanhã, hospital e depois...

Paro de falar, e Caitlin mantém os olhos à frente, entrando no estacionamento do shopping. Ela não quer falar sobre a gravidez, mesmo tendo decidido ficar com o bebê; não quer discutir a respeito. Talvez porque considere insensível falar sobre o futuro, sabendo que essa palavra significa tão pouco para mim. Ou talvez seja por que está muito incerta sobre o que o futuro vai significar para ela. Nunca falamos sobre isso, sobre a possibilidade de que este tormento possa estar latente nela e em seus filhos. Apenas isso já seria suficiente para deixar uma pessoa hesitante em relação ao que virá.

— Por onde vamos começar? — pergunto, determinada a ser animada, enquanto nos encaminhamos à primeira loja. — Vamos de roupas pretas góticas deprimentes? Ou talvez alguma coisa um pouco mais colorida?

Caitlin olha à nossa volta, para araras e mais araras de roupas, que eu poderia ter usado e provavelmente usei no final da década de 1980 — eu e Rosie Simpkins, que era minha melhor amiga na época. Todos os sábados, tentávamos comprar uma roupa por menos de cinco libras. Fazíamos isso quase todas as semanas, e então saíamos nos sentindo as maiores gatas, com nossas tirinhas de renda amarradas no punho, tentando imitar a Madonna na época de "Like a Prayer". Tudo que havia nesta loja poderia ser daquela época.

Engraçado como as coisas mudam e ao mesmo tempo permanecem iguais. Olhei em volta, procurando por Rosie, querendo lhe mostrar um vestido de oncinha e ombreiras que encontro na liquidação, quando me lembro de que Rosie Simpkins está casada agora, gorda e feliz, com uns cem filhos. Caitlin olha para mim por cima do braço cheio de leggings e camisetas grandes, tudo preto, tudo quase idêntico ao que ela já tem no armário, só que um pouco maior e de lycra.

— Eu sei como é — digo, enquanto ela acrescenta outra camiseta ao lote. — Já estive nessa situação, lembra, com você? Talvez esta seja a hora, entende? De abrir mão da roqueira gótica e ser apenas o que você é naturalmente, ou seja, linda. Sabe, já que está prestes a ser mãe?

Ela para, olha para mim por um instante, respira fundo e sai andando.

— Tudo bem. Vamos lá. Por favor, compre um vestido bonito por sua mãe, que está seriamente doente. Você me obrigou a dizer isso, e está me obrigando a dizer que a única coisa que eu quero é ver você usando uma coisa bonita antes que eu morra. A culpa é sua!

Espero que Caitlin ria, ou pelo menos que dê um sorriso daquele jeito que ela faz quando eu conto uma piada que acha engraçada, mas não quer admitir. Nada.

— Não sou você — diz ela, parando numa arara de saias de babados cor de pêssego. — Ou talvez eu seja, e isso piora tudo. Não porque eu não queira ser você, só porque...

Eu a sigo até um espelho, onde ela olha para seu reflexo, os olhos se recusando a parar na altura da barriga. Seus seios estão um pouco maiores, mas a barriga ainda está bem reta; talvez haja uma pequena saliência ali, mas, se houver, não está visível, e mesmo assim ela não quer olhar.

— Você está com medo de ter que lidar sozinha com as coisas?
Eu tive minha mãe, é claro. Não a queria por perto, na maior parte do tempo, achava que ela se afobava demais e estava sempre me controlando ou chateada, às vezes apenas enlouquecida, mas ela estava sempre lá, e eu sempre fui grata. Minha mãe sempre foi meu sistema de apoio e nunca se esquivou disso. Nem sequer agora, quando está lhe custando sua vidinha tranquila, sua sociedade operística, seu clube de *buraco*, aquele cara legal que toca piano no teatro amador e a leva para sair todas as quartas-feiras quando uma entrada vale por duas no cinema. O monte de filmes que eles viram este ano, mamãe e seu amigo. Ela se tornou especialista em Tarantino. Tenho certeza de que não se importam com o que veem: é apenas uma desculpa para ficarem de mãos dadas no escuro. E agora, toda a vida que ela construiu para si, longe de mim, está em suspenso, talvez para sempre. Mesmo assim, ela veio.

— Estou com medo de tudo — diz Caitlin de repente. — Isto...
— Ela gesticula para a barriga. — Isto aconteceu no pior momento, não é? A sensação é de que eu não devia estar contente, mas estou. Sei que estou, mas é como se meu coração não quisesse se comunicar com minha cabeça. Minha cabeça ainda está pirando com isso.

— É claro que está — confirmo. — E vai levar um tempinho para que você se adapte a essa pessoinha. Mas você pode ser uma grande mãe e ainda fazer tudo que quiser. Isto não é o fim da sua vida, Caitlin, é apenas o começo...

— Ou talvez o meio, se eu ficar doente como você. — Ela olha para mim e, por um instante, vira Rosie Simpkins. Preciso prestar muita atenção na pintinha no lóbulo da orelha esquerda, que ela tem desde que nasceu, para me prender ao presente. É como me arrastar pela lama, mas consigo.

— Mãe, você está doente. Está muito doente e... Esther vai precisar de mim. Ela vai precisar de alguém que cuide dela, assim como Greg. E vovó não pode tomar conta de tudo sozinha, não pode criar uma criança de 3 anos de idade, está muito velha para isso agora. Eles vão precisar que eu seja alguém que não sou. Simplesmente não sou. Não consigo sequer passar numa prova nem levar um fora sem bagunçar toda minha vida. Como vou poder fazer alguma coisa por eles, por você ou por este bebê? Como vou conseguir ficar pronta a tempo?

Um soluço chega à sua garganta e ela vira a cabeça, saindo rapidamente da loja, ainda carregando as roupas, o que aciona os alarmes. Vou atrás dela e a alcanço junto com o segurança.

— Desculpe — digo, e pego o monte de roupas do braço de Caitlin, ficando entre ela e o guarda. — Culpa minha. Tenho Alzheimer precoce e cometo muitos enganos, mas não somos ladras. Vamos comprar tudo isto, então, se pudermos voltar e ir até a... coisa onde vai o dinheiro, pagamos tudo.

O segurança olha para mim, certo de que estou mentindo. E quem pode culpá-lo? Em primeiro lugar, estava claro que era Caitlin que segurava as roupas quando saiu porta afora e, em segundo, não sou propriamente uma velhinha de camisola. Pelo menos, acho que não estou usando uma camisola. Olho para baixo e verifico. Não, estou completamente vestida e não pareço nem um pouco uma vidente.

— Eu sei — digo. — É realmente trágico, não é?

— E eu estou grávida. — Caitlin começa a chorar do nada, as lágrimas rolando por seu rosto. — E não gosto de nenhuma destas roupas. Não quero usar leggings. Leggings são para pessoas que desistiram da vida!

Contenho a risada diante do pobre rapaz, que pega o lote de roupas dos meus braços.

— Tomem mais cuidado — diz ele. — Está bem? Talvez seja melhor não saírem sem um...

— Adulto? — Eu faço que sim com a cabeça, solene, e Caitlin continua a chorar no meu ombro, agradecida.

— Então você não quer nada disto? — Olho para minha filha, que, sem falar, balança a cabeça encostada no meu ombro e observa o guarda voltar para a loja, coçando a cabeça.

— Devíamos passar a roubar em lojas para nos sustentar. Nunca houve uma combinação melhor de vigaristas na história da fraude varejista — digo a Caitlin, que levanta a cabeça, subitamente de olhos secos e sorrindo.

A minha pequena Rainha Vermelha ainda vive.

Andamos pelas lojas, de braços dados, sem falar. Observo as pessoas que passam. Tenho a impressão de que estão andando, falando, respirando, pensando, com muito mais rapidez que eu, como se o mundo à minha volta tivesse acelerado, deixando-me meio segundo atrás. Paramos numa lanchonete, e Caitlin pede bebidas para nós. De vez em quando olha para mim, provavelmente verificando se eu não divaguei, e tento não pensar em Rosie Simpkins, pois, cada vez que penso, fico tentada a procurar um telefone público e discar seu antigo número, que de repente sei de cor, para lhe perguntar se não virá para paquerarmos os garotos. Sei onde estou e com quem, mas preciso me esforçar para me fixar neste instante do tempo e garantir minha permanência aqui. Acho que essa concentração ajuda, mas provavelmente seja uma mentira que conto a mim mesma. Não tenho nenhum controle, nenhuma ideia de quando e por onde a névoa chegará, sempre apagando alguma coisa para sempre.

Caitlin põe uma xícara de café com leite diante de mim, que eu tomo, agradecida. Não gosto de café com leite, mas todos os cafés que me dão atualmente parecem ser exatamente isso. Quando era mais jovem, só tomava café instantâneo da marca Mellow Birds. Onde será que se consegue um Mellow Birds hoje em dia? Tomei isso até ir para a faculdade e conhecer Paul, que tomava expresso em xícaras miudinhas, e foi quando troquei, para parecer mais madura. Mas agora, só tomo xícaras intermináveis de café com leite, o que não faz sentido.

— Seu pai se chama Paul Summer — digo. — Ele tem 42 anos, é casado já faz dez anos, tem duas filhas; você tem duas meias-irmãs. Ele dá aulas de literatura inglesa e filosofia na universidade de Manchester, o que não é bem ser o poeta que mudaria o mundo como ele sonhava, mas também não é nada mau. A página da universidade no livro das palavras diz quando e onde são as aulas dele. Seria realmente fácil achá-lo.

— Quando foi que você descobriu tudo isso? — pergunta Caitlin.

— Quando você sumiu. Na verdade, foi Greg. — Eu me esqueci de como se usa a coisa das palavras. — Ele encontrou tudo e anotou para mim. Tem um arquivo de informações para você lá em casa. Você precisa procurar Paul Summer.

— Não — diz ela, inflexível. — Pensei muito nisso depois que saí de casa e fui para Londres naquele dia. Pensei comigo mesma se realmente valia a pena forçar todos nós, inclusive ele, a uma reunião. Eu não existo para ele, e o que vou ganhar se bater à sua porta e entrar na sua vida à força? Ele não vai me querer lá, e já tenho problemas demais. Não preciso procurá-lo.

— Precisa, sim — digo com determinação. — Ele já esperou muito, mesmo que não saiba, assim como você. Você é tão jovem, Caitlin. Precisa de alguém.

— Não preciso — insiste ela com uma faísca de desobediência no olhar. — Você nunca teve ninguém.

— Ah, isso não é verdade. Eu tive sua avó e tive você. Embora fosse pequena, eu dependia de você tanto quanto das outras pessoas.

— Até Greg aparecer. — Ela me olha com cuidado. — Quando conheci Greg, achei que ele fosse um canalha, mas depois ficava olhando vocês dois juntos e aquilo era tão... feliz. A maneira como vocês se gostavam. Era quase como se tivessem passado a vida procurando um pelo outro, até o momento em que se conheceram, porque você ficava tão contente quando estavam juntos que era como... um reencontro. De dar inveja, mas de um jeito terno.

Inclino a cabeça e fico olhando para meu café claro. Quero me lembrar da sensação daquilo, das coisas que ela descreve. Consigo visualizá-las, mas como se estivessem numa tela, sem entendê-las.

— Não dá para ser mais legal com ele, mamãe? Ele ama tanto você. Detesto vê-lo triste daquele jeito.

— Você não entende — respondo, olhando para ela. — É como se eu não o conhecesse. Fico com medo de ter esse estranho na nossa casa.

— Mas todas nós o conhecemos — diz Caitlin. — É Greg.

— Será mesmo? — pergunto. — Será que é ele?

Vejo sua fisionomia mudar, e acho que ela está intrigada e assustada com algo que para mim parece completamente real e racional. Esta é a essência da doença e é isso que ela faz: aumenta o abismo entre minha realidade e a das pessoas na minha vida. Todos os dias tento atravessá-lo de volta, mas chega um ponto em que não consigo, nem eles, e então param de tentar, pois o meu mundo é que está errado.

— Você precisa procurar Paul — repito. — Vai precisar dele, um pai, outro avô para o bebê. Uma família maior. Não me faça usar o argumento do Alzheimer duas vezes no mesmo dia.

— Não consigo pensar nisso desse modo — diz ela. — Para mim, é melhor pensar sobre um dia de cada vez.

— Você sabe como precisa viver sua vida? Como se tudo estivesse em perfeita ordem. Faça suas escolhas dessa maneira. É assim que eu quero que você viva, Caitlin. Do modo que quiser, não do modo ditado pelas circunstâncias.

— Mas você está doente. E talvez eu também esteja. E talvez possa passar o gene para meu filho. E ele faria o mesmo. Não é como você, com 20 anos, decidindo ficar com um bebê, mamãe. Você não fazia ideia da existência do gene hereditário, estava tomando uma decisão baseada num único fato. Mas eu sei, e devo pensar em mais que apenas lidar com isso ou arrumar um trabalho ou continuar estudando. Essas coisas eu sei que vou conseguir porque vi você fazer e ainda ser uma mãe genial. Não é isso. Será que vou deixar meu filho sozinho antes que ele esteja maduro o bastante? Será que vou transformá-lo num cuidador? Vou lhe passar essa doença que é... Já decidi o que vou fazer e me parece o certo, mas, ainda assim, é tão...

Ela não termina a frase, não é necessário. Se no dia em que descobri que estava grávida de Caitlin eu soubesse, se naquele dia ensolarado eu fizesse ideia de que a névoa já estava se formando e muito lentamente começando a se espalhar e me reivindicar, e quem sabe ao meu bebê não nascido também, será que teria ido adiante com a gestação? Será que estaria aqui, sentada de frente para esta moça maravilhosa? Olho para ela agora, para seus cílios negros varrendo suas bochechas, o arco de cupido que é seu lábio, para aquela pintinha na orelha, e é claro que digo sim, sim, de todo o coração. Nunca abriria mão de um segundo da minha vida com ela, ou da vida dela comigo, porque sei como foram preciosos e radiantes. Mas, e se eu soubesse naquele momento, quando a linha no teste ficou rosa? Percebo que não sei a resposta.

— Você pode fazer o exame — digo. — Pode descobrir com certeza sobre o gene, se acha que vai ajudar. Não é certo que você tenha. A tia Hattie ficou com a mente intacta até o dia em que caiu morta por causa de um infarto. Você não precisa ficar fazendo suposições, pode descobrir.

— Não sei se quero saber. E saber que eu posso saber dificulta ainda mais tirar isso da cabeça. Então, o que é melhor, que eu tenha certeza ou não?

— Sei a resposta — digo. — Eu sei o que você deve fazer.

Caitlin parece cética.

— Você precisa decidir como se isso nem fosse uma possibilidade, deve decidir levar sua vida do jeito que levaria, independentemente dos acontecimentos. E sabe como sei disso?

Ela levanta uma sobrancelha.

— Porque foi o que eu fiz. Tive você, criei você, dei o fora num milhão de amantes e me casei com o último porque acreditava que tinha todo o tempo do mundo. E fico contente de ter levado a vida desse jeito; não teria mudado nada. Nadinha.

— Nem Greg? — pergunta ela. — Teria esperado todos aqueles anos pelo amor da sua vida se soubesse que pouco depois de encontrá-lo perderia todos os sentimentos que tinha por ele?

— Deixe eu lhe dar aquele vestido — digo, acenando para um vestidinho floral numa vitrine próxima, de algodão, cor de creme com flores cor-de-rosa. — É tão bonito, e, se você combinar com unhas, batom e sapatos vermelhos, imagine que gracinha vai ficar!

— Detesto cores — diz Caitlin —, mas, como você deu a desculpa da D.A....

Ela me deixa puxá-la da mesa e levá-la à loja para experimentar o vestido, que lhe serve com perfeição e deixa lugar para alguma saliência. Feliz, eu a levo para o balcão do dinheiro e pego meu cartão. Só então me dou conta de que esqueci a senha. Afinal de contas, parece que posso me esquecer do ano em que nasci.

Quinta-feira, 25 de outubro de 2007

Caitlin

Esta é a capa do CD que Greg me trouxe no dia em que foi apresentado como namorado oficial da mamãe. Eu já o conhecia, é claro: ele já frequentava a casa. Mas apenas como mestre de obras, escutando a Radio One, que ele achava legal. Na verdade, eu nunca o havia notado. Então, depois que terminou o sótão, quando mamãe começou a namorá--lo, pensei, como ela pode ser tão boba? Quer dizer, ele é muito mais jovem que ela, muito. E embora mamãe seja sexy, engraçada e bonita, eu não conseguia entender por que um homem iria querer algo sério com uma mulher tão mais velha que ele. Achei que queria se aproveitar dela. E mamãe também achava que poderia ser isso, exceto pelo fato de que já lhe dera todo seu dinheiro quando ele transformara o sótão num escritório. De qualquer modo, disse ela, se fosse apenas um casinho, não importava. Contudo, não era um casinho. Nós duas reconhecemos isso quando ela o convidou para jantar conosco. E ele me trouxe este CD do Black Eyed Peas, porque achava que era a banda da hora. Mas eu detesto Black Eyed Peas, e era um CD, e ninguém mais tinha um CD player na época, nem vovó.

Ele me entregou o CD, eu olhei e joguei para o lado, o que eu sabia que era falta de educação. Sabia que estava seguindo o manual da possível enteada mal-educada, mas, para mim, aquilo não parecia um clichê. O que esse homem queria com a minha mãe? Afinal, eu tinha 15 anos — se fosse para ele se interessar por alguma de nós, deveria ter sido por mim. Apesar de isso ser errado de outra forma! Não que eu estivesse com ciúmes — não me entendam mal. Se eu pensar em Greg dessa maneira, até me dá vontade de vomitar. Não, nunca me senti atraída por ele, nem antes de se tornar meu padrasto, e agora... bem, agora ele é apenas meu padrasto. Eu não queria que gostasse de mim e não de mamãe. É só que não conseguia ver o sentido daquilo. O que mostra como eu tinha uma mentalidade pequena naquela época, cinco anos atrás.

Greg sentou-se à mesa. Mamãe caprichara, fazendo uma paella. Sério, ela tinha visto o prato num programa de culinária e comprara uma panela especial, açafrão e todos aqueles camarões com pernas e cabeça, que só de olhar me davam ânsia de vômito. Ela passara o dia inteiro cozinhando, sem nem sequer saber se o mestre de obras comia frutos do mar. Bem, eu achava que não comia: devia gostar de sanduíches de bacon, talvez de queijo. E estava certa, pelo menos sobre não comer frutos do mar. Na verdade, Greg é seriamente alérgico, e ele levou séculos para contar. Ficou lá sentado, olhando para os camarões, que por sua vez olhavam para ele, pensando em arriscar-se a ter um choque anafilático para não decepcionar minha mãe ou parecer bobo diante de mim. Bem grosseira, perguntei a ele qual era seu problema com a comida que mamãe havia feito. E foi quando ele ficou vermelho feito um pimentão e confessou que poderia morrer se comesse. Mamãe ficou arrasada. Ela despejou tudo na lixeira do lado de fora, como se até olhar para um camarão pudesse nocautear Greg, o que me irritou porque eu acabara de decidir que gostava de paella.

Mamãe pediu comida chinesa, que naquela noite decidi detestar e fiquei empurrando o arroz frito pelo prato, deixando claro que sentia falta dos camarões. Greg não parava de se desculpar e eu não parava de ignorá-lo. Então ele foi ao banheiro e mamãe se inclinou para mim, com o dedo apontado bem na minha cara, e disse:

— Você sabe que está fazendo o papel da criancinha malcriada, não é, Caitlin?

Dei de ombros.

— Sinto muito — retruquei. — Alguém precisa proteger você, e eu sou a única opção.

— Não quero que me proteja — disse ela, e se sentou um pouco para trás, olhou para mim e pareceu surpresa, o que me magoou. — Você já tem idade suficiente para saber que não quero proteção que me impeça de me sentir empolgada ou alegre com o modo como ele me olha ou me toca. Eu quero sentir isso e ser feliz, mesmo que seja por pouco tempo e mesmo que tudo dê errado. É disso que se trata a vida, Caitlin, de assumir riscos para tentar ser feliz.

— Mas por que tive que ser apresentada a ele? — perguntei. — Você nunca me apresentou a nenhum dos seus outros homens.

É claro que disse aquilo bem no momento em que Greg voltava para a sala e dei a impressão de que ele era apenas o último de uma longa fila de conquistas. É claro que fiz isso. Mas Greg não corou nem se retraiu, como havia feito com os camarões.

— Eu pedi à sua mãe que me apresentasse a você — disse ele — porque quero fazer parte da vida dela, e isso significa fazer parte da sua também. E mesmo que você não goste de mim, sua mãe gosta. Então, que tal voltar a ser aquela garota esperta e divertida que sua mãe me disse que você é, e, a partir disso, poderemos decidir se conseguimos ficar na mesma sala juntos? Eu queria que a gente se desse bem, mas, só para você saber, se não der, isso não vai me fazer desistir de Claire.

Parei de bancar a criancinha chata depois disso, porque aquilo realmente me pareceu um clichê horrível, e entendi que ele e mamãe estavam levando o namoro a sério. No entanto, continuei achando que Greg era um canalha. Até o dia em que Esther nasceu. Naquele dia, ele se tornou meu herói.

10

Caitlin

Voltamos das compras, e acho que mamãe está feliz. Ela cantarola ao entrar em casa, leva para o quarto as sacolas cheias de roupas que eram para ser minhas e começa a experimentá-las. Fica falando sobre sair mais tarde com alguém chamada Rosie, ir ao pub, ver quem está por lá, talvez dar uns beijos na boca. Eu achava que iria me acostumar com esse seu ir e vir de nossas vidas, mas não. Cada volta vai ficando mais curta; cada ida, mais longa. Fico ao pé das escadas um instante, pensando no que deveria fazer para tentar trazê-la de volta, mas ela está cantando e parece muito feliz.

Vovó está na sala com Esther, fazendo-a assistir a um programa sobre elefantes narrado por David Attenborough.

— Olhe só, meu amor, os elefantes não são uma graça? — Ouço-a dizer.

— Eu quero *Dora, a Aventureira* ou *Os Octonautas* ou *Peppa Pig* — insiste Esther.

Só que vovó não é como mamãe, que sempre concorda com Esther e declara alegremente que a está treinando para uma carreira de ditadora. Vovó faz de tudo para *melhorar* as coisas: ela gosta de melhorar as coisas. E agora está tentando melhorar Esther, fazendo-

-a assistir a algo educativo, o que é engraçado. Eu amo minha avó, assim como amo Esther e vou amar meu bebê, da mesma maneira que mamãe e vovó nos amam. Talvez não exatamente da mesma maneira: semelhante, só que mais.

Sinto-me melhor depois de ter passado a manhã com mamãe e depois do que ela me disse. Antes de decidir sair com Rosie para uma pegação, tudo estava fazendo sentido. Tive a sensação de que ela me devolvera meu futuro.

Vou me sentar no sofá, e Esther me traz o controle remoto.

— Eu quero *Dora* ou *Peppa Pig* — sussurra ela, como se vovó não fosse notar.

Vovó desiste, revira os olhos, e eu mudo de canal. Sei de cor todos os favoritos de Esther.

— Foi tudo bem? — pergunta vovó, e eu faço que sim, porque foi tudo bem. — Vou levar você ao hospital amanhã. A consulta é às dez — informa ela. — Vai ser examinada e vai fazer uma ultrassonografia.

Concordo com a cabeça e me mexo no assento. Esther veio para o meu colo e está pesando na minha barriga. Já consigo sentir uma resistência ali, a bolsa de vida se expandindo no meu corpo. Coloco minha irmã ao lado e lhe dou um abraço, percebendo que é um gesto inconsciente para proteger esse universo desconhecido que está espiralando dentro de mim. Isso significa que já estou me tornando mãe?

— Recortei isto para você — diz vovó, e me entrega um artigo de jornal. — Estava no *Daily Mail*, sobre voltar a estudar depois de ter filhos.

— Obrigada — digo, pegando o recorte e dobrando-o antes de enfiar no bolso.

Desde que tenho lembrança, vovó sempre nos mandou recortes de jornais. Artigos sobre dietas ou direcionados a pais e mães, ou sobre livros que ensinam como ser professora... Ela persistia em mandar recortes de jornais com conselhos de como fazer melhor tudo que mamãe já fazia — o que, para mim, significava que não achava que mamãe fazia essas coisas bem. Certa vez, perguntei a mamãe por que vovó fazia isso, e ela disse que minha avó só estava tentando ajudar, mesmo dando a impressão de ser maluca e controladora. Uma vez ela mandou um recorte sobre alimentação para controlar candidíase, e mamãe o mandou de volta com um bilhete escrito em marcador vermelho: "EU NÃO TENHO PROBLEMAS DE FUNGOS."

Depois disso, os recortes assumiram uma proporção de guerra maluca, com vovó mandando artigos cada vez mais esquisitos sobre vício em sexo, perda de peso, transtorno dismórfico corporal, todos os tipos de câncer — e mamãe devolvendo todos, às vezes com uma mensagem em vermelho, às vezes rasgados em pedacinhos. Era como uma brincadeira constante entre elas, mas algo que também as incomodava. Vovó continua recortando coisas do jornal, mas agora as guarda na gaveta do quarto de hóspedes, onde dorme. Sei disso porque dia desses a vi guardando um. O título: "A EPIDEMIA DE ALZHEIMER."

Agora que Esther está absorta com a TV, levanto e vou encontrar Greg na cozinha. Ele está inclinado sobre o livro da memória, escrevendo. Meu padrasto passou a escrever no livro quase tanto quanto mamãe. Será que ele já leu o meu trecho? Na verdade, escrevi mais para ele que para mamãe. Sei que é para ser o livro dela, mas quero lembrá-lo de que também faz parte desta família e de que nós todas o amamos. Até eu. Eu também o amo agora.

Sento ao lado dele, que olha para mim. Está com lágrimas nos olhos. Greg sempre foi um pouco sentimental, meio poético. Mamãe costumava implicar com ele, esse baita homem forte com coração de poeta. Greg dizia que era ela que o deixava assim.

— Está sendo difícil para você, não é? — pergunto. — Ser o primeiro a perdê-la.

— Não paro de pensar que, se eu der um jeito de continuar a lembrá-la, tudo vai voltar. Ela vai se lembrar de mim de novo, como era antes. Então teremos um ao outro.

— O que está escrevendo? — pergunto, mas ele fecha o livro.

Está grosso agora, transbordando de memórias e lembranças, objetos e fotografias que ficam saindo das páginas. Nas últimas semanas, mamãe tentou colar literalmente tudo ali. Numa folha está uma bala meio chupada que ela jura de pés juntos que foi parcialmente comida por Nik Kershaw em seu primeiro show. O livro se tornou parte de mamãe e parte da família: está sempre disponível, sempre recebendo acréscimos ou sendo lido. Mas em breve as folhas vão acabar, e isso me assusta. Como mamãe põe cada vez mais de sua cabeça ali, tenho medo de que quando faltar espaço sua mente fique vazia e ela desapareça. Antes de ir para Londres, eu estava pensando em maneiras de acrescentar mais folhas a ele, talvez colando ou grampeando atrás. Mas quando eu pego o livro fechado vejo que ele não se avolumou apenas por causa do conteúdo; há uma série de folhas novas. A qualidade do papel é a mesma, e só dá para ver que são novas porque o alinhamento não está exatamente perfeito. Abrindo o livro, examino mais de perto e vejo que alguém colou uma tira de tecido no interior da lombada com as folhas costuradas à mão. Olho para Greg e ele dá de ombros.

— Não quero que termine. — Ele vai até a geladeira e pega uma cerveja. — Tudo bem com você?

— Todo mundo fica me perguntando isso. Sei lá. Estou presa numa espécie de limbo. Acho que todos estamos, não é?

— Talvez — diz Greg. — Eu gostaria de estar. Queria estar preso num dia perfeito em que tudo está bem do jeito que a gente sempre quis que estivesse. Passei muitos dias assim com Claire, Esther e você. Sempre achei que haveria muitos mais. Acaba que não houve suficiente. Nada permanece o mesmo, nem se quisermos muito. — Ele para de falar, esperando que a emoção desapareça de sua voz. — A vida está se movendo a sua volta, Caitlin, e dentro de você. É preciso se mover junto.

— O que você quer dizer? — pergunto, mas acho que sei o que vem em seguida.

— Vá procurar seu pai — diz Greg. — Vá procurar esse tal de Paul Summer. Eu sei que é assustador e que você já tem problemas demais. Mas uma coisa dessas, aproximar-se de uma pessoa que foi tão responsável pela sua existência... não é algo que deva adiar, por nada.

— Nunca tive um pai — digo. — Pelo menos não antes de você.

— Deixe de ser boba — diz ele, baixando os olhos. — Você me acha meio esquisito.

— Ah, meu Deus, esquisito é uma palavra tão esquisita! — Dou risada, e ele sorri. — Mas, falando sério, você é um tipo de pai para mim, um bom pai e... ah, obrigada por isso.

Greg dá outra risada.

— Este é o endosso de paternidade menos entusiasta que já ouvi!

— Você sabe o que quero dizer. — A ideia de não ter Greg mais aqui me traz uma onda de pânico. — Por favor, Greg, não desapareça, está bem, por favor... depois. Não vá embora com Esther, por favor. Porque... não é só Esther, é você também. Você é minha família agora. Você não vai embora e me deixar, não é?

Foi só quando parei de falar que me dei conta de estar com lágrimas no rosto e de punhos cerrados.

— Caitlin — diz Greg, parecendo ansioso, surpreso — Eu nunca faria isso, querida. Nunca separaria você e Esther, por nada. E... somos uma família. Sempre seremos. Nada vai mudar isso. Sou seu pai e você vai ficar comigo.

— Que bom — digo, concordando. — Esse Paul Summer... não sei nada sobre ele. Mas vocês dois... não posso ficar sem vocês dois.

Greg pousa a mão sobre o livro. Ouvimos uma pancada lá em cima onde mamãe está e nós dois olhamos para o teto. Fazemos um esforço para ficarmos onde estamos e não ir ver o que aconteceu. Mamãe detesta quando vamos verificar, especialmente em casa. Ela detesta não ter mais privacidade.

— Olha — começa Greg. — Vá procurar seu pai. Você precisa. Precisa olhar nos olhos da outra pessoa que te gerou e dizer quem você é. Não vejo como vai conseguir se conhecer por completo sem ter feito isso.

Balanço a cabeça.

— Tenho mamãe, Esther e...

— O bebê — termina Greg por mim, escolhendo cuidadosamente as palavras. — Se quiser, posso tirar dois dias de folga e levar você até lá de carro.

— Não — respondo, de repente tomando a decisão, o que é libertador. — Não. Quer saber? Vovó vai me levar ao hospital amanhã para uns exames e depois eu vou. E fico num hotel por lá. Quero dizer, se você e mamãe me derem uma grana... — Eu lhe dou um sorriso esperançoso e ele assente com a cabeça.

— Mas você vai ficar bem, lá sozinha, no seu...?

— No meu estado? — Dou uma risada. — Preciso decidir o que fazer e preciso decidir agora, não é? Mamãe não ia ficar esperando, como eu tenho... enrolado. Ela nunca esperaria que a vida simplesmente acontecesse, enfiando a cabeça num buraco, se escondendo do passado e do futuro. Ela nunca fez isso, fez? Sempre foi corajosa. Olha o que aconteceu quando ela conheceu você! Foi corajosa, se arriscou. E olha o que aconteceu quando Esther nasceu! Ela nunca desistiu. E mesmo essa coisa que ela não consegue combater... mesmo agora, ela não está desistindo. Então, tudo bem, vou lá me apresentar ao meu pai biológico. É algo que preciso fazer, não é? É algo que *posso* fazer. E talvez ajude mamãe também.

Greg está para dizer uma coisa quando um pingo grosso cai na mesa da cozinha. Nós o olhamos por um segundo e depois para o teto... onde um círculo escuro e úmido provoca um segundo pingo.

— Ah! — exclamo, levantando. — Ela falou que ia tomar um banho de banheira.

— Pode deixar — diz Greg. — Eu vou.

Mas eu o sigo de qualquer maneira, pensando no que mamãe disse no shopping. Greg pode ser a última pessoa que ela queira ver.

Ele chega ao topo das escadas em três passadas, saltando degraus. Imediatamente, vemos a água escorrendo por baixo da porta do banheiro e ensopando o tapete do corredor, uma ondinha se unindo ao tecido molhado quando Greg abre a porta do banheiro e somos envoltos pelo vapor. Pisando na água só de meias, ele solta um gemido: deve estar fervendo. Lutando contra a onda de calor, desliga a torneira e joga no chão todas as toalhas que encontra antes de voltar ao corredor, onde estou parada. Mamãe deixou a banheira transbordar. Uma coisa bem simples, um esquecimento que qualquer um poderia ter, não apenas ela. Então por que isso parece mau sinal?

Outra batida, e a porta do quarto de mamãe e Greg se abre, batendo na parede. É quando notamos uma pilha de roupas no corredor. Um sapato, de Greg, atinge o batente da porta e cai aos pés dele.

— Claire? — Hesitante, ele se aproxima do quarto. Estou bem atrás dele.

— Como se atreve! — Mamãe passa por cima da cama para confrontá-lo, os olhos queimando de raiva. — Você deve achar que sou uma idiota. Já li sobre homens como você. Bem, o senhor encontrou uma adversária à altura. Não sou nenhuma velhinha coitada a quem você possa dar o golpe e tomar o dinheiro. Pegue todas as suas coisas e saia da minha casa!

— Claire! — repete Greg. — Meu amor, por favor...

— Conheço seu jogo — diz mamãe, empurrando-o. — Você achou que porque eu era mais velha, solteira e sozinha, poderia me convencer de que estava interessado em mim, depois se mudar para cá, ficar com a minha casa, o meu dinheiro, tudo. Mas não pode! Você não vai me enganar. Não tenho medo de você. Quero que vá embora agora ou vou chamar a polícia.

O rosto dela está lívido de fúria; os olhos, vermelhos e secos, e há outra coisa: ela parece assustada.

— Mamãe. — Eu fico na frente de Greg. — Está tudo bem. Greg é um amigo.

Não parece uma palavra nada adequada para descrevê-lo — o que ele é, o que foi para minha mãe —, e sei que ouvir isso deve magoá-lo, mesmo entendendo por que usei a palavra mais neutra em que consegui pensar.

— Claire — repete Greg mais uma vez, do modo mais suave e gentil possível. — Sou eu, querida. Somos casados. Olha, há uma foto nossa no dia do casamento...

— Como se atreve! — grita mamãe e me agarra pelo punho, me afastando dele. — Não se atreva a fingir que é pai delas! Por que está aqui, na minha casa? O que quer de mim? Caitlin, você não consegue ver o que ele está fazendo? Saia daqui! Saia daqui!

— Mami! — Atraída pelo barulho, Esther chega ao topo da escada, seguida por vovó, que fica um degrau abaixo, olhando ansiosa para a cena.

— Que barulheira é essa? — pergunta ela. — Claire, o que está fazendo?

Alguma coisa na voz de vovó acalma minha mãe, que afrouxa a mão no meu punho. Seus olhos ainda estão arregalados de medo, e ela fica lá parada, com a respiração pesada.

— Eu estava... enchendo a banheira... e depois havia todas essas coisas no meu quarto. E não são minhas!

— Mami! — Esther se desvencilha das mãos de vovó em seus ombros e corre para mamãe, que a pega no colo e lhe dá um abraço. — Coisas do papai. Você é muito boba, mami-esquece-tudo.

Com Esther no colo, ela vai desmoronando e senta no tapete. O ar ainda está úmido por causa do vapor quente, e o cheiro de tapete molhado se espalha.

— Eu esqueci — diz a Greg, incapaz de olhar para ele.

— Mami, levanta! — comanda Esther, segurando as bochechas de mamãe entre as palmas das mãozinhas, apertando e deformando seu rosto. — Levanta agora, mami. Tá na hora da janta.

Nós três recuamos e observamos Esther puxar mamãe pela mão até ela finalmente se levantar.

— O que você quer jantar? — pergunta, sem olhar para nós, carregando Esther para baixo.

— Lasanha! — responde minha irmã.

— Ou feijão com torrada? — Ouço mamãe dizer, sua voz se perdendo na cozinha.

— Lasanha! — repete Esther.

E então há um silêncio.

— Vou pegar a cama de campanha — diz Greg. — Durmo no quarto de Esther.

— Não — retruco. — Eu durmo na cama de campanha. Você fica no meu quarto. De todo jeito, vou ficar fora alguns dias, a menos que você queria que eu fique.

— Ela está piorando — diz Greg, as palavras saindo antes que qualquer um de nós esteja pronto para ouvi-las, muito menos ele. — Não esperava que fosse tão rápido. Sei que eles falaram sobre os êmbolos, mas eu achava... esperava que tivéssemos algum tempo juntos, para nos despedir. Achava que ela voltaria para se despedir.

Finalmente, vovó sobe o último degrau e põe a mão no ombro dele.

— Tudo que está acontecendo, as coisas que ela diz e pensa, o modo como se sente... não significa que não tenha amado você mais que a qualquer outra pessoa na vida. Não significa isso, Greg. Não é ela, é a doença.

— Eu sei, é só que... — Os ombros de Greg despencam e, de repente, é como se saísse todo ar de dentro dele. Bem diante de nossos olhos, ele se reduz à metade do seu tamanho. — Vou pegar a cama na garagem.

Nenhuma de nós se mexe para segui-lo pela porta da frente, cientes de que ele precisa de um tempo a sós para enfrentar o luto.

— Mãe! — Mamãe chega aos pés da escada, chamando como se nada tivesse acontecido. — Como é mesmo que eu abro essa lata de feijão?

— Vá — digo. — Vou passar o rodo aqui.

— Você está bem? — pergunta vovó.

— Alguém aqui está?

— Mãe! — Ouço-a gritar novamente. — Posso abrir com uma faca?

Segunda-feira, 2 de fevereiro de 2009

Greg

Esta é a primeira foto que tirei de Claire e Esther.

Esther está envolta numa toalha, e Claire tem uma expressão aborrecida porque ela me proibira terminantemente de tirar fotos antes que tivesse escovado os cabelos e passado rímel. Mas não consegui me conter. Não conseguia acreditar no que acabara de acontecer.

Acho que a maioria dos maridos considera suas mulheres grávidas lindas, e eu não fui exceção. Amei o jeito como ficou — a barriga grande carregando nosso bebê. E ela estava feliz. Claire gostava de reclamar dos tornozelos inchados, da pele se esticando e do fato de estar velha demais para isso, mas era evidente que, na maior parte do tempo, também estava amando. Tinha energia, a vibração da vida. E eu olhava para ela e ficava impressionado. Meu bebê estava lá!

Esther foi um pouco prematura, e, apesar de Caitlin também ter nascido antes do tempo, isso nos pegou de surpresa. Como fazia muito tempo desde o nascimento de Caitlin, todos pensavam que o bebê atrasaria, pois o corpo de Claire já tinha se esquecido da gravidez anterior. Ela não parou de fazer nada durante a gestação, não parou de caminhar nem de trabalhar, até saiu para dançar com Julia no aniversário da amiga, mesmo estando redonda feito uma romã madura. Eu não queria que fosse, mas não consegui impedi-la, então pedi que Caitlin fosse junto. Caitlin não viu graça.

Esther nasceu de madrugada, numa noite em que Claire se levantou de repente — especialmente levando em consideração que ela estava enorme a essa altura. Já estava num estágio em que fazia tudo bem devagar. Como um supertanque — era como se descrevia, dizendo que levava pelo menos uma semana para se virar. Naquela noite, porém, levantou feito um foguete e foi para o banheiro. Eu voltei a dormir quase de imediato, mas só pode ter sido por alguns segundos, pois acordei de novo com ela me chamando. Não estava gritando meu nome, mas chamando em voz baixa, repetidamente, quase gemendo. Fui ao banheiro e Claire estava sentada no chão.

— Está vindo — sussurrou ela.

Levei um segundo para entender o que estava acontecendo, até notar uma poça de água entre suas pernas e me dar conta de que ela estava em trabalho de parto.

— Certo, vou ligar para o hospital, dizer que estamos indo — falei. — E você, pegue sua bolsa...

— Não, o bebê está vindo agora — disse Claire, e foi dominada por uma onda de dor.

— Isso é impossível — retruquei, só então percebendo que ainda estava de pé no vão da porta, e me agachei.

Ela não estava gritando nem fazendo a barulheira que eu imaginava. Quase nem parecia presente: os olhos estavam fechados, e ela parecia se concentrar no mundo em seu interior. A próxima onda de dor passou.

— Diga isso ao bebê e ligue para a emergência!

A atendente ficou ao telefone e me disse para olhar entre as pernas de Claire e usar os dedos para medir sua dilatação. Eu tentei, mas ela rosnou para mim como se estivesse possuída por um demônio. Então, bati à porta de Caitlin e, embora ela geralmente fosse capaz de dormir até durante um terremoto, levantou-se de imediato.

A mulher ao telefone disse que a ambulância estava a cinco minutos de distância, o que parecia uma eternidade.

— Verifique a dilatação da sua mãe — falei para Caitlin.

— O quê? De jeito nenhum! — Ela parecia apavorada.

— Ah, pelo amor de Deus, me dá a droga de um espelho — disse Claire, e pensei a respeito, lembrando que aquela era a minha mulher e aquele era o meu bebê, que eu tenho 1,85m e sempre me considerei muito forte.

— Eu vou ver — afirmei. — Então você vai ter que deixar.

Claire disse que me odiava e também usou uma seleção de palavrões, mas ainda parecia controlada, resmungando um pouco, fechando os olhos, encostada na banheira, os pés bem plantados no chão. Tive certeza de que, se o nascimento estivesse realmente próximo, ela estaria fazendo um estardalhaço maior. Peguei uma toalha, sequei o líquido do chão e então olhei.

A mulher ao telefone me perguntou novamente se eu podia calcular o grau de dilatação dela.

— Não sei, mas dá para ver o topo da cabeça do bebê.

A atendente começou a dizer que eu devia instruir minha esposa a não fazer força, mas, antes que ela terminasse a frase, era exatamente isso que Claire estava fazendo e houve um jorro de vida, água, sangue, e eu peguei o bebê. Aquela coisinha rosada e cinza, toda suja. Ela foi direto para as minhas mãos! Ainda acho graça quando penso nisso.

— O bebê saiu! — gritei para o telefone, que eu havia largado para segurar Esther.

Desde então, Claire diz que essa foi a hora em que todos aqueles domingos jogando críquete finalmente compensaram. Caitlin pegou o telefone, e eu deitei o bebê no peito de Claire. Seus olhos estavam arregalados quando ela acompanhou meu movimento fazendo isso... arregalados e maravilhados.

— Ela está perguntando se o bebê está respirando — disse Caitlin, parecendo preocupada.

Mas, antes que eu pudesse conferir, um grito, um uivo decidido, cortou o ar, e eu caí no choro... lágrimas idiotas e bem femininas corriam pelo meu rosto. Eu não conseguia parar. Caitlin pegou uma toalha limpa no armário, enrolamos o bebê, e a campainha tocou. A ambulância havia chegado. Foi quando peguei meu celular e tirei esta foto, mesmo com Claire me ameaçando de morte. Eu queria me lembrar daquele instante, exatamente.

— Ele é uma gracinha — disse Claire, indiferente aos dois paramédicos enormes que tinham entrado no nosso banheiro.

— É uma menina — *falei, o que a deixou ainda mais feliz.*

— Excelente — disse ela. — Outra Armstrong para conquistar o mundo.

11

Claire

— Você tem dinheiro? — pergunto a Caitlin, que faz um gesto afirmativo de cabeça.

— Bem, estou com o seu cartão de crédito e tenho a senha, então, tenho, sim.

— E vai cuidar do meu carro?

Passo a mão no veículo, da minha cor favorita. É fogosa, forte e ousada. Mas não consigo me lembrar do nome. Alguma coisa aconteceu ontem à noite que mudou tudo. Não sei bem o que foi, mas senti quando acordei hoje de manhã: a pressão do vazio em minha cabeça. Talvez seja a névoa; talvez, os êmbolos. Eu os visualizo como pequenas faíscas, fogos de artifício zunindo e estourando. Este seria um bom nome para a cor do meu carro: êmbolo.

— Vou tentar cuidar do seu carro — diz Caitlin. Ela parece confusa, e é claro que está.

Mais cedo, vigiada por Greg, fiquei em casa esperando Caitlin e mamãe voltarem do hospital. Esperei, olhando pela janela, fixando-me no momento em que ela voltaria e me contaria como estão as coisas. O único modo possível de fazer isso era ficar lá, exatamente no mesmo lugar, desde o momento em que elas saíram até voltarem, pois sabia que, se me mexesse, perderia o momento presente. Greg queria que eu fizesse outras coisas — tomar chá, comer uma torrada ou ir me sentar com ele na cozinha — porque ele não sabe que preciso me fixar num ponto do tempo e fazer com que minha mente permaneça nele. Não sei quanto tempo levou, mas tentei abrir a porta da frente no minuto em que vi o carro chegar. Só que eles fazem uma coisa com a porta para me impedir de sair, e não consigo mais abri-la pelo lado de dentro. Então esperei que elas entrassem, ainda me obrigando a ficar naquele momento para conseguir lembrar o que havia acontecido.

Caitlin sempre foi um livro aberto — eu sempre soube o que ela estava pensando ou sentindo —, mas, de repente, não sabia mais. Não consegui saber quando ela passou por mim e se atirou no sofá da sala. Olhei para a mamãe.

— Dezoito semanas — disse ela. — Mãe e bebê estão bem.

Quando elas entraram na sala senti muito medo, mas não sei bem do quê; sei apenas que tive a sensação de que provavelmente ficaria apavorada com o que ela iria me contar.

— Caitlin? — chamei, sentando na cadeira em frente.

— Amo meu bebê — disse ela simplesmente. — Assim, com essa força que eu nem achava que fosse possível. É quase como se eu quisesse lutar contra alguém, mesmo que não haja ninguém a combater. Ah, mãe, tem a foto da ultrassonografia. Quer ver?

Ela me entregou a foto. Hoje em dia elas são muito mais nítidas, e vi bracinhos, perninhas e um perfil que parece bem com o de Caitlin.

— Ah, Caitlin. — Tive vontade de segurá-la e lhe dar um abraço. — Estou tão contente.

— Eu também — disse ela. — Acho que também estou contente. Mas também estou com medo.

— Você vai ser uma mãe maravilhosa.

— Você não vai parar de me dizer isso? — perguntou ela.

— Só se você não parar de me contar que está grávida — respondi, e sorri.

Então, pareceu errado despachá-la para o mundo, sozinha, para procurar seu pai. Mesmo assim, ela vai. Agora não posso impedi-la, nem se quisesse. Desde o que aconteceu ontem, seja o que for, Caitlin está com uma determinação silenciosa — uma espécie de resolução. Pela primeira vez, noto que ela está sendo cuidadosa comigo, me tratando como se eu estivesse doente. Sim, alguma coisa mudou ontem à noite. Mas, se foi algo que ajudou Caitlin a ser esta pessoa mais forte, mais segura e resoluta, espero que não tenha sido algo tão ruim assim.

— Ligue quando chegar lá — peço. — Antes e depois de ir vê-lo. Não se esqueça de dizer o que eu lhe contei, está bem? A princípio, é provável que ele fique chocado... Talvez seja melhor escrevermos uma carta...

— Não — diz Caitlin. — É assim que está acontecendo. Eu vou. E volto logo.

Concordo com a cabeça e a beijo, e então minha mãe, que estava nos observando, coloca um maço de dinheiro na mão de Caitlin, exatamente como sempre fazia com um pacote de balas.

— Cuide-se, boneca — diz ela, e Caitlin aceita docilmente o apelido da infância, dando um beijo no rosto de minha mãe.

Esther chora quando o carro sai, e eu também fico com vontade de chorar. Não apenas porque Caitlin está indo, mas também porque agora estou sozinha, com minha mãe no comando.

— Ela vai ficar bem — diz mamãe, conduzindo-me de volta para dentro de casa, as mãos nos meus ombros, como se eu tivesse me esquecido de andar em linha reta, o que acho que ainda não aconteceu. — Essa menina é mais forte do que parece. Estou muito orgulhosa dela.

— Eu também — digo. — E de você, uma grande avó!

— Já chega disso, minha filha — diz mamãe, e, quando entramos em casa, ela olha para a porta atrás de mim. — Ou devo chamá-la de vovó agora?

Estou escrevendo no livro, e Esther me traz um livro de contos para ler para ela. Já li essa história uma centena de vezes e estava escrevendo no livro da memória, a ponta da caneta seguindo obedientemente meus pensamentos, ou pelo menos é o que acho. O que acredito. Acho que as palavras e a caneta se movem e produzem padrões e reviravoltas que parecem familiares, e é reconfortante supor que significam algo. Caitlin está indo conhecer seu pai — sem dúvida com aquele pequeno vinco na testa que ela sempre tem quando dirige na autoestrada —, e tento não pensar nela ultrapassando caminhões no meu pequeno e frágil carrinho cor de coração. O livro de Esther tem desenhos de animais — um coelho é grande, e outro, menor. Ou pode ser uma lebre, não tenho certeza. Mas não importa, pois eu não perdi o nome de nenhum dos animais de orelhas compridas e isso é uma pequena vitória. O problema é que há palavras também, e são elas que não consigo mais decifrar. Decifrar. Essa é uma boa palavra. Tenho a palavra decifrar na cabeça, que é complicada e cujo significado eu conheço, mas este livro infantil, com seus símbolos simples e grandes impressos sob a figura da Lebre ou do Coelho, podiam muito bem estar escritos em grego.

Eu sei que as palavras estão lá e sei o que elas fazem. Já li este livro uma centena de vezes para Esther, mas não consigo me lembrar do que fica entre o coelho grande (ou talvez a lebre) e o(a) pequeno(a).

Entro em pânico, ansiosa com a possibilidade de que este seja o momento em que Esther vai descobrir: o momento em que ela vai me olhar de outra forma, afastar-se de mim e se unir à fileira de pessoas que preferem não conversar mais comigo.

— Vamos, mami — diz Esther, mexendo-se com impaciência.
— Faz as vozes, como sempre. Aquela bem alta e a outra bem baixa, lembra?

O tom de sua voz sobe e desce; ela sabe exatamente como deve ser.

Olho para a figura do coelho grande e da lebre pequena e tento inventar alguma coisa sobre um coelho mágico que transforma seu melhor amigo num anão e depois... o joga para o céu. Esther ri, mas não fica satisfeita; fica até um pouco chateada.

— A história não é assim, é, mami? — repreende ela. — Lê a história direito, com as vozes, normal! Eu gosto de tudo normal, mami.

São essas últimas palavras que me torturam: Esther ansiando pela normalidade. Até agora, ela é a única que supõe que tudo está normal, que eu sou como sempre fui, mas pela primeira vez ela está vendo que não é assim. Estou desapontando minha filha.

— Que tal você ler para mim? — pergunto, embora ela só tenha 3 anos e meio e não saiba ler, além de reconhecer algumas letras. Esta é uma coisa que temos em comum.

— Claro — responde Esther, confiante. — Tem um Coelho Grande e um Coelho Pequeno... a mami e o bebê... e o bebê quer um Lego novo, do Doctor Who, então, quando a Mami Coelha diz: "Aah, eu amo você, Coelhinho", o coelho bebê pede para ela o Lego do Doctor Who, por favor, e com a nave espacial também...

Conforme ela continua, aparentemente feliz de transformar a história numa lista de compras, repouso o queixo em sua cabeça e penso nas coisas que em breve não poderemos fazer ou que nunca faremos. Será que estarei com Esther em seu primeiro dia na escola? Provavelmente não. Ou, se estiver, talvez ache que ela é Caitlin, e não saberei por que seus cabelos pretos agora estão louros. Não a verei em sua primeira peça na escola nem a levarei para fazer compras quando ficar mais interessada em roupas do que em brinquedos

— durante aqueles raros e poucos anos em que ela poderia ouvir minha opinião sobre o que veste e como arruma os cabelos. Não a verei passar nas provas nem entrar na universidade; não a verei usar beca, tornar-se piloto de guerra ou ninja ou o Doctor Who, que é sua maior ambição. Não a assistente — isso ela não quer —, mas o próprio Doctor. Vou perder todas essas coisas. A vida vai se passar por mim e não saberei nada a respeito, isso supondo que até lá meu cérebro não tenha se esquecido de informar aos meus pulmões como respirar e eu ainda esteja viva. A morte talvez seja preferível: se o céu e os espíritos de fato existirem, eu poderia olhar por ela, olhar por todos eles. Eu poderia ser um anjo da guarda, mesmo ainda sabendo que anjos da guarda são estraga-prazeres. Além disso, não acredito em Deus, o que provavelmente me impediria até de me inscrever para o processo seletivo, apesar de ter quase certeza de que poderia convencê-lo durante a entrevista: "O que me diz de oportunidades iguais, Deus?", perguntaria.

Pare de pensar. Pare com essa louca montanha-russa de pensamentos e escute; escute Esther lhe contando que ela quer o Hot Wheels Super Racer Shooter e se esforce para estar aqui neste instante, com sua filha, respirando o aroma leitoso de seus cabelos, sentindo seu corpo relaxado no seu. Esteja aqui, neste momento.

— Vamos fazer um bolo — digo.

Esther para de falar e se vira, deixando o livro cair no chão.

— Sim! — exclama ela, empolgada. — Vamos fazer um bolo! Do que a gente precisa? Precisa de farinha!

Ela salta do meu colo, arrastando uma cadeira até os armários, e sobe na bancada sem hesitar, numa tentativa de encontrar a farinha. Vou até a porta da cozinha e ouço. Mamãe está passando o aspirador de novo. Ela decidiu que não sou confiável perto de fogões, chamas nem gás, portanto, se soubesse que íamos fazer um bolo, viria me supervisionar e então não seria fazer um bolo com Esther, seria mamãe fazendo.

Fechando a porta devagar, acho que talvez tenhamos tempo suficiente para colocar algumas coisas numa tigela e misturá-las antes que minha mãe nos descubra.

— Isto é farinha? — pergunta Esther, pegando um pacote rosa de alguma coisa em pó, colocando sob meu nariz para inspecionar. Eu inalo e aquilo me lembra de uma feira agrícola.

— Sim — respondo, apesar de não certeza. — Deve ser.

— Vamos pesar? — pergunta, toda contente. — Na balança?

Descendo da cadeira, ela traz uma tigelinha do armário.

— Não — respondo. — Isso de pesar é para fracassados. Nós vamos viver a vida no limite.

— Você acende o forno — diz ela. — Você que deve fazer isso porque é adulta e os fornos ficam quentes, quentes, quentes!

Eu me viro e fico olhando para o aparelho. Lembro-me de escolhê-lo porque era grande e vistoso, dando a impressão de que pertencia a uma mulher que sabe cozinhar, mas eu nunca soube cozinhar, nem quando reconhecia farinha. A única coisa que sei cozinhar é a lasanha de Esther, que requer muito pouca habilidade, e agora até isso já se foi. Então olho para o fogão e, ao passo que me lembro de tê-lo escolhido porque parecia um fogão de cozinheira, agora não sei o que todas aquelas coisas fazem. Seguro uma coisa saliente na frente e giro. Não acontece nada, então suponho que não fiz nada de mal, e pelo menos Esther acha que fiz alguma coisa.

— Precisamos de ovos — diz ela, indo à geladeira e tirando vários itens, que joga no chão, deixando as coisas salpicarem e se espalharem, até achar uma embalagem úmida de papelão, lá no fundo, que tem formato de ovos.

Coloca-a na mesa. Está cheia de objetos lisos, muito bonitos, que parecem se encaixar perfeitamente na palma da minha mão. Adoro os ovos porque sei o que são, porque não os esqueci, e agora me parecem mais perfeitos e lindos que nunca.

— Quantos? — pergunta Esther.

— Todos — digo, pois, embora saiba que são ovos, não sei quantos há.

— Posso quebrar?

Faço que sim, embora não queira quebrar os ovos lindos, redondos, simpáticos. Mas Esther quer, quebrando o primeiro em cima do que pode ser farinha; a casca racha, a clara vai saindo entre os dedos dela e lufadas de farinha sobem, cumprimentando nosso nariz.

— Isso é divertido — diz ela, os dedos pingando ao pegar o segundo ovo, quebrá-lo e deixá-lo se misturar ao restante.

A risada de Esther é rouca, como a de um velho que fuma quarenta cigarros por dia, e não de uma menininha, o que me faz rir ainda mais e, em consequência, ela também. Seus olhos brilham olhando para mim.

— De novo? Sim? — Seu rosto é um retrato da alegria.

— Sim — respondo, sorvendo ar entre as risadas.

Ela pega o terceiro ovo, sobe na bancada, claramente com um plano em mente que acha hilário. Seus ombros sacodem com as risadas. E, de pé, ela deixa cair o conteúdo do ovo na tigela. Ouve-se um *ploft* quando o ovo encontra seu destino, uma lufada branca sobe, e Esther faz uma dancinha de alegria. É um momento perfeito, e eu me esforço para me manter nele.

— Mas o que... — Mamãe entra na cozinha. — Isso é cheiro de gás — diz ela. — Ah, meu Deus, você encheu a cozinha de gás!

Ela vai até a porta dos fundos e a escancara, deixando entrar uma lufada de ar gelado e úmido, jogando um balde de água fria na minha diversão e na de Esther em nome da saúde e da segurança. Indo até o fogão, ela gira o botão que eu havia virado para o outro lado.

— Desça daí agora, mocinha — diz mamãe, sem dar tempo a Esther de descer, levantando-a pelas axilas. — Fora, vocês duas! — Ela olha para a desordem na mesa. — Já para fora, até o ar ficar puro!

Ela nos manda sair para o frio úmido, como se fôssemos uma dupla de cachorros vira-latas que foram pegos roendo a perna de uma mesa favorita ou coisa parecida. Retendo o fôlego, mamãe volta para dentro enquanto Esther e eu ficamos paradas no pátio. As mãos dela ainda estão grudentas.

— Acabou o bolo? — pergunta Esther, infeliz. — Eu quero continuar fazendo bolo.

— Você não deve tocar no fogão! — diz mamãe ao retornar com coisas quentes.

Ela me entrega um casaco e segura o de Esther para que ponha os braços. Fico olhando para a roupa que ela me trouxe. Não é o casaco que eu quero, e ela sabe disso. Acho que me trouxe essa coisa como castigo. Agora, gosto de usar um moletom com capuz, pois é simples: sei por onde passo a cabeça e fica mais fácil ver aonde os braços se enfiam. E não tem as coisas para juntar, o que eu detesto fazer. Ainda estou procurando em volta, tentando pôr o braço num buraco, feito um cão atrás do próprio rabo, quando mamãe interfere. Ela o coloca em mim como se eu fosse uma criancinha, bem como fez com Esther. Faço um beiço, imitando minha filha.

— Quantas vezes já dissemos? Você não pode mais fazer esse tipo de coisa! — repreende mamãe.

— Eu não sei — digo, chateada. — Eu tenho esse problema com memória recente...

Os olhos dela se estreitam e posso ver que, desta vez, está chateada, realmente chateada comigo. Como na vez em que tomei o maior porre no quinto ano, cheguei em casa e vomitei na cama dela, onde estava dormindo.

— Por que não? — pergunta Esther, com mamãe limpando furiosamente as mãos dela com um pano bactericida. — Por que eu e a mami não podemos nos divertir?

— Imagine se você tivesse acendido alguma coisa ou se o boiler estivesse ligado ou se saísse uma faísca do interruptor de luz? Poderíamos ter morrido, todas nós!

— Morrido! — Esther parece alarmada. — Como ficar morto?

— Não fiz de propósito — digo, me sentindo infeliz, enquanto mamãe envolve meu pescoço num cachecol. — Estava tudo bem. Foi um... engano. Nós estávamos nos divertindo. Não fiz de propósito.

— Não, você nunca faz — diz mamãe. É sua resposta padrão, a que ela me dá desde a primeira vez em que eu disse que não pretendia borrifar todo seu vidro de perfume no cachorro, tomar todo seu xerez de Natal e depois precisar ficar dois dias sem ir à escola, assim como não pretendia fazer sexo com o mestre de obras e depois me casar com ele. Esta foi a única vez em que realmente falei sério ao dizer que não fiz de propósito.

Ela acaba de abotoar meu casaco.

— Espere aqui — diz ela. — Vou entrar e ver se está seguro.

Esther puxa minha mão num gesto de solidariedade.

— A gente só estava fazendo um bolo.

Olho em volta, buscando algo para fazer enquanto esperamos — uma bola, talvez, ou a coisinha de rodas de Esther com que ela gosta de ficar zunindo por aí, especialmente ladeira abaixo —, e vejo que o portão dos fundos está entreaberto. Eu imaginava que estaria trancado e com cadeado, mas não está: na verdade, está aberto, revelando um atalho para a liberdade.

— Vamos ao parque? — pergunto.

— Acho que sim — responde Esther, e me conduz para o outro lado do portão.

12

Claire

Mesmo na penumbra, que surge de repente, pouco depois de iniciarmos nossa expedição, Esther conhece o caminho para o parque. São assim as tardes de inverno: acabam antes de ter começado e, quando menos se espera, a noite está chegando. Seguro a mão dela e deixo que ela me leve, conversando alegremente enquanto avança saltitante, nem um pouco amedrontada pelo fato de que o sol mergulhou quase por completo no horizonte escuro e rendado de árvores, nem pelos faróis dos carros que zunem em nossa direção, numa procissão de olhos.

Esther está empolgada quando paramos numa faixa de pedestres e ela aperta o botão.

— Nós esperamos o homem verde — diz ela com autoridade.

Vejo uma cabine de telefone público no outro lado da rua, que parece brilhar para mim como um farol. Lembra-me de uma noite quente de verão. De sair de casa com um bolso cheio de moedas de vinte centavos para falar com esse garoto que eu estava namorando. Tínhamos apenas um telefone em casa, que ficava no vestíbulo. Portanto, se eu quisesse ter uma conversa particular, tinha que ir até o fim da rua e ligar da cabine. Aquela pequena cabine tornou-se uma espécie de refúgio para mim, com seus vidros pichados e cartões que ofereciam serviços sexuais colados nas laterais. Era onde eu organizava minha vida, sussurrava bobagens e também as ouvia sussurradas no ouvido pressionado ao telefone, como se este fosse uma concha e eu estivesse escutando o mar.

Faz algum tempo que parei de notar as cabines telefônicas — tornaram-se supérfluas —, mas agora lá estava uma. Do nada, me vem uma ideia: materializa-se simplesmente num espaço vazio, e por baixo do meu casaco bem-abotoado eu ponho a mão no bolso do cardigã e tiro um papel. Vê-lo me faz lembrar do homem no café. Do lápis curto. Da caminhada. Ryan. Este é o papel que ele me deu no café, este é o cardigã que eu estava usando naquele dia, e o papel ainda está lá.

— Esther, o que é isto? — pergunto, dando-lhe o papel.

Ela olha para ele sob a luz de um poste que tremula acima das nossas cabeças.

— Números — responde Esther. — Uma porção em fila. Tem um zero, um sete, um quatro, um nove, um...

Ainda tenho um tipo de dinheiro no bolso do jeans. Dinheiros de prata, duros, cintilantes, remanescentes da minha independência.

— Vamos experimentar esta cabine? Parece a TARDIS, do Doctor Who, não acha?

— Um pouco — diz ela. Eu abro a porta e nós nos espremmos lá dentro. — É parecido.

Esther olha em volta e eu percebo sua decepção por não ser maior do lado de dentro. Pego-a no colo e insiro o dinheiro na fenda, lembrando exatamente o que eu fazia quando era garota. Pego o fone e ouço a familiaridade reconfortante do som de discagem. Engraçado como a coisinha falante que eu levava comigo para todo canto todos os dias agora é um mistério, mas isto... isto faz todo sentido, fora os números.

— Agora, Esther — digo, colocando o papel sobre o aparelho —, você consegue apertar os botões dos números aqui, do jeito como eles estão no papel, na mesma ordem? Consegue? É muito importante que você aperte um depois do outro, bem como eles estão no papel, está bem?

Esther faz que sim e cuidadosamente aperta os botões. Não faço ideia se ela está fazendo direito nem quanto tempo meu dinheiro vai durar e muito menos se alguém vai atender, mas lá, de pé, com Esther apoiada no meu quadril, eu me sinto empolgada e cheia de possibilidades, bem como sentia anos atrás quando os garotos de quem gostava sussurravam pela linha bobagens no meu ouvido.

O telefone chama, mas somente duas vezes, e então eu ouço a voz dele.

— Alô? — É a única coisa que diz, mas eu sei que é ele.

— Sou eu — digo. — Do café e da rua.

Sei que são coisas bobas de dizer, mas digo mesmo assim.

— Claire, você ligou — diz, e parece contente. — Eu já não achava que você fosse ligar. Faz tempo.

— Faz? — questiono. — Não sei quando o dinheiro vai acabar.

— Quem é, mami, posso dizer alô? — pergunta Esther. — É o Doctor?

Ele ri.

— Você não está sozinha?

— Não, esta é a minha filhinha, Esther. Nós vamos ao parque.

— Ao parque? Não está meio tarde?

— Não, nós gostamos de aventuras. Quer me encontrar amanhã para conversarmos de novo? — digo tudo de uma só vez, antes de perder a coragem.

Ele hesita. Fico ansiosa, aguardando.

— Sim — diz, por fim. — Onde? Quando?

Só consigo pensar num local e numa hora, e é o que digo.

— Encontro você na biblioteca pública ao meio-dia.

— Estarei lá, e... — A ligação é cortada.

— Eu queria dizer alô! — diz Esther. — Era o Doctor Who?

— Que tal sairmos daqui e irmos no gira-gira? — sugiro, sentindo-me exultante com a perspectiva do encontro. Como vou chegar lá é outra questão, obviamente.

Esther começa a andar, me desviando da rua principal e conduzindo para o escuro do parque, atrás da cerca que limita a grande extensão de grama. A pracinha das crianças está oculta pelas sombras. Seguimos um caminho mal-iluminado em meio a um vazio intenso, e ouço vozes, garotos gritando uns com os outros, suas frases ecoando no ar gélido. Mesmo assim, não sinto medo, e Esther também não quando os balanços e a gangorra ficam à vista.

— Ah, tem meninas grandes nos balanços — anuncia ela bem alto, empurrando o portão pesado que atravessa a cerca grossa de aço em volta da pracinha. — Mami! Eu quero brincar no balanço!

Eu me aproximo das garotas, que nos olham e nos ignoram, voltando a sua conversa e fumando.

— Com licença — digo. Elas parecem entediadas e com frio, como se fossem estar bem melhor em casa com seus pais do que aqui, provavelmente esperando por cinco minutos de atenção dos garotos que ainda podemos ouvir gritando no escuro. — Será que a minha filha pode brincar no balanço?

— Está meio tarde — responde uma delas com expressão ressentida, mas prontamente sai do balanço.

— Está... vocês deviam ir para casa. E parem de fumar, isso vai deixar vocês velhas e mortas antes que se deem conta. Não tem problema nós ficarmos brincando até mais tarde. Somos fantasmas.

As garotas nos olham como se fôssemos loucas, o que obviamente ajuda nossa causa, porque elas não demoram a ir embora do parque, cochichando umas com as outras sobre a maluca chata.

— São todos seus — digo a Esther.

Minha filha está empolgada com o parque às escuras. Ela zune, dando voltas e mais voltas no gira-gira, o rostinho brilhando na penumbra, iluminado de alegria. Com a luz refletida em seus dentes quando ri, ela cintila, girando e girando. Eu a empurro com mais velocidade, o máximo que consigo, e então pulo para dentro e me seguro firme, inclinando a cabeça para trás, envolta pelo mundo escuro do parque — as luzes dos freios dos carros à distância, as luzes dos postes, aquela circunferência branca e brilhante no céu... todas se alongando e virando fitas luminosas que nos enlaçam, nos cercam, e nós rimos sem parar. Sinto que o mundo está se movimentando mais rápido somente para nós duas.

— Tudo bem com a senhora? — Uma voz ancora nossa órbita, e eu sinto algo lento e firme pesando sobre mim, nos puxando de volta à Terra. O gira-gira diminui a velocidade e por um instante o mundo roda sem mim. Esther cai de costas no chão e resmunga.

— Tô com a cabeça tonta — diz ela. — Ah, a barriga tá enjoada.

— Claire?

Eu pisco. A voz é grave e desconhecida. É de um homem, um rapaz, de terno. Como é que ele sabe o meu nome? Eu não tenho um filho, tenho?

— Vocês são Claire e Esther? — pergunta o homem num tom simpático, e eu me dou conta de que ele não está usando terno, é um uniforme.

É um policial. Por um segundo, penso no que foi que eu fiz e então me dou conta. Cometi o pecado mortal: fugi.

— Eu sou Esther. — Tonta, Esther se levanta. — Esta não é Claire, é a mami!

— Sua mãe e seu marido estão preocupados — diz o policial. — Ligaram para nós. Estávamos procurando por vocês.

— Por quê? — pergunto. — Por que estavam procurando por nós? Eu trouxe minha filha ao parque, só isso! — Estou na defensiva, irritada. Estamos bem. Totalmente bem. Isso foi um pouco exagerado.

— Está meio tarde para uma garotinha estar na rua, e eles estavam preocupados com você, Claire.

Não olho para ele, não quero ir. Quero ficar de novo perdida com Esther nas fitas de cor, no mundo que fica imóvel porque somos nós que giramos.

— Esther — chama ele. — Você gostaria de dar um passeio no carro da polícia?

— O nii-nóó vai tá ligado? — pergunta Esther bem séria.

— Não, sinto muito — responde ele.

— Então não, brigada — diz Esther.

— Bem, talvez um ou dois nii-nóós — retruca ele. — Rapidinho. Vamos, Esther? Vamos pegar sua mãe e levar vocês para casa. Está na hora de ir para a cama.

— Não pode tá — diz Esther, confiante. — Eu ainda nem jantei.

Sábado, 5 de junho de 1976

Claire

Este é um botão do vestido favorito da minha mãe quando eu era pequena — tinha 5 cinco anos, para ser mais exata, quando ela perdeu o botão. Lembro a data porque é o aniversário dela, e naquele ano passamos sozinhas, apenas nós duas.

Foi o dia em que ele ficou preso em algum lugar e caiu, para nunca mais ser visto — ou foi o que minha mãe pensou. Mas eu vi onde caiu e o peguei em segredo quando ela não estava olhando, apropriando-me dele como se fosse um tesouro. Mamãe achou que o botão havia feito o que as coisas às vezes fazem quando simplesmente somem no universo e não há mais como recuperá-las, mas não era esse o caso. Eu vi onde ele foi parar e rapidamente o peguei, segurando-o em segredo no punho cerrado. Era meu.

Ele é coral e parece entalhado com uma forma que achava que fosse um rosto, mas agora acho que é um desenho qualquer. Eu adorava aqueles botões; adorava o vestido do qual ele caíra, azul como um céu frio. Acho que o brilho dos botões em contraste com a frieza do azul deve ser a primeira lembrança que tenho da minha mãe. Isso e os dedos de seus pés.

Antes de papai morrer, mamãe não usava sapatos — nunca no verão ou dentro de casa e muitas vezes nem fora também. Passei a conhecer muito bem os pés dela, seu formato, a curva particular no pé direito que não tinha correspondente no esquerdo, os pelinhos louros nos dedos e o rubor da pele áspera nas solas. Eu e mamãe passávamos muito tempo juntas quando eu era pequena. Meu pai ia trabalhar, mas nós duas estávamos sempre grudadas. Ela escrevia peças de teatro na época, antes da morte de papai, e precisava de um trabalho que desse dinheiro. Agora sei disso, mas na época não sabia. Lembro-me dela sentada à mesa da cozinha, os pés descalços, os cabelos dourados caindo pelos ombros, escrevendo um texto, cujos trechos ela às vezes lia para mim e pedia minha opinião, que nem sempre eu tinha. Duas de suas peças foram encenadas num teatro pequeno de Londres; mamãe ainda tem os programas guardados numa caixa. Quando ela não estava escrevendo, nós brincávamos, e eu vivia para esses momentos, pois mamãe era especialista em brincadeiras.

Na manhã de seu aniversário, ela encheu a casa de música, e nós dançamos por todos os cômodos, subindo e descendo as escadas, entrando e saindo do banheiro; abrimos as torneiras e o chuveiro, abrimos todas as janelas e dançamos no jardim, girando sem parar e cantando com a voz altíssima. Mamãe estava com seu vestido azul, e tudo que ela fazia eu imitava, sem tirar os olhos dela nem por um segundo. Ela era como a chama da vela, e eu, a mariposa, sempre voando em volta, ansiando para estar sempre banhada pelo seu calor. Não sei onde estava papai. Imagino que trabalhando ou algo assim, mas não importava porque, depois de termos dançado, ela me cortou uma enorme fatia do bolo de aniversário, e eu cantei para ela. Então caímos no sono, deitadas no tapete da sala onde batia sol, minha cabeça na barriga de mamãe enquanto ela me contava histórias inventadas. Quando se levantou, o botão caiu, e eu reivindiquei sua posse. A parte dela para eu guardar.

Cinco anos depois, quando meu pai morreu, mamãe mudou, e imagino que isso não seja muito surpreendente para ninguém. Mas, para mim, foi. Lamentei por ele, mas também por nós duas. Eu sentia saudades daquela mãe, a que ia descalça ao parque e inventava histórias sentada na grama alta que, na minha imaginação, sempre crescia acima das nossas cabeças. Creio que não houve nada como seguro de vida nem herança para ajudar financeiramente. Recebíamos uma pensão, deixada pelo exército, mas acho que não era suficiente, e então mamãe teve que calçar sapatos e conseguir um emprego, o que significou prender e, por fim, cortar seus longos cabelos louros. Não houve mais tempo para histórias nem danças, e, apesar de ainda usar o vestido com os botões, pois éramos muito pobres para comprar coisas novas, ela não se animou mais. Deixou de ser especial. Depois da escola eu ia para a casa de uma menina que eu detestava. Detestava suas bochechas rosadas e a mãe dela, que me fazia tomar refresco.

Eu sentia falta do meu pai, embora ache que realmente não o conhecia, mas sentia mais falta da minha mãe. Dela, que estava cansada, triste e sozinha, e não parecia conseguir melhorar, nem sequer por mim. Razão pela qual eu fiquei com o botão. Era uma espécie de talismã: eu tinha a ideia de que, se o guardasse, as coisas poderiam voltar a ser como antes. Isso nunca acontece, é claro. As coisas nunca voltam a ser como eram. Acho que fiquei chateada com minha mãe por muito tempo — não por ela ser uma mãe imperfeita, mas por ter sido perfeita, por aqueles anos felizes que eu tinha vivido e que de repente acabaram.

Eu não sou uma mãe perfeita. Sou o oposto. Tive Caitlin porque a quis. Nunca pensei em como seria sua vida com uma mãe solteira, sem um pai para protegê-la, mesmo que a distância. Nunca pensei no dia que está se aproximando, no dia em que ela terá de explicar quem é para um homem que nunca conheceu. Saí com Esther no escuro, para um lugar cheio de perigos, mesmo sabendo que desconhecia o caminho de volta para casa. Já não sei ler as histórias de seu livro favorito e, em breve, muito em breve, posso até esquecer quem ela é. Quero que Esther fique com este botão e com os sapatos que estão no armário, aqueles com cristais, que usei com o vestido de cor fogosa naquele dia muito feliz. Quero que ela fique com aqueles sapatos, e espero que pense em mim e se lembre de que me esforcei para ser uma mãe perfeita para ela, e que sinto muito por ter fracassado.

13

Caitlin

Sempre que penso no que estou fazendo num quarto de hotel em Manchester, eu surto. Então escrevo uma lista no bloco timbrado do hotel. Isso me dá a sensação de estar num filme: fazendo anotações para mim mesma num bloco timbrado de hotel... parece incrivelmente dramático. Um tipo de sonho. Nunca fiquei sozinha num hotel antes, e este é bem legal. Mal Maison, bem no centro da cidade. Foi Greg quem fez a reserva para mim com seu cartão de crédito. Ele disse que queria que eu me sentisse confortável e segura. Bem, estou segura, mas não diria que estou confortável. Quando não penso no motivo para estar aqui, fico empolgada e me sinto adulta. Depois surto de novo.

Antes de ser expulsa do meu curso, tive um professor de escrita criativa cuja máxima era: saia da sua zona de conforto e veja do que realmente é capaz. Pela primeira vez sinto que estou fazendo isso. Sinto que estou completamente fora da minha zona de conforto; e isso é ao mesmo tempo eletrizante e assustador.

Minhas anotações são uma mistura de lista de coisas para fazer e um auxílio à memória, pois não é como se eu pudesse mudar de ideia sobre nada que está ali, mesmo se eu quisesse, não mais. É uma lista curta.

Vou ter um bebê.
Vou conhecer meu pai.
E ele ainda nem sabe.

Pus a lista no bolso, vim para cá e agora estou segurando o pedacinho de papel dobrado na palma da mão, como se pudesse sentir as palavras com a ponta dos dedos. Elas são a única coisa que me impede de sair correndo.

Aguardo do lado de fora da sala de aula, tomando fôlego, e tento me concentrar apenas nisso: em entrar e vê-lo. Tento me esquecer de todo o resto: da mamãe, da sua doença, do bebê, de tudo, e simplesmente estar presente aqui, agora, fazendo isto. É difícil, estou com medo. A sensação é de irrealidade: eu aqui, prestes a entrar e me dirigir ao momento em que estarei sob o mesmo teto que meu pai. Não consigo visualizar a cena, mesmo estando a segundos de distância.

Fico atrás de um grupo de garotas e entro na sala com elas. Ninguém me olha com muita atenção. Ainda pareço uma estudante com minha calça preta de cintura baixa e uma camisa comprida, também preta. Antes de vir, escovei os cabelos freneticamente e passei várias camadas de delineador nos olhos. A única cor que estou usando é o batom vermelho que pus pela mamãe: quando o uso, sinto um pouco como se ela estivesse comigo.

Meu primeiro instinto é sentar no fundo da sala, mas está totalmente ocupada por pessoas que irão saber que não sou conhecida. Então, vou para a primeira fila, que está vazia, e imediatamente o vejo. Meu pai. Ele está bem ali.

Por um instante confuso, fico tentada a dar uma risada, a rir e apontar talvez gritar um pouco. Ainda bem que não faço nada disso. Acabo me afundando na cadeira e levanto a gola da camisa. Ajuda fingir para mim mesma que sou uma detetive particular.

Ele está tirando as coisas da pasta, olhando para a tela e praguejando baixinho para o computador. Sua falta de habilidade com o PowerPoint é evidente. Eu poderia ajudá-lo nisso, sou ótima com apresentações. Ele parece mais velho do que eu imaginava. Por algum motivo, eu o visualizava ainda jovem, como o rapaz da foto que mamãe me deu no dia em que decidi vir aqui, cabelos pretos crespos, alto e desajeitado de uma maneira até graciosa. Mas ele não é tão alto quanto eu imaginava e tem um ponto quase careca atrás da cabeça que reflete a luz dos refletores. Mas, para um homem mais velho, ele se veste muito bem, usando o que parece ser jeans Diesel e uma camisa bacana... bem, seria bacana se ele não a tivesse colocado para dentro da calça nem a abotoado até em cima.

Observando-o arrumar suas anotações, vejo-o dar uma olhada pela sala, que fervilha, barulhenta, talvez tentando avaliar a plateia que terá hoje. Pelo jeito, o local ainda não está cheio o bastante, pois ele pega o celular e verifica alguma mensagem, talvez de sua esposa, e então... eu congelo.

Os olhos dele cruzam com os meus, e ele sorri. Instintivamente, retribuo o sorriso, pois já o tinha visto umas cem vezes no espelho do meu quarto ou em fotos que minhas amigas tiraram de mim, que prendi na parede acima da cama. Ele se parece comigo! Espero que fique surpreso, com a mesma sensação de reconhecimento, e perceba imediatamente quem eu sou, essa pessoa desaparecida há tanto tempo. Mas ele não me reconhece.

— Eu geralmente não tenho espectadores na primeira fila.

Ele fala bem, sua voz é grave, intensa. Sim, acho que é intensa. Ele é seguro de si. Está falando comigo.

— Não sou aluna daqui — digo, com uma honestidade ridícula, pois não queria que a primeira coisa que lhe dissesse fosse mentira. — Ouvi falar muito bem da sua aula e me deu vontade de assistir.

Ele parece contente, contente de verdade, idiotamente contente, para ser sincera, como um homem que nunca está seguro o bastante. Noto a aliança grossa de ouro em sua mão esquerda. Eu sabia que ele era casado, mas fico pensando em como deve ser sua esposa, se ela vai gostar de mim. Imagino minhas meias-irmãs e se são parecidas comigo também. É engraçado, nunca penso em Esther como minha meia-nada: ela sempre foi inteiramente minha irmã desde que nasceu. Mas essas criaturas que não conheço nem consigo visualizar... Não consigo imaginá-las nem como metades. Somem-se todas nós e talvez resulte num quarto.

— Bem — diz ele, piscando para mim —, espero que goste.

Passo os próximos segundos me adaptando à ideia de que meu pai é um homem que pisca para estranhas.

É claro que não escuto nada do que diz. Fico só olhando para ele e reajustando meus pensamentos a cada minuto para lembrar o que estou fazendo e por quê. O que estou fazendo é olhar para o homem dono do esperma que me gerou. E mesmo que tenha levado apenas um instante para fazer isso, ele ainda é metade de mim, da minha aparência, do meu jeito de falar, da minha maneira de ser. Talvez ele até seja metade da razão para que, quando tudo deu meio errado para mim, eu tenha me desviado por um caminho escuro e perigoso, determinada a piorar tudo, um caminho onde eu ainda poderia estar se mamãe e vovó não tivessem ido me resgatar.

Então ele está falando, e eu continuo olhando para ele, que também me olha de vez em quando, com uma expressão meio intrigada, como se talvez já me conhecesse de algum lugar ou já tivéssemos nos encontrado antes. E, quando a aula vai chegando ao fim, sei que ele vai falar comigo de novo e me perguntar o que eu achei, ou talvez até me perguntar onde foi que me viu antes. E de repente tenho a sensação de que ele sabe quem eu sou, e entro em pânico. Levanto, mesmo que ele ainda esteja falando e, de cabeça baixa, vou andando em direção à saída.

— Plateia difícil. — Ouço-o dizer quando passo pela porta.

Os alunos riem, e percebo que não consegui passar imperceptível. Um ar gelado imediatamente atinge meu rosto e eu estremeço. Não sei o que fazer. Sinto que, se eu voltar direto para o hotel, tudo estará acabado e nada terá mudado, então sigo as placas até o prédio do grêmio estudantil na esperança de encontrar um lugar aconchegante onde possa pensar. Mostro meu cartão vencido para um segurança com cara de tédio e ele me deixa entrar, e mal me olha, nem sequer para o batom vermelho.

Estamos no meio da tarde e o bar está praticamente vazio, exceto por alguns alunos que jogam bilhar e assistem a algum esporte americano na TV. Um cara está atrás do balcão, com os cotovelos apoiados nele, os olhos também fixos.

— Vocês servem café? — pergunto a ele, sobressaltando-o.

O cara olha para mim e depois olha de novo, o que me deixa desconfortável. Coloco a mão no rosto, imaginando se estou com um risco de caneta no rosto ou se esfreguei a boca sem querer e agora estou com boca de palhaço em vez de um beicinho de *femme fatale*.

— Café? — pergunta ele, como se nunca tivesse ouvido essa palavra.

Seu sotaque parece local, mas ele não dá a impressão de ter escolhido trabalhar num bar de estudantes por prazer. Liderar uma *boy band* parece que seria sua primeira opção de emprego. Ele está elegantemente vestido, com uma camisa bem-passada, enfiada nos jeans skinny, e um colete, tudo isso complementado por uma gravata preta fina. Seus cabelos são castanho-claros e obviamente foram penteados com o tipo de cuidado que somente uma garota deveria ter — e aquilo é rímel naqueles olhos verdes ou ele simplesmente tem cílios espessos? Estou olhando com tanta atenção que não percebo quando o cara repete a pergunta.

— Ah, sim, café — digo. — Sabe, ficou popular no século XVI, é preto, a menos que se ponha leite. Eu gosto com leite e açúcar. Você está familiarizado com o conceito de açúcar?

— Você é engraçada — responde ele, levantando um pouco o queixo e me examinando de cima de um nariz incrivelmente reto. — Gosto disso.

— Eu quero um descafeinado.

— Claro. Café com leite? — O cara sorri para mim e me sinto uma idiota por ter sido sarcástica, pois ele tem esse sorriso incrivelmente sedutor.

Minha nossa, que ridículo; é como se eu tivesse 13 anos de novo e estivesse com essa paixonite instantânea por um garoto da oitava série. Ele sorri, todo radiante e bonito, e me dá vontade de soltar gritinhos, como uma garota de verdade. Parece fazer muito tempo que olhei para um cara e pensei em beijá-lo — faz semanas que nada disso me vem à cabeça —, mas, meu Deus, esse sorriso! Esse sorriso é demais. Alguém precisa fazer uso desse sorriso e explorá-lo para extorquir dinheiro de garotas de 13 anos mundo afora.

Viro o rosto para o outro lado e penso em ir embora antes que tente flertar com o sujeito mais malvestido que já conheci e então me lembro do que estou fazendo aqui e por quê. Lembro-me do bebê, da minha mãe, do meu pai. Todos esses motivos significam que não posso mais fugir do sorriso doce de um cara. Não há mais espaço na minha vida para ficar me escondendo — nem flertando, isso com certeza.

Aposto que ele gosta de músicas melosas, digo a mim mesma. E letras debiloides. Aposto que gosta de Coldplay.

— Para ser honesto — diz ele, notando que não respondi, e gentilmente dando o primeiro passo para me salvar —, todo café vem daquela máquina, e tudo tem mais ou menos o mesmo gosto. A menos que se escolha o chocolate quente, e aí o gosto é de chocolate.

— Então o mais barato — digo, e o observo pegar uma caneca, enfiá-la embaixo de uma máquina de aço inox e apertar um botão. Segundos depois, uma xícara fumegante de café com leite está na minha frente.

— Nunca vi você por aqui — observa ele.

Reviro os olhos, pensando em ir para uma mesa, onde posso ficar mais segura.

— Venho aqui todas as sextas. Não se lembra de mim?

— Boa tentativa. — Ele ri e lança aquele sorriso de novo. Sorriso idiota. — Eu não estava tentando passar uma cantada. Eu me lembraria de você se a gente já tivesse se encontrado. Sou ótimo fisionomista e seus olhos são os mais escuros que já vi.

— Ah — exclamo, sem saber como interpretar isso.

— Sou fotógrafo — conta. — Estou sempre procurando por pessoas interessantes. — Ele fica me olhando por um instante longo e intenso, e tenho a impressão de que vou derreter numa poça dos meus próprios hormônios. — É, os olhos mais escuros que já vi... — Fico sentada, transfixa, como um camundongo prestes a ser engolido por uma cobra, enquanto ele se inclina sobre o balcão. — Mal dá para ver a diferença entre a íris e a pupila. Posso fotografar você? — Ele recua de repente, e eu pisco quando o encanto se quebra.

— Não — digo com firmeza, entrelaçando os dedos na xícara. — Não, eu não sou daqui. Só vou ficar por um ou dois dias, talvez até menos.

O primeiro encontro com meu pai não deu vontade de me apresentar a ele. Pelo contrário, me deu ainda menos vontade de conhecê-lo. O jeito que ele me fitou, a curiosidade quando me olhou de novo. Posso imaginar. Sei exatamente como seria. "Oi, eu sou sua filha perdida há muito tempo, aquela de quem você nunca tomou conhecimento nem quis. Não, eu não tenho uma carreira. Não passei nas provas do meu segundo ano porque engravidei de um cara que me deu o fora e eu fiquei arrasada porque sou uma boba, e não ajudou em nada descobrir que a minha mãe — lembra-se dela, a que você engravidou? — está gravemente doente. Então eu fugi da minha mãe gravemente doente e aceitei um emprego num bar de striptease. Por meses fiquei passando de uma estupidez para outra, e achei que ver você seria a cereja no topo do bolo. Ah, o que foi? Você gostaria que eu fosse embora agora? Achei que sim. Até outra vida então."

— O que veio fazer aqui então? — pergunta o garoto, apoiando os cotovelos no balcão.

Garotos não deviam ter um nariz tão proporcional; deviam ter um nariz grande demais ou fino demais, mas o dele é perfeito. Fica difícil me concentrar olhando para ele, mas é mais fácil do que tentar me envolver numa conversa enquanto fito aqueles olhos verdes emoldurados pelos cílios grossos. Ele dá a impressão de ser o astro de um musical, minha nossa.

— Vim visitar uma pessoa — digo para a ponta do nariz dele. — Um amigo, mais ou menos.

— Namorado? — pergunta, assim do nada, e por um segundo acho que ele pode estar interessado.

Então concluo que ele é do norte, e os nortistas sempre são muito sinceros e intrometidos, pelo menos segundo vovó, que acha que sabe de tudo porque foi morar nos montes Peninos depois de se aposentar. Não mais, porém. Agora ela saiu de seu refúgio para um último serviço.

— Não — respondo, como se a simples ideia me indignasse. Eu me sinto corar, o que ele nota e o faz sorrir, e sinto vontade de lhe dar um soco. — Meu namorado está em Londres.

O sorriso some. Só um pouquinho, talvez? De toda maneira, ele não está mais tão metido. Já conheci garotos como ele, que estão na moda, e se vestem como se fossem integrantes de uma banda e que têm mais pares de sapatos do que eu. Geralmente se revelam uns canalhas. Bem, Sebastian, pelo menos, se revelou. Sebastian, com quem vou ter que conversar em breve e explicar que ele na verdade vai ser pai, porque não quero jamais que um filho meu ou filha minha acabe sentado num bar daqui a vinte anos reunindo coragem para lhe explicar quem é.

— Então, como você se chama? — pergunta ele. — Isso eu posso lhe perguntar, não é?

— Caitlin.

— Zach. — Ele estende a mão com uma aliança grossa de prata no dedo indicador, e eu a aperto.

O cara me olha nos olhos, por um segundo a mais do que talvez devesse, e novamente preciso me lembrar de quem sou e por que estou aqui. Não é para flertar com atendentes bonitos de bar. Meus dias de flerte já eram.

— Você tem cara de Zach — digo.

Ele ri.

— Por quê?

— Porque é um nome pra cima — respondo, o que o faz rir de novo. Ele ri muito. Deve ser um cara superfeliz.

— Caitlin — Zach repete meu nome e soa familiar em seus lábios. — Seu namorado é um homem de sorte.

Uau! Mais uma vez ele fala assim, do nada. Como se não fosse um garoto bonito de gravata e eu não fosse uma garota vestida toda de preto com o tipo de maquiagem que dá a impressão de querer tirar um pedaço do seu pescoço. Eu não sou o tipo dele, nem ele o meu, e nós dois sabemos disso.

— Você se acha, não é?

— Não. — Ele dá de ombros. — Não, eu simplesmente digo o que penso. É uma maldição e provavelmente a razão para eu não ter uma namorada. E estou falando sério. Seu namorado é um homem de sorte. Você é muito interessante...

O momento é interrompido por vozes, e reconheço uma delas. É a do meu pai. Meus ombros ficam tensos quando Paul Summer entra com um grupo de três alunos, duas garotas e um cara. Não consigo deixar de ficar olhando para ele no espelho atrás do balcão quando Zach me deixa e vai pegar o pedido da aluna. Observo meu pai, meio atenta à garota que dá risadinhas feito uma boba quando Zach a serve. Ele deve ter sorrido para ela. Paul senta a uma mesa na frente do balcão, concentrado numa conversa animada com os outros dois alunos; e deve ter sentido meu olhar, porque, de repente, olha para cima e me vê o encarando. A única coisa que consigo fazer é desviar os olhos dos dele. E sei que ele está se levantando e vindo para cá.

— Você saiu antes do fim — diz ele.

— Eu... eu tinha que ir a um lugar — gaguejo.

Estou sentada diante do balcão com uma xícara quase vazia de café da máquina. Nós dois sabemos que é mentira.

— Tudo bem — concorda ele. — Recebo críticas entusiásticas o tempo todo.

Seu sorriso é frio e curto, um lampejo momentâneo. Ele assente com a cabeça, pega a bandeja de bebidas que a aluna pediu e se prepara para voltar à mesa.

— Espere — digo, me levantando abruptamente.

Uma bebida respinga na mão dele. Ele suspira e larga a bandeja.

— Sim?

— Eu... — Espero que ele olhe para mim e note meus olhos pretos, que são exatamente como os dele; que ele simplesmente *saiba*. Mas ele não nota. Só fica lá, parado pelo que parecem séculos, parecendo irritado. — Eu sinto muito — digo. — Sinto muito ter saído antes.

— Tudo bem. — Ele sorri e de novo o sorriso se apaga num instante. Eu o observo se afastar.

— Tudo bem com você? — pergunta Zach, parecendo preocupado.

— Não — respondo, e me dou conta de que estou trêmula e com vontade de vomitar.

Corro para um lance de escadas. Sento no primeiro degrau, esfregando as mãos no rosto. A única coisa que eu quero é ir para casa.

— O que foi? — De repente Zach está na minha frente, acocorado, os olhos se nivelando aos meus. — Você está péssima e tremendo. O que posso fazer?

— Estou bem, pode ir — digo. — Estou bem.

— Não está, não. — Ele é inflexível. — E não vou a lugar nenhum e deixar você aqui assim, tão assustada. Foi ele? O professor? Ele fez alguma coisa?

— Não — respondo, horrorizada. — Não, ele nem faz ideia de quem eu sou. Por favor, vá embora.

Mas Zach não se mexe. Fica parado olhando para mim, as mãos apoiadas no mesmo degrau que os meus pés.

— Não posso — diz ele. — Desculpe, simplesmente... não posso deixar você deste jeito. Minha mãe me mataria.

— Como? O que isso tem a ver com a sua mãe?

— Ela me criou para ser um cavalheiro — responde Zach, sério. — É difícil quando se mora num distrito de Leeds, mas minha mãe tinha muitas ideias sobre o modo como uma pessoa devia se comportar com os outros, mesmo com quem se acaba de conhecer. Especialmente mulheres.

— É, bem. Sou feminista, portanto... vá embora.

— Eu também sou feminista — diz Zach seriamente, um leve sorriso se insinuando nos lábios. — Sou mesmo. Isso foi outra coisa que minha mãe fez questão: de me ensinar a respeitar e admirar as mulheres.

— Mas o que você está querendo? — pergunto, embora tenha que admitir que fiquei distraída.

— Você parou de tremer — diz ele, tirando a mão do degrau e pousando brevemente em meu joelho. — Talvez precise comer alguma coisa.

— Talvez — digo. — Afinal, estou grávida de quatro meses.

É o golpe mortal, o que garante a interrupção de seu encanto. Suas mãos caem dos lados, e ele fica visivelmente chocado.

— Uau — exclama, sentando-se no chão. — Por essa eu não esperava.

— É, de qualquer maneira, preciso ir. — Eu me levanto e minhas pernas ainda estão meio bambas. Cuidadosamente, dou a volta por ele.

— Caitlin — chama Zach, e eu paro e me viro.

— O quê? — pergunto. — O que você pode querer de mim agora?

Ele ainda está sentado no chão, olhando para mim.

— Nada — responde, e soa como um pedido de desculpas. — Cuide-se, está bem?

Sexta-feira, 22 de maio de 1987

Ruth

Esta é uma fotografia de Claire com seu vestido favorito no aniversário de 16 anos. Engraçado, quando recebi a ligação e soube que precisaria vir para cá, estava fazendo a mala e, ao puxar a bolsa de cima do armário, esta foto veio junto, ou melhor, flutuou até o tapete como uma semente de plátano. Não sei como foi parar logo lá, bem embaixo da minha bolsa de viagem, no alto do meu armário, mas eu a coloquei no bolso e trouxe comigo. Somente agora, olhando-a, é que vejo que esse vestido, embora seja de algodão e não de seda, é quase do mesmo corte e estilo que o vestido de casamento de Claire. Ela sempre adorou vermelho, desde o dia em que eu lhe disse, quando ela era uma menininha, que as ruivas geralmente não usam essa cor. Daquele momento em diante, ela passou a insistir em usá-la o máximo possível.

Aqui está ela, ao lado de Rob Richards, seu primeiro namorado, a caminho da festa de encerramento do ensino médio. Fui eu que tirei esta foto e, do lado de cá da câmera, olhando para o braço de Rob em torno do pescoço dela, achei que dava a impressão de que ele iria estrangulá-la.

Não era segredo que eu não gostava de Rob Richards. Em primeiro lugar, não gosto de pessoas com nomes aliterados. Mas isso é uma particularidade minha. Acho que é desnecessariamente espalhafatoso, só isso. Em segundo lugar, ele era totalmente desprovido de charme.

Contudo, Claire gostava dele; gostou dele por muito tempo. O garoto costumava passar pela nossa casa quando ia para a escola, e ela ficava no vestíbulo, olhando pela janela, esperando que o topo da cabeça dele aparecesse acima da cerca viva, e então saía. Um dia eu disse a ela: "Seria melhor você sair alguns segundos antes de ele passar. É melhor que ele siga você e não o contrário."

Claire ficou furiosa comigo por eu ter notado seu jogo, mas, na manhã seguinte, ela saiu para a escola precisamente 24 segundos mais cedo, antes que o topete bem alto de Rob aparecesse atrás da cerca viva. Claire sempre foi muitas coisas: obstinada e teimosa, sim, mas também determinada. Puxou ao pai nisso. Simon era um homem que nunca voltava atrás. Um homem quieto e gentil, mesmo apesar de tudo que vira na guerra, mas, uma vez que tivesse uma causa, uma luta, iria até o fim. Eu o conheci numa passeata contra armas nucleares, usando seu terno com colete e o sobretudo dobrado no braço. Ninguém entendeu por que a garota hippie, de pés descalços e flores nos cabelos, se apaixonou por um homem tão mais velho que ela e que parecia um contador. Mas era porque ninguém mais dava atenção a Simon, nem parava para ouvir suas histórias sobre a guerra, e não sabiam por que ele lutava tanto pela paz. E eu nunca poderia imaginar, nem em um milhão de anos, que aquele veterano de meia-idade que costumava me levar para jantar fora estava apaixonado por mim, até o momento em que, numa tarde, muito educadamente ele perguntou se podia me beijar, e eu deixei; daquele dia em diante eu nunca mais quis ficar longe dele. Simon era um homem determinado, e Claire era uma garota determinada. Era o que eu amava neles dois.

Não sei por quantas semanas Claire foi para a escola logo à frente ou logo atrás de Rob Richards nem como fez amizade com um garoto do último ano do ensino médio, mas uma tarde ela o levou para casa depois da escola.

— Tudo bem, Sra. Armstrong? — cumprimentou ele, ao entrar pela porta dos fundos com seu topete ridículo balançando por conta própria, como uma entidade independente.

— Este é o Rob. — Claire se esforçava muito para não parecer pega em flagrante. — Estamos namorando.

— Bem... — começou Rob Richards e em seguida claramente pensou melhor antes de protestar, pois, daquele momento em diante, se tornou namorado de Claire, pelo menos aos olhos dela.

Quando eu digo namorado, acho que me refiro a uma troca entusiasmada de saliva, mas sem conversar muito nem passar muito tempo juntos, além de ficarem no vão da minha porta em demonstrações públicas de afeto que tinham como principal objetivo incomodar as amigas de Claire, que também gostavam de Rob Richards.

Claire estava com tudo planejado. Ela viu o vestido na Miss Selfridge, no centro da cidade, e me pediu que o comprasse para a festa de encerramento. Eu tentei lhe dizer que a maioria das garotas não iria à festa de vestido rodado, ao estilo da década de 1950, e que não era como um baile de formatura americano, mas uma festa. No entanto, Claire sabia exatamente como queria ir e quando colocou o vestido, ficou incrível, não havia como negar — parecia Rita Hayworth, mas com grandes brincos de argola. Chegou a grande noite, e Rob chegou para buscar Claire... usando jeans e camisa de malha. Como eu desconfiava, ela havia exagerado no traje, mas mesmo assim ela desceu as escadas como se fosse Scarlett O'Hara. Rob Richards, porém, em vez de lhe dizer como ela estava linda, pareceu surpreso e constrangido. Tive vontade de lhe dar um soco, mas me contive. Só fiquei lá, parada com a minha câmera fotográfica, como instruída, enquanto Claire deu um jeito de se enlaçar na camisa de brim desbotado de Rob Richards, e ele, com relutância, pôs o braço sobre seus ombros. Tirei umas duas ou três fotos e esperei que eles saíssem, mas Rob Richards parecia encabulado e pediu para dar uma palavrinha com Claire a sós. Fui para a cozinha e fiquei escutando através da porta. Rob disse a Claire que estava terminando o namoro e que levaria a amiga dela, Amy Castle, à festa e, portanto, provavelmente seria melhor que Claire não fosse. E sem ressentimentos. Esperei um instante até ouvir a porta da frente fechar e fui até o vestíbulo, onde ela estava parada, olhando-se no espelho.

— Claire, sinto muito — falei. — Que tal se alugássemos um vídeo e tomássemos um sorvete?

Claire me olhou de cima a baixo como se eu estivesse louca. Quando se virou, percebi que ela tinha passado batom, exatamente da mesma cor do vestido.

— Está maluca? Não vou desperdiçar este vestido. É claro que eu vou — disse ela.

— Tem certeza? — perguntei, pensando no quanto ela estava linda e em como eu não a queria entrando na droga da discoteca da escola com seu vestido de baile, enquanto todo mundo ria dela. — Quer que eu vá com você?

— Mãe! — Ela me deu um grande beijo de batom na minha bochecha. — Não seja louca. Quem está ligando para Rob Richards? Já tive conversas mais interessantes com um vaso de plantas.

E lá foi ela, com a cara e a coragem, decidida a se divertir ou pelo menos dar essa impressão. E tenho certeza de que conseguiu. Mas, ao chegar em casa naquela noite, Claire ficou horas chorando no quarto. Esperei até quase as duas da madrugada para entrar no quarto dela, esperando ser expulsa, mas isso não aconteceu.

— Não tem problema chorar — falei.

— Tudo bem, ninguém me viu chorar. Não deixei que ninguém soubesse que eu estava me importando.

14
Claire

Mamãe não vê alternativa a não ser ir ao supermercado e levar Esther e a mim. Portanto, nós esperamos junto à porta de mãos dadas, prontas para que ela feche o zíper de nossos casacos. Enquanto aguardamos, eu pondero sobre o mistério do zíper. Por muitos anos, ele pareceu uma invenção tão simples: rápida e conveniente. Recentemente, porém, tornou-se uma maravilha mecânica que eu acho impossível compreender ou interpretar. Sinto a mesma coisa em relação ao portão que apareceu na base das escadas, possivelmente para me manter apenas em um andar. Esther e eu não conseguimos retirá-lo e já tentamos várias vezes com a desculpa de estar assistindo a *Peppa Pig* bem alto enquanto mamãe está na cozinha. A princípio isso nos aborrece, essa nova imposição às nossas liberdades civis, mas depois Esther e eu descobrimos que não é necessário retirar o portão das escadas. Podemos simplesmente pular por cima dele. Um a zero para nós duas.

    Desde que o policial nos trouxe para casa, tenho recontado para mim mesma a história do telefonema, determinada a não me esquecer disso. Não tenho absoluta certeza de que não seja apenas uma história, mas mesmo que seja, repeti-a tantas vezes que preciso tentar ir à biblioteca ao meio-dia para encontrar o homem do café e da rua que é tão... Não sei por que essa minha ânsia de reencontrá-lo é tão forte, sei apenas que me lembro dele; lembro o suficiente para pensar nele. Penso em Ryan, que fala comigo como se eu fosse *eu*.

A mamãe está muito irritada de ter que nos levar junto ao supermercado.

Antes, o supermercado era função minha. Eu gostava, passava as manhãs de sábado sozinha enquanto Greg e Esther ficavam na cama assistindo à TV. Eu achava relaxante, flanar por lá com a coisa de rodinhas, pensando e escolhendo. Não tenho certeza de quando exatamente isso deixou de ser minha função, mas sei que, na última vez em que fui sozinha, voltei para casa com catorze garrafas de vinho e a ideia de que devíamos dar uma festa. Greg riu. Ele sempre me achou muito engraçada e espontânea. Eu sempre me achei muito engraçada e espontânea, mas já não tenho certeza se era assim que eu era ou se era apenas a doença me desconectando aos poucos.

Agora Greg deu um jeito para que a comida seja entregue em casa por um furgão. E, apesar do cuidado que ele tem de pedir as coisas antecipadamente, o leite acabou, basicamente porque eu o derramei todo no buraco da cozinha hoje de manhã quando Esther exigiu que sua avó a levasse ao banheiro e ficasse conversando com ela enquanto ela fazia cocô, pois fazer cocô é muito chato sem alguém com quem conversar. Esther é uma grande cúmplice. Desde a nossa ida ao parque à noite, nós somos muitos mais do que mãe e filha: somos aliadas, e guardamos segredos em conjunto.

O pão também acabou, pois eu o atirei pela janela do andar de cima (depois de pular por cima do portão), para o quintal das pessoas da casa ao lado. Agora eles têm muitos passarinhos lá. Quando voltei, passando de mansinho pelo banheiro, pisquei para Esther — que entretia mamãe com histórias de seus dez melhores cocôs da vida — para que ela soubesse que não havia mais perigo.

Mamãe ficou indignada com o fim do leite e do pão e disse que se tivéssemos todas que sair, seria para o centro da cidade, pois os preços da mercearia da esquina eram um roubo. Então estamos indo ao centro. Meu plano de fuga cuidadosamente elaborado está indo incrivelmente muitíssimo bem até agora, o que me faz pensar que talvez a doença esteja me deixando mais esperta de um modo que eu nunca poderia imaginar. Talvez isso seja como uma chama, que arde brevemente com mais brilho e intensidade no instante que antecede sua extinção definitiva.

Mamãe nos conduz ao carro. Estou meio esperando que ela tente me amarrar ao assento também, mas não.

Embora não consiga mais ver a hora no meu relógio, ainda o uso porque estou acostumada ao contato na pele, assim como estou acostumada à sensação da aliança no meu dedo. Então escuto o rádio, que mamãe ligou na Radio Four, e fico sabendo que são onze e meia da manhã quando saímos de casa e sei onde fica a biblioteca e me sinto exatamente como me sentia antes que partes do meu cérebro começassem a se apagar. Meu destino está sob meu total controle. Hoje vou fazer uma coisa que uma mulher casada, mãe de duas filhas e futura avó não deveria fazer de jeito nenhum... mas eu posso. Vou me encontrar com um homem em segredo. Meu eu com Alzheimer pode fazer isso; meu eu com Alzheimer pode ter um romance secreto numa biblioteca com o homem do café, pois é somente com ele e com Esther que não me sinto debilitada pela minha doença: ela me liberta.

Ao sair para o trabalho hoje de manhã, Greg sentia-se culpado. Parecia tenso e chateado, o que não é de surpreender, já que ontem à noite a polícia havia trazido sua filha e sua esposa para casa num carro com as luzes girando. Mamãe gritou muito comigo, querendo saber por que eu não entendia. A resposta me parecia óbvia: eu tenho uma doença neurológica degenerativa. Greg, no entanto, ficou lá parado, de braços cruzados, parecendo oprimido, deprimido e derrotado. Esther havia se divertido como nunca, especialmente ao voltar para casa num carro da polícia. Não eram as coisas que aconteceram que importavam, mas o que podia ter acontecido. Eu me senti muito mal por fazer Greg se sentir assim. Esther o ama muito, e ele nos ama, a ela e a mim...

Acho que ele ainda me ama também, razão pela qual não gritou comigo. Como eu queria saber quem ele é.

Quando eu já estava pronta para dormir ele bateu à porta do meu quarto. Abriu-a e enfiou a cabeça pela fresta.

— Claire, tudo bem? — perguntou Greg, e eu dei de ombros.
— Só queria que você soubesse que eu entendo por que você fez aquilo. Só queria levar Esther ao parque. Entendo. Mas da próxima vez, será que daria para informar a um de nós? Assim, a gente vai poder lembrar você de que está chovendo, frio ou escuro.

Eu me virei e lhe dei as costas.

— Isso é um inferno. Esta vida em que não posso decidir levar minha filha ao parque por razões que são inteiramente sensatas, isso é o inferno na Terra — falei e o ouvi fechar a porta e se afastar.

A primeira coisa que fiz hoje de manhã foi jogar o leite no buraco da cozinha.

— Você quer se sentar no carrinho? — pergunta mamãe.
— Acho que não vou caber — respondo, o que faz Esther rir e mamãe franzir os lábios.

Ela nos dá um sermão antes de entrarmos no labirinto de comida.

— Fiquem comigo. Não saiam por aí, está bem?

Esther e eu assentimos em uníssono. Ela segura minha mão, apertando meus dedos como se já soubesse um segredo. Por alguns minutos nós andamos atrás da mamãe, que enche o carrinho de leite e frutas que ninguém vai comer, e eu não paro de repetir a mim mesma o que estou fazendo, aonde estou indo. Qual é o meu plano secreto. Não sei se já é meio-dia ou se já passou, mas sei que será agora ou nunca. Pego Esther no colo, dou-lhe um beijo e a coloco no assento da coisa de rodinhas. Ela protesta um pouco, mas somente até eu pegar um pacote de salgadinhos na prateleira e colocá-lo em sua mão. Vou andando atrás delas, olhando zelosamente para os rótulos que já não consigo ler, indo e vindo pelas fileiras de comida até ficar o mais perto possível da porta da saída. Enquanto mamãe e Esther seguem para o corredor seguinte, eu continuo e saio porta afora, para o mundo. Estou ficando especialista nisso.

O mundo é grande, barulhento e diferente do que eu lembrava. Não reconheço a cidade por onde estou andando hoje. Não sei de que versão estou me lembrando, se é a da semana passada, do ano passado ou da década passada. Sei apenas que é de uma versão diferente da atual. É como andar num sonho, onde nada está muito certo. Poderia ser assustador estar aqui, mas eu não estou com medo: estou livre.

A biblioteca, porém, não mudou. É um prédio antigo e grande com pináculos e torres, que poderia fazer parte de um livro próprio. Posso vê-la, pelo menos sua torre que indica a hora, por cima dos telhados dos prédios que se interpõem, e então sigo em sua direção, os olhos sempre voltados para cima, pensando na hora que deve ser. Sou obrigada a me desviar da linha reta, virar por ruas de que não me recordo, mas não fico preocupada, pois quando olho para cima ainda consigo ver a torre, que está mais próxima. Penso apenas em entrar na biblioteca, em mais nada, e funciona. Finalmente, chego a uma parte da cidade que não tem carros, como uma praça, e estou na frente da biblioteca. Consegui!

Olho para os degraus de pedra que levam a uma sala cheia de livros e a Ryan, ocorrendo-me o que estou fazendo. Estou me jogando num precipício do qual não há mais volta. Sou uma mulher casada, casada com um homem que não poderia me amar mais e que todos os dias faz o máximo para me mostrar que isso não mudou, apesar de eu estar me desintegrando aos poucos. Esse amor leal devia me confortar, devia me fazer sentir melhor, mas não faz, porque eu não o conheço. Ele não é nada para mim, e toda sua bondade e as palavras que diz me parecem mentiras, porque não o conheço. Até mesmo seu rosto está se tornando um borrão sem significado sempre que tento me lembrar dele. E quanto ao precipício, não tem jeito mesmo, em breve estarei caindo nele. Talvez seja melhor pular do que ser puxada. Quero me encontrar com este homem, que quer se encontrar comigo. Só isso. Não quero ter um caso nem magoar ninguém ou tentar fugir. Quero apenas me encontrar com este homem que quer se encontrar comigo. Comigo, não com a minha doença.

Está frio e sinto dor no pescoço quando saio do ar gélido e entro no calor da biblioteca. Ele disse que me encontraria na sala de leitura, e, por um instante, fico com medo de não saber como ele é, mas então lá está ele. Ele se vira quando eu entro e sorri. Não me esqueço dos seus olhos — os olhos tão cheios de palavras.

— Olá — diz ele.

— Olá.

— Que bom ver você. Achei que pudesse não vir — diz apressadamente, como se houvesse mais a dizer, mas não vem mais nenhuma palavra.

— Que bom ver você também — digo. — Não pensei em mais nada além de vir até aqui.

Ficamos ali, de pé, olhando um para o outro por muito tempo, e não se trata de quem se parece com o quê, eu sei disso. Não se trata da cor dos olhos ou dos cabelos, do ângulo do queixo ou do jeito da boca. Trata-se apenas de olhar, de estar lá com outra pessoa que nos conhece e nos vê. Ficamos simplesmente olhando um para o outro, e é a sensação mais estranha ficar olhando para uma pessoa que eu mal conheço e sentir que de algum modo estou olhando para um reflexo.

— Vamos andar? — pergunta ele, segurando minha mão e me levando para as profundezas das paredes de livros.

Inspiro o cheiro do papel empoeirado e, seguindo-o, a pulsação na ponta dos meus dedos bate na palma da mão dele. Por um momento, sou uma menininha seguindo meu pai até a seção dos romances, onde secretamente ele pega histórias de amor para ler. Eu havia me esquecido disso até este instante. Meu pai adorava ler histórias românticas. Sentado ao sol, na sala, numa manhã de domingo, ele lia um livro inteiro. Suspiro em silêncio e fecho os olhos. Por um segundo, parece que ele está aqui comigo outra vez e eu estou escolhendo livros para ele com base na beleza da mulher da capa.

Paramos no canto mais escuro das paredes de livros, de costas para o mosaico de lombadas.

— Como você está? — pergunta Ryan num sussurro, embora não haja mais ninguém ali e estejamos longe da recepção.

— Eu estou complicada — digo em voz alta, pois não sei mentir para ele nem sussurrar.

— Foi difícil escapar? — pergunta ele, sorrindo para mim como se eu fosse maravilhosa. Gosto da ideia de ele me achar maravilhosa.

— Não, eu bolei um plano de fuga genial — conto a ele, que ri.

Quando me olha, há um brilho em seus olhos: é pura alegria. Eu jamais esperei dar a alguém essa felicidade intensa novamente. Não consigo resistir.

— Ando pensando muito em você. — O tempo todo, imaginando como poderíamos nos encontrar de novo.

— Por quê? — pergunto. — Por que você anda pensando em mim?

— Quem sabe? — Os dedos dele passam pela beira da prateleira em direção aos meus. Nossas mãos se tocam, as pontas dos dedos.

— Que importância tem isso? Não é suficiente que eu pense em você? Todo o tempo. Você pensa em mim?

— Quando eu me lembro.

Olho para ele e tento perceber o significado do que vejo em sua fisionomia, mas isso me sufoca. Ponho a palma da mão em sua bochecha para nos imobilizar.

— Sou casada. Tenho duas filhas, e uma delas vai ter um bebê. Vou ser avó — digo as últimas palavras num tom de satisfação, pois a informação acabou de voltar à minha mente.

— Eu também sou casado. — Ryan cobre minha mão com a dele, mantendo-a assim. — Ainda amo muito minha esposa. Mesmo.

— Então não podemos... Isto não pode ser um caso. Não posso fugir com você. Não somos o tipo de gente que faria isso, somos?

Eu me pergunto se deveria lhe contar sobre a natureza da minha doença, mas não consigo. No momento, sou perfeita para ele. Quero ser perfeita para ele pelo máximo de tempo possível.

— Não — diz ele. — Você não precisa fugir comigo. Basta ficar aqui comigo agora. É só isso que eu quero. Quero somente o agora. Não precisa acontecer mais nada.

É apenas quando ele diz as palavras que percebo que eu também só quero isso. Quero apenas o agora. Não sei bem qual de nós se aproxima do outro nem quando me dou conta de que vamos nos beijar, ali na biblioteca entre as prateleiras de livros de capas duras, mas acontece sem esforço, de uma maneira linda. A única coisa que eu quero é o agora, esse calor, a proximidade, seu cheiro, seus lábios, seu toque; a única coisa que eu quero é o agora, até que não seja mais agora. Esse beijo não tem nada a ver com sexo, desejo, paixão nem com qualquer outra coisa que não seja nos conhecermos, ficar perto um do outro: é um beijo feito apenas de amor.

Ouvimos alguém tossir do outro lado da parede de livros e nos separamos. Encosto minha bochecha na dele e ficamos assim, de rosto colado, as cabeças levemente curvadas, respirando um ao outro, as pontas dos pés entrelaçadas.

— Preciso ir. Minha mãe já deve estar cansada de me perder.
— Não vá ainda. Fique um pouco mais.
— Minha mãe vai me matar — digo e isso o faz dar uma risada alta demais.
— Por favor. — Surge uma voz de trás da parede de livros.
— Se querem conversar, saiam.

Ouço um ruído, um chiado alto, e acho que pode ser um alarme de incêndio, mas então me dou conta de que é a coisa no meu bolso que a mamãe me deu. Eu pego e olho. Ele tira da minha mão e dá um jeito de aquietá-lo. No entanto, não para.

— Rápido, atenda! — pede ele, abafando uma risadinha, enquanto a pessoa do outro lado dos livros sai andando, provavelmente para buscar reforço.

— Não sei como se faz — confesso, dando de ombros. — É novo.

Ele pega, aperta alguma coisa e me devolve. Ouço uma vozinha distante repetindo minha voz sem parar. Lentamente, incerta, levo a coisa ao ouvido como se fosse uma concha do mar. Ouço a voz da mamãe.

— Onde é que você está?
— Na biblioteca.
— Por quê? — É só o que ela pergunta.
— Tive vontade de vir à biblioteca — respondo, olhando para ele, sorrindo. — Então eu vim.

Depois vem o som da minha mãe suspirando, chorando, resmungando... ou algo do gênero.

— Claire, pode esperar aí até eu ir com a Esther buscar você?
— Sim. — Meu sorriso se desfaz quando ouço a tristeza na voz dela e o mesmo acontece com o dele ao ver minha expressão. — Vou esperar aqui.

— Promete? Espere na escadaria. Não vá a lugar nenhum. Lembre-se, Claire. Fixe isso. Espere na escadaria.

— Vou esperar — respondo.

Há um silêncio, e não sei o que fazer com a coisa falante, então a coloco de volta no bolso.

— Com licença. — Uma mulher de expressão aborrecida está vindo em nossa direção. — As pessoas estão reclamando.

Ryan pega minha mão e saímos andando depressa em meio aos livros, nossos passos ecoando, direto para o saguão que dá para as portas gigantescas. Conforme as pessoas vêm e vão, uma corrente de ar frio entra.

— Tenho que esperar na escadaria para encontrar minha mãe — aviso. — Você deve achar que sou muito burra para ter que esperar minha mãe vir me buscar, mas ela é velha, é muito carente.

— De jeito nenhum. — Ficamos ali parados por mais um instante. É como se nossos corpos estivessem unidos por alguma força magnética: somos simplesmente atraídos um para o outro, como se tivéssemos que ficar ligados. — É bonito.

— Não sei como poderei me encontrar com você de novo — digo, sabendo que, no segundo em que sair, este momento estará acabado para sempre e que a qualquer instante eu posso me esquecer dele.

— Isso vai acontecer — promete ele. — Eu sei.

— Tenho que esperar na escadaria.

— Eu espero aqui. Fico vigiando você até ela chegar.

— Fica? — pergunto.

Ele aperta minha mão uma última vez e eu saio para o frio e fico parada na escadaria, respirando a cor e a vida, a velocidade do tráfego e o cheiro do ar, cheio de poluição. Gosto do agora.

— Mami! — Esther sobe as escadas saltitando, de dois em dois degraus. — É hora da história?

— Você não pode mais sair — diz mamãe, pega meu braço e tenta me puxar.

— Me larga! — grito, e as pessoas se viram para olhar. — Me larga!

Mamãe me solta. Ela está pálida, com os olhos vermelhos e inchados. Ela chorou, e de repente eu sinto sua dor, como uma martelada no meio do peito. Eu não devia ter feito isso.

— Desculpe, mamãe.

— Você não pode mais ir a lugar nenhum — diz ela, lá parada na escadaria, trêmula. — Eu não consigo. Achei que conseguiria, mas não. Não posso mais cuidar de você. Eu a decepcionei.

Mamãe está chorando, todo seu corpo treme, as lágrimas não param de cair. Eu a abraço e Esther também, seguro-a firme enquanto ela chora. Ficamos assim por um longo tempo rodeadas pelas pessoas da cidade, subindo e descendo as escadas da biblioteca. Então, mamãe interrompe o abraço e enxuga o rosto com um lenço.

— Se não guardarmos logo os congelados, vão descongelar.

Terça-feira, 11 de julho de 1978

Claire

Esta é uma foto do meu pai comigo na praia de St. Ives, na Cornualha. Estava muito quente, e mesmo assim papai estava de calça e com as mangas compridas da camisa abotoadas no punho. Ele está sentado de um jeito desajeitado na espreguiçadeira, como se estivesse lutando com ela, e eu, sentada no chão. Eu me lembro de mamãe com os olhos espremidos por trás das lentes da máquina fotográfica, com os pés enterrados na areia, o vento vindo do mar, soprando sua saia de algodão em volta dos joelhos e de mim, ajoelhada junto aos pés do papai com as mãos enterradas na areia quente e seca. Estou de cara feia na foto, querendo que ela terminasse logo com aquilo, pois eu não queria ficar imóvel por nem mais um minuto. Olhando para a foto agora, percebo que meu pai e eu estamos com a mesma expressão mal-humorada.

Papai detestava sair de férias; acho que detestava momentos de lazer. Era um homem que gostava de sempre ter um objetivo. Nada que ele fazia era apenas para passar o tempo ou planejado para ser divertido, exceto pela leitura de seus livros, e mesmo então ele somente se permitia esse prazer quando não havia absolutamente mais nada que pudesse ser feito com aquele tempo. Não sei como minha mãe conseguiu que ele nos acompanhasse nessas nossas únicas férias juntos. Imagino uma conversa sobre ser parte da família, construir uma relação com sua filha, fazer parte da vida. Minha mãe, com seus pés descalços e cabelos compridos, as sardas no nariz e unhas que nunca eram pintadas, e meu pai, de terno e gravata com todo aquele calor, olhando para ela como se fosse uma criatura de outro planeta, não meramente de outra geração, discutindo sobre sair de férias. Às vezes eu fico pensando em como eles se apaixonaram. Uma vez tentei perguntar a ela, alguns anos atrás, quando estava começando a namorar Greg. Mas ela dispensou minha pergunta com um simples não de cabeça, e nunca perguntei novamente. Mas ela o amou, disso não duvido. Assim como não duvido do amor de meu pai por ela — o modo como ele a olhava, dando a impressão de achá-la miraculosa.

Naquele dia, logo depois de tirar a foto, mamãe saiu à procura de um sorvete e nos deixou sozinhos, papai sentado desconfortavelmente em sua cadeira alugada, me observando brincar com a areia.

— Vamos construir alguma coisa? — sugeriu ele. Eu parei o que estava fazendo e olhei para trás, sem saber ao certo se ele estava falando comigo. Ele quase nunca falava diretamente comigo. — Um castelo de areia — explicou. — Vamos precisar cavar fundo ou ir para mais perto da água, onde a areia é mais firme.

Eu me levantei e o segui até a beira da água. Ele ia andando, ainda de sapatos e meias, e eu de maiô, desviando dos banhistas pelo que parecia uma colcha de retalhos de toalhas coloridas ocupadas por pessoas que pareciam à vontade em sua seminudez, sem se importar com seu tamanho e forma. Era meu pai, com uma mancha escura de suor florescendo entre as omoplatas, que parecia inadequado e deslocado. Quando chegou a poucos centímetros do fluxo suave da maré, ele se ajoelhou na areia úmida e começou a cavar. Fiquei olhando um pouco e comecei a copiá-lo, cavando também. Sem balde, ele cavou um fosso e com a areia escavada começou a moldar uma edificação incrivelmente complexa, tão delicada, construída com tanto cuidado, que pouco depois eu parei de tentar ajudá-lo e fiquei sentada nos calcanhares observando-o trabalhar. De vez em quando ele olhava para cima, como se acabasse de lembrar que eu estava ali, mas não falávamos. A mamãe deve ter voltado de sua caça ao sorvete, nos visto lá brincando juntos na beira da água e decidiu não nos interromper, pois nunca ganhei aquele sorvete. Além disso, não estávamos brincando: nada naquele processo de construir o castelo, com suas torres e baluartes fantásticos, tinha a ver com brincar. Tratava-se de fazer o melhor castelo de areia possível. E mesmo então, mesmo aos 6 anos de idade, eu entendi aquilo: entendi meu pai e quis ser como ele.

Quando ficou pronto, ele esfregou as palmas das mãos e se levantou. Eu também me levantei e fiquei ao lado dele, me sentindo incrivelmente privilegiada de estar ali naquele momento.

— O segredo é saber quando parar — contou ele, segurando minha mão. —E acho que agora é a hora certa de parar.

E como se ele tivesse ordenado, e aos 6 anos eu acreditei que ele tivesse, o mar avançou e encheu o fosso de água. Ficamos parados, lado a lado, de mãos dadas, observando as ondas subirem bem devagar até cobrirem nossos pés e tornozelos, levando um pedacinho do castelo a cada repuxo, até finalmente as fundações serem levadas pela água e a construção desmoronar.

Então, sem qualquer outra palavra, voltamos para onde mamãe estava sentada, e nada foi dito sobre o sorvete. Mais tarde, naquela noite em nossa pequena pousada, depois que papai me acomodou na cama de campanha, aos pés da cama deles, eu fingi que dormia para poder escutá-los falando de mim.

— Você parece realmente ter se conectado com ela hoje — disse mamãe, usando uma palavra que meu pai pejorativamente descreveria como "californiana". — Ela é uma menina e tanto, sabia? Cheia de ideias e pensamentos, tão criativa. Você devia pedir que ela lhe contasse uma história às vezes. Não sei de onde ela herdou essa imaginação. Sei que de mim não foi.

— Ela é um amor de criança — disse meu pai, indo para a cama e apagando a luz, apesar de não passar das nove horas da noite. E depois,

muito tempo mais tarde (não tenho certeza se foram horas ou minutos) eu o ouvi dizer — apesar de nunca ter tido certeza se foi sonho ou real, mas acho que o ouvi dizer: "Ela herdou essa imaginação de mim."

E quando penso naquele castelo, com seus pináculos e arcos assimétricos, entradas e escadarias, tudo criado para durar apenas alguns momentos de beleza, acho que talvez seja verdade.

15

Caitlin

Vovó parece tensa do outro lado da linha. Mamãe saiu sem falar nada, pela segunda vez em dois dias e vovó está abalada, assustada. Preciso ir para casa. Tento insistir em ir imediatamente, mas ela não deixa.

— Que diferença vai fazer você vir para casa agora? — diz ela.
— Tenho Greg e Esther, que é um pequeno raio de sol no meio disso tudo. E desde a última "escapada" até a biblioteca, ela anda mais calma, mais tranquila. Feliz de estar em casa.

— Talvez a gente possa levá-la à biblioteca de vez em quando. Lembra que ela me levava lá três ou quatro vezes por semana quando eu era pequena? Lembra aquela vez em que fomos lá depois da escola e ela começou a ler *Um conto de Natal* em voz alta para mim, fazendo todas aquelas vozes e me deixando com medo? Outras pessoas também começaram a escutar. Todos acharam que era algum tipo de evento. E então a bibliotecária nos mandou sair por estarmos perturbando. É um lugar especial para ela, e frequentá-lo talvez ajude.

— Sim, embora eu não duvide que ela conseguisse fugir de mim até num jogo de True Crime. Sabe, uma parte de mim fica contente que ela esteja lutando contra tudo à sua volta, até contra a própria mãe. Se não estivesse lutando até o finzinho, não seria a minha Claire. Além disso, ela anda escrevendo muito no livro da memória. Páginas e mais páginas, como se tivesse um prazo.

— Quando eu chegar aí, vou tirar o romance dela da gaveta e vou ler. Talvez seja bom de verdade, vovó. Talvez a gente consiga publicá-lo antes que ela... Imagine o quanto ela ficaria feliz!

— Não sei, querida. — Minha vovó faz uma pausa. Ela só usa termos carinhosos quando está para dizer algo triste. — Caso sua mãe quisesse que ele fosse lido, já teria sido. O livro da memória é o que importa... essa é a obra da vida dela.

— Fico feliz que esteja ajudando — digo.

— A letra dela está mudando, nem sempre é fácil ler o que ela escreve, mas talvez isso não importe, contanto que ela saiba.

— E como vai Greg?

— Vai levando, trabalhando muito, fica bastante fora de casa, pois Claire fica mais calma quando ele não está aqui.

Antes de falar com a vovó, eu tentei o celular dele, mas não atendeu. Às vezes eu me arrependo de não ter me esforçado para ficar amiga dele mais rapidamente, para que agora fosse mais fácil conversarmos. Eu achava que tinha todo o tempo do mundo; todos sempre acham. É o maior clichê, de repente ficar ciente da própria mortalidade. Olho pela janela do hotel e vejo a vida passando na rua lá embaixo. Sinto-me muito longe de casa.

— Então, sabe o que vai dizer? — pergunta vovó.

Não contei a ela sobre minha primeira tentativa fracassada nem sobre o Zach do bar se acocorando na minha frente, se desculpando por algo que nada tem a ver com ele. Estou constrangida com minha inaptidão para tratar disso, embora seja uma situação única. Só consigo pensar que vou ser mãe e uma irmã mais velha realmente importante: uma referência. Preciso enfrentar isso, ser essa pessoa que devo ser, seja qual for a consequência. Não uma boboca que não sabe juntar duas frases. Se eu fosse minha filha há muito perdida, diria a mim mesma para parar de encher o saco.

— Vai dar tudo certo — diz vovó, respondendo à própria pergunta quando eu não respondo. — Aposto que as palavras virão na hora. Você sabe que é inteligente.

— Vó, eu sou uma universitária que abandonou a faculdade e engravidou por acidente.

— Bem, é, talvez, mas continua sendo muito, muito inteligente.

Quando minha avó desliga, eu termino o café da manhã no quarto. Assim que cheguei, decidi que não queria descer para o café e ser aquela pessoa que fica sozinha num canto do restaurante. Na verdade, não tenho a menor vontade de sair, nem de voltar ao campus, nem de voltar a encontrar Paul Summer. Sei que hoje ele está dando orientação em seu gabinete no departamento de inglês. Não sei onde fica o gabinete dele, mas tenho certeza de que conseguirei encontrá-lo com facilidade, e então terei apenas que aguardar a hora certa. Cuido da minha aparência. Depois de um banho, seco os cabelos bem devagar com o secador do hotel e eles caem em ondas harmoniosas. Passo uma maquiagem leve, deixando o delineador intocado na prateleira de vidro do banheiro. Fito meus olhos, sem o contorno que tenho pintado nos últimos cinco anos, pelo menos. Eu costumava me olhar no espelho e imaginar com quem me parecia — na pessoa misteriosa que havia feito esse rosto —, mas agora vejo claramente. Seu nariz, seu queixo, sua boca. E apesar de os olhos dela serem azuis, e os meus, quase pretos, eu tenho os olhos dela também. Não tem nada a ver com o pigmento, apenas com o que está por trás deles. É graças a ela que sei que posso fazer o que parece impossível.

Sorrio dentro do elevador que me leva para baixo, imaginando mamãe escapando e correndo para a biblioteca. Sei que está sendo difícil para vovó, com mamãe pulando cercas e se esgueirando por baixo de fios elétricos e raios laser. Mas de algum modo isso faz com que eu me sinta invencível também.

Quando as portas se abrem eu vejo Zach sentado na frente do elevador, lendo um jornal. Aperto o botão de fechar a porta várias vezes, e a pessoa que está do lado de fora esperando para subir aperta repetidamente o botão que chama o elevador. Enquanto nossos polegares lutam por talvez uns quinze segundos, Zach olha para cima e me vê.

— Caitlin! — Ele chama meu nome como se fôssemos velhos amigos.

Além de subir de volta com o homem que acabei de aborrecer, não há nada que possa fazer para evitá-lo.

Relutante, aceito a derrota e saio do elevador enquanto o vitorioso embarca passando por mim, murmurando alguma coisa. Fico onde estou e deixo Zach, se este realmente é seu nome, vir até mim, pois há uma câmera de segurança apontada bem para as portas do elevador.

— Você está me perseguindo? — pergunto, embora deva admitir que pareça absurdo que um homem de calça skinny em xadrez preto e branco, camisa bordô e colete, tentasse perseguir alguém, talvez com exceção da pessoa que lhe disse que aquela calça era uma boa ideia. A única coisa que está faltando é um chapéu fedora.

— Não! Quer dizer, um pouco. — Ele me entrega um quadrado de papel dobrado. — Encontrei isto no bar. Desculpe, mas li.

Pego o papel. Não preciso abrir para saber que é a minha lista.

— Então agora você sabe um pouco mais sobre uma estranha que não significa nada para você, e daí? Simplesmente aparece assim no meu hotel, como um esquisito.

— Eu queria ter certeza de que você está bem — diz Zach.

— Bem, ontem, deve ter sido dureza, ver seu pai daquele jeito, sem que ele soubesse sobre você. Principalmente... sabe, no... hã...

— No meu estado? Por que será que os homens não conseguem dizer a palavra "grávida"? — Levanto uma sobrancelha. Não consigo entendê-lo. O que ele está fazendo aqui? O que ele tem a ver com esta situação? — Pode me dizer uma coisa, você é um desses fanáticos religiosos? — pergunto. — Vai querer me levar para algum culto ou coisa parecida? Porque já li a respeito, como eles pegam gente bonita para sair flertando com as pessoas vulneráveis e, quando a pessoa se dá conta, está morando no meio do Kansas, casada com um homem barbudo e com dezesseis irmãs-esposas.

— Quer dizer então que você me acha bonito?

Zach sorri e eu fico imediatamente corada, o que me enfurece, pois, apesar de se vestir feito uma estrela pop que faz compras na Topman, ele é inegavelmente interessante, o que me deixa ainda mais chateada, porque é claro que não estou em condição de achar os homens interessantes, em especial garotos estranhos que aparecem sem avisar e sem motivo aparente.

— Ah, meu Deus, o que você está fazendo aqui? — pergunto de novo, exasperada tanto comigo mesma quanto com ele. — E como minha vida pode ser da sua conta?

— Não é — diz Zach. Ele parece sem jeito e constrangido. — Eu achei que... sabe como é, você está longe de casa e grávida, nunca encontrou seu pai. Só achei que... talvez um amigo pudesse ser útil.

— Você é um tarado — digo. — Você é um desses tarados que gostam de grávidas. É um aliciador de culto, tarado, que gosta de grávidas.

— Você não conhece muita gente legal, não é? — Zach franze o cenho e sorri ao mesmo tempo.

— Não sinta pena de mim! — ordeno com o dedo em riste, levantando a voz a ponto de chamar a atenção das pessoas na recepção.

— Ei, por que não vamos tomar um café? — Ele acena para o bar. — E para quebrar o gelo você pode me contar suas outras teorias sobre minhas paranoias e talvez nenhum de nós dois seja preso ou expulso por causar confusão e você vai ver que sou apenas um cara que, por incrível que pareça, é bem legal.

Ele parece tão à vontade, tão feliz consigo mesmo, como se aparecer sem avisar no hotel de uma pessoa que acabou de conhecer, com uma oferta não requisitada de solidariedade, fosse a coisa mais normal do mundo. Não consigo entender por que ele está aqui, ao que parece apenas por mim.

— Você não entende, não é? — começa ele, pensando por um instante. — Olha, não pertenço a nenhum culto, não sou um tarado de olho em grávidas... embora eu diria que achar grávidas bonitas não é necessariamente errado. É que minha mãe me criou para ser legal. Ela era obcecada por me transformar numa pessoa digna, que se importa com o mundo e com as pessoas que vivem nele. Passei por uma fase rebelde quando tinha 15 anos e, por uns quatro anos, fiz exatamente o oposto de tudo que ela havia me ensinado e perdi uma porção de pessoas que gostavam de mim, fiz algumas coisas que não devia e então concluí que a vida era uma droga. Enfim entendi que minha mãe estava certa. O mundo é um lugar melhor quando a gente se importa com os outros. O que é meio piegas, mas eu não ligo. Sou um cara cafona.

— A sua mãe é a Madre Teresa? — pergunto.

— Não — ele sorri. — Na verdade, ela já morreu. Quando eu tinha 15 anos. Câncer de pulmão. Nunca fumou, mas trabalhou em pubs a maior parte da vida, então...

— A minha mãe está morrendo — digo. — Bem, não morrendo propriamente. Ela tem Alzheimer precoce hereditário, e eu tenho cinquenta por cento de chance de vir a ter isso também.

Silêncio; somente um segundo em que nada acontece além da conversa no lobby do hotel e o ruído abafado do tráfego lá fora.

— Você está passando por um momento realmente estressante — diz ele. E não é uma pergunta ou um clichê: é apenas uma afirmação do fato e, por algum motivo, ouvir alguém dizendo essas palavras em voz alta é tranquilizador. Sim, ajuda a reconhecer que estou passando por um momento estressante. Eu me sinto melhor.

— Então, quer um café? — pergunto. — Você pode me ajudar a pensar como vou me apresentar ao meu pai.

— Isso significa que você já não acha que vou levá-la a um culto ou tentar sequestrá-la? — pergunta Zach alegremente.

— Não — respondo. — Mas como não tenho ninguém mais com quem falar, vou me arriscar.

Entrar no prédio do departamento de inglês não era tão fácil como eu supunha. Era preciso passar uma identificação eletrônica ou ter um crachá de funcionário.

— Bem — digo a Zach —, me dê o seu e vou usá-lo para entrar antes que alguém note que não faço parte de uma banda.

Zach abre um sorriso.

— Meu cartão não vai funcionar aqui. Só trabalho no bar.

— Seu cartão de estudante então? — peço, estendendo a palma da mão.

— Não sou estudante — diz ele.

— É claro que é! — Eu paro de repente. Afinal, por que alguém da minha idade estaria num campus, trabalhando num bar da universidade, se não fosse estudante? — Você não disse que era estudante de fotografia?

— Fotógrafo, não estudante de fotografia. E um fotógrafo duro, portanto, trabalho no bar para ajudar a pagar as contas. Ainda não estou pronto para trabalhar em casamentos. Ainda não. Talvez daqui a um ano, se ainda não tiver tido meu golpe de sorte.

— Quando é que fotógrafos têm golpe de sorte? — pergunto, distraída do meu verdadeiro propósito.

— Bem, isso é uma coisa que ainda preciso descobrir — diz ele. — Mas tenho certeza de que existem golpes de sorte para fotógrafos. Por aí.

— E se isso não acontecer, com esse cabelo, você pode competir no *X Factor*.

Gosto do fato de que ele não é estudante e que não parece ter um plano muito definido de vida além de evitar fotografia de casamentos e de ser uma pessoa digna. Gosto dessa falta de planejamento.

— Então — diz ele —, vamos ter que dar um jeito de entrar.

— Como? — pergunto numa voz exageradamente alta.

— Eu vejo como fazem nos filmes o tempo todo. Venha.

Meio embasbacada, eu o sigo até a recepção da faculdade, onde ele se debruça sobre a mesa e faz os olhos brilharem para a mulher — literalmente brilharem. Uma olhada para ele e ela está praticamente se derretendo sobre a mesa. É ridículo.

— Oi — diz Zach e ela dá uma risadinha.

Eu quase tenho vontade de esticar os braços e sacudi-la, dizer para ela parar com isso, mas então lembro que ele está usando seus superpoderes para o bem — para o meu bem — e me contenho.

— Temos uma hora marcada com Paul.

— Summer ou Ridgeway? — A garota sorri com afetação.

— Summer — diz ele. — Desculpe, para mim ele é só Paul.

— E como é que você o conhece? — pergunta ela, o que considero totalmente inadequado e uma tentativa desesperada de começar uma conversa com um homem que muito bem poderia ser meu namorado. São mulheres como ela que impedem o avanço do feminismo.

— Ele é pai dela — diz Zach, gesticulando para mim. — Esta é Caitlin.

— Ah! — A garota olha para mim com genuína surpresa. Acabou de notar minha presença. — Eu não sabia que ele tinha filhas mais velhas.

— De um relacionamento anterior — digo, me perguntando como posso estar revelando meu passado secreto a essa mulher e não ao meu pai.

— Ah, bem, então é melhor subirem. É só empurrar o portão quando eu apertar o interruptor e entrar. — Ela sorri para Zach novamente e nos deixa entrar no prédio do corpo docente da faculdade.

— Quer que eu ligue para avisar que vocês estão subindo?

— Ah, não, obrigado — responde Zach. — Queremos fazer uma surpresa.

— Como podemos fazer uma surpresa se temos hora marcada com ele? — sussurro, subindo a escada para o terceiro andar, onde fica o gabinete dele.

— Por sorte, não estávamos tentando passar por uma mente tão afiada quanto a sua — diz Zach, claramente muito orgulhoso de si mesmo. — Estamos aqui dentro, não é? E não mentimos muito, o que é uma coisa boa.

— Você é tão estranho — falo quando paramos na frente do gabinete de Paul Summer. Posso ouvir a voz dele do outro lado da porta. — Tem alguém lá dentro. Vamos esperar a pessoa sair, e então vou bater na porta.

— Certo — concorda Zach. — E o que você vai dizer?

— Não faço ideia — confesso. — Vou apenas explicar que... Vou me desculpar por ser esquisita e depois dizer quem eu sou. E então...

A porta do gabinete se abre e uma garota bonita sai, segurando pastas junto ao peito; suas bochechas são dois pontos bem rosados.

— Ele é um cretino — diz ela para mim e sai andando pelo corredor.

— Ah, que bom — respondo.

— Vou esperar aqui — avisa Zach. — Estarei aqui quando você sair.

Fico parada. De algum modo, eu esperava que ele entrasse comigo. Mas é claro que ele não faria isso, seria estranho. Mais estranho. Outro estudante, desta vez um garoto, vem andando pesadamente pelo corredor, meio sonolento.

— Vai logo — diz Zach —, ou pode perder sua chance.

E antes de perceber o que está acontecendo, eu abro a porta. Paul tira os olhos de uns papéis que está lendo e me reconhece. Sou a garota maluca que assistiu a sua aula — a garota estranha do bar.

— Em que posso ajudar? — pergunta ele, parecendo intrigado.

E não há nada mais a fazer, a não ser contar.

— Lembra-se da minha mãe, Claire Armstrong? — pergunto, fechando a porta.

Ele sorri.

— Claire, sim, eu me lembro de Claire. Ela é sua mãe? Por que você não disse? É claro que me lembro de Claire. Meu primeiro amor, como eu poderia esquecer?

Ele fica radiante. Parece tão contente de ouvir o nome dela que eu sorrio também, e então as lágrimas enchem meus olhos e não consigo impedi-las.

— Ah, aqui... — Ele me passa uma caixa de lenços de papel.

— Desculpe. Nem sei seu nome.

— Eu sou Caitlin. Caitlin Armstrong. Tenho 20 anos.

— Muito prazer em conhecê-la, Caitlin. Você se parece com ela, sabia? Quando você estava na aula ontem eu sabia que tinha alguma coisa familiar em você, mas não consegui identificar. Mas, sim. Outra coloração, é claro, além disso... Você se parece muito com ela.

Eu fico ali sentada, somente assimilando-o. Seus olhos são gentis e quando ouviu o nome de mamãe seu sorriso foi caloroso e simpático.

— Quer dizer que você está estudando em Manchester? Como vai Claire? Muitas vezes eu penso no que aconteceu com ela. Sempre achei que veria seu nome em algum lugar. Ela tinha uma coisa especial. Algo que a tornava diferente.

— Ah... — Eu tomo fôlego. — Eu não estudo em Manchester. Vim para cá conhecer você. Minha mãe me mandou vir porque ela está doente e achou que era hora de eu conhecer você.

— Me conhecer? — pergunta Paul, confuso. — Quer dizer, se houver qualquer coisa que eu possa fazer para ajudar...

— Isso eu não sei, mas, ah, o negócio é... Paul, me desculpe, porque sei que isso vai ser um choque, mas... você é meu pai.

Paul fica me olhando por bastante tempo, e me pergunto se ele está notando que meus olhos são pretos como os dele e que nossos cabelos têm o mesmo tipo de cachos. Ou que a ponta dos nossos polegares é quadrada. Será que ele está notando essas coisas?

— Veja bem, mocinha — diz ele, levantando-se abruptamente —, você não pode aparecer no trabalho de alguém e vir com uma bobagem dessas. Não sou seu pai e sinto muito que você tenha enfiado isso na cabeça, mas não sou. Sua mãe e eu nos separamos há muito tempo e não houve nenhuma gravidez. Ela teria me contado. Teria dado um jeito de me falar. E não sei se isso é porque sua mãe está doente, o que, aliás, eu sinto muito saber, e você vasculhou o passado dela tentando encontrar o sentido das coisas... entendo, claro que sim. Mas não sou seu pai, e é melhor você ir embora.

Ele se vira e abre a porta.

— Ela nunca lhe contou sobre mim — digo, sem me mover um centímetro em direção à porta. — E nunca falou de você para mim. Eu sempre fingi que era fruto de inseminação artificial.

— Meu Deus. — Paul parece apavorado, assustado, enjoado. — Olha, você deve estar passando por uma fase terrível, mas eu não sou seu pai.

— É, sim. Mamãe me contou que você é, logo depois de receber o diagnóstico de Alzheimer, e ela não mentiria.

— Alzheimer? — Paul repete a palavra. — Ah, Caitlin, a mesma doença do pai dela.

— É. É hereditário. E foi por isso que ela me contou de você. Ela quer que eu tenha uma família.

— Ah, Caitlin. Não sou seu pai. Não posso ser. Veja, se é Alzheimer, bem, você não pensou que talvez Claire esteja se confundindo? Talvez seja tudo coisa da cabeça dela.

— Não. Minha mãe não mentiria sobre isso.

Quinta-feira, 26 de julho de 2001

Claire

Esta é a guirlanda de margaridas que Caitlin fez no verão em que tinha 9 anos e esta é a capa de Jane Eyre, *onde a guirlanda estava guardada até agora. Este volume do romance foi lido tantas vezes, que a capa despencou quando eu procurava pela guirlanda de margaridas, e acho certo que as duas coisas fiquem juntas. Duas coisas que representam uma época maravilhosa da minha vida.*

Eu estava desempregada naquele verão. Ainda procurava meu primeiro emprego decente como professora, e não tínhamos muito dinheiro. Morávamos naquela pequena casa vitoriana geminada de dois quartos que eu alugava. Era uma gracinha, mas projetada para o inverno, para noites aconchegantes diante da lareira. Embora aquele verão estivesse quentíssimo, o interior da casa permanecia frio e escuro, como se fosse outro mundo e então eu levava Caitlin para passear o máximo possível. Eu tinha essa antiga cesta de piquenique que antes fora de mamãe e que eu resgatara quando ela quis jogar fora, pois quando eu era pequena adorava brincar com ela. Era uma cesta de piquenique mesmo, forrada com um tecido xadrez vermelho e branco. Tinha vindo com um conjunto de pratos brancos de porcelana e talheres de metal, mas quando me apossei dela, todos os pratos haviam quebrado e a maioria dos talheres já não existia. Mesmo assim, ainda gostava muito dela.

Eu a enchia de sanduíches e garrafas de refrigerante, e íamos sob o sol para o parque, e eu sentia que estava levando uma vida perfeita. Uma mãe perfeita com uma filha perfeita e sua não tão perfeita cesta de piquenique.

Levávamos livros para o parque. Eu tinha sorte de Caitlin gostar de ler tanto quanto eu. Muitas vezes, ela ia brincar, perseguindo os patos ou inventando algum jogo, geralmente sozinha, mas às vezes com colegas de escola que ela encontrava por acaso. Mas na maior parte do tempo ela gostava de ficar sentada ao meu lado, e líamos. Ela estava lendo Harry Potter e a Pedra Filosofal, *e eu,* Jane Eyre *novamente.*

Numa tarde preguiçosa, deitada sob os galhos de um cedro, ela largou o livro e se virou de lado.

— Qual é a história de Jane Eyre, *mamãe? — perguntou ela.*

— É sobre uma moça, órfã, que precisa se defender sozinha no mundo. Quando tem mais ou menos a sua idade, ela é mandada para uma escola horrível e quando fica mais velha, vira governanta de uma antiga casa enorme e assustadora, que é cheia de mistérios.

— Tem mágica?

— Não do tipo da varinha de condão, mas eu o acho mágico. Sempre achei.

— Lê pra mim? — pediu ela, deitando de costas e olhando para os galhos da árvore.

Eu tinha certeza de que ela se entediaria antes que eu acabasse de ler um capítulo e voltaria para o Harry Potter, *ou que veria uma amiga do outro lado do parque e sairia correndo para brincar. Mas não. Caitlin escutava com os olhos abertos, fixos nos galhos escuros das árvores, como se pudesse ver a história do livro se desenrolando entre eles.*

Por quase uma semana, saímos todos os dias para o calor do sol ardente de julho e eu lia para ela, que escutava, às vezes sentada, e uma vez fazendo esta guirlanda de margaridas, que por algumas horas ela usou na cabeça como uma coroa. Foram alguns dos dias mais felizes de que me lembro, aqueles momentos em que algo que eu adorava desde criança tornou-se algo que ela também adorou. E toda escuridão e caos de Rochester, além do romance de Jane, se entrelaçaram com a luz e a alegria daquele verão. No fim do dia, eu peguei a guirlanda de margaridas do chão e a prendi na última página do livro.

Quando terminamos de ler, no meio de uma tarde de quinta-feira, Caitlin se levantou, bateu a grama e as agulhas de pinheiro do short e disse:

— Muito legal, mamãe, obrigada.

Fiquei olhando para ela pelo resto da tarde, brincando na beira do lago com umas amigas e me dei conta do que eu havia feito. Havia feito essa pessoa. Havia ajudado a criar esse pequeno ser que não se importava de cantar na frente de uma plateia, que se alegrava ao entrar nos jogos das amigas, mesmo quando não tinha sido explicitamente convidada, e que largava um livro cheio de magia e emoção para me escutar ler a história de uma governanta, tendo imaginação suficiente para se render a ele. Eu me senti incrivelmente orgulhosa. A segurança de Caitlin me deu a segurança para fazer as coisas que fiz — de levar a vida que levei. Será que ela se dá conta disso? Eu posso ter feito Caitlin, mas ela também me fez.

16

Claire

— Eu estava pensando... — Greg senta no sofá ao meu lado. — Talvez a gente pudesse marcar uma hora com a sua psicóloga, juntos.

— Minha psicóloga — digo a palavra devagar, com cuidado.

Eu havia esquecido que tinha uma psicóloga, o que me parece interessante. Até agora, de todas as coisas que esqueci, por nenhum segundo esqueci que tenho a doença. Mesmo quando esqueço que o agora é agora e estou em outro lugar, a doença ainda está presente, pairando, como o zunido de uma lâmpada fluorescente. Mas se me esqueci de Diane até o instante em que ele a mencionou — Diane, minha psicóloga bem-intencionada, estupidamente culta e irritante —, talvez signifique alguma coisa. Talvez signifique que eu estou caminhando, mesmo sem saber, cada vez mais no escuro.

— Não estou pronta — digo em voz alta.

— Não quero dizer agora — diz Greg. Sua mão paira sobre a minha por um instante e então se retrai. — Eu quis dizer que posso ligar e marcar uma hora. Para ser franco, Claire, achei que iria lidar melhor com isso. Eu achava que seria corajoso, estoico e forte, que manteria tudo em equilíbrio. Não imaginava que isso teria esse impacto sobre nós. Sinto sua falta e não sei lidar com toda essa mudança.

Fico em silêncio por um instante. Estou tentando entender o motivo para que algumas coisas fiquem, e outras, não; o motivo para que Diane tenha sumido completamente da minha memória e, no entanto, eu ainda me lembre de cada detalhe dos meus vinte minutos na biblioteca com Ryan. Por que meu cérebro está guardando isso quando não permite que eu saiba o quanto amei Greg? Olho para ele. Que homem bom. Conhecê-lo foi uma coisa boa para mim — e ele me deu Esther —, mas por que meu cérebro não me deixa sentir isso agora, quando eu mais gostaria?

— Desculpe — digo, e ele olha para mim, examinando meu rosto como se tentasse verificar se sou realmente eu. — Não quero magoá-lo. A última coisa que quero é magoá-lo. Você é uma pessoa tão boa, e um ótimo pai. E é muito, muito bom para mim. Se eu fosse você, a essa altura já teria feito as malas e dado no pé.

— Isso é a única coisa que não posso fazer — diz Greg. — Não posso deixar você, Claire.

— Obrigada — agradeço e sorrio, por ele.

A doença corta partes de mim, ou as sufoca, mas eu ainda sou eu. Ainda sei o que é certo e o que deveria ser feito. Quero ser a melhor esposa do mundo antes de partir para sempre, mesmo que isso signifique aprender a ser educada de novo.

— Sim — concordo. — Sim. Marque a consulta e iremos juntos. Nunca se sabe, pode ajudar.

— Obrigado. — Ele toma o cuidado de se manter calmo, com as emoções sob controle. — Obrigado. Bem, é melhor eu trabalhar. O que você vai fazer hoje?

— Bem, minha carcereira me mantém trancada, então é provável que eu fique com Esther e escreva um pouco mais no meu livro. Espero que Caitlin se comunique pelo falador e me conte como ela está. Tenho certeza de que vai fazer isso quando estiver pronta.

— Eu também tenho — diz Greg. — Então está bem. Vejo você à noite.

— Devo estar por aqui.

Minutos ou horas depois de ele sair, Esther me traz um livro.

— Lê pra mim — pede ela e eu abro as páginas quando ela sobe no meu colo.

Mas as palavras ainda não estão vindo, e desta vez as figuras também não significam nada. Fecho os olhos e tento inventar uma história, mas tudo indica que Esther conhece este livro de cor e não tolera meus esforços de inventar qualquer coisa. E também não quer me contar a história ela mesma. Fica zangada e decepcionada comigo.

— Eu quero que você leia pra mim, mami, como antes! Qual é o seu problema?

— É este livro — digo, e o atiro longe com força.

Ele bate na parede, fazendo barulho, e Esther começa a chorar. Tento abraçá-la, mas ela me rejeita e corre para cima, soluçando. É muito raro Esther chorar assim, com aqueles soluços terríveis de balançar os ombros, seguidos por longos suspiros silenciosos. Esther é uma criança tão alegre, e eu a fiz chorar.

— O que está acontecendo?

Mamãe vem para a sala. Ela andava em algum canto da casa, limpando algo que invariavelmente limpou ontem e anteontem. Já percebi que essa é uma maneira de estar comigo e não estar ao mesmo tempo. Ela se esconde, esfregando algo que já está impecável, para não ter que assistir a meus fracassos.

— Não sei mais ler para Esther — respondo. — Ela está chateada comigo e eu também estou chateada comigo. Joguei o livro longe.

Mamãe parece triste. Senta-se na ponta do sofá, segurando um espanador.

— Não estou me saindo muito bem, não é? — pergunto a ela. — Teria sido muito melhor se eu tivesse câncer, pois pelo menos poderia ler para Esther e continuar apaixonada pelo meu marido. Poderia sair sozinha.

— Você não precisa se sair bem — diz ela, sorrindo. — É tão característico da minha filha superesforçada querer se sair bem com o Alzheimer.

— Bem, a culpa é sua. Você sempre me disse que a chave do sucesso é estar feliz, e desde muito cedo eu decidi que na verdade era o contrário. E agora...

Paro de falar, pois tenho a sensação de que ninguém vai gostar da ideia que acabei de ter.

— E agora? — incentiva mamãe.

— Agora eu me pergunto o que é felicidade. Fico pensando no que as emoções *são*, de fato, se podem ser tão alteradas e modificadas por plaquetas no meu cérebro ou pelos pequenos êmbolos. Será que chegam a ser reais?

— Acho que são — opina mamãe. — Amo você mais do que amei qualquer outra pessoa, até mesmo seu pai, e eu o amei muito. E Greg ama você, e isso é real, muito mais real do que eu achava que fosse, devo admitir. Esther e Caitlin amam você. Uma porção de gente ama você. E todos os sentimentos que elas têm por você são reais. Creio que é o amor duradouro. É o amor que faz com que se lembrem de nós. É o amor que fica quando nós nos vamos. Acho que esses sentimentos são mais reais que nosso corpo e tudo que pode dar errado com ele. Isto — ela belisca o braço — é apenas uma casca.

Suas palavras me comovem de uma forma inesperada: ela conseguiu me deixar esperançosa, não numa cura, mas em minha paz mental. Em meu pobre cérebro agonizante, sem nunca ter sossego.

— É melhor você ir atrás de Esther. Há outras coisas que vocês podem fazer juntas além de ler. Pegue as tintas dela ou vão brincar no quintal.

Concordo e me arrasto escada acima, encontrando Esther sentada no chão do quarto, olhando para a janela. Venta muito e está frio lá fora, mas pelo menos não está chovendo, para variar.

— Desculpe eu ter jogado as páginas — digo.
— É um livro — retruca Esther.
— Desculpe eu ter jogado — repito. — Fiquei chateada. Eu esqueci como se lê as palavras.
— Às vezes eu esqueço a letra do meu nome — diz Esther. — Eu sei que é um "E", mas queria que fosse um "J". É muito mais bonito, e eu queria me chamar Jennifer.
— Jennifer é um nome muito bonito — digo, me aventurando a sentar ao chão, do lado dela. — Mas você é muito mais bonita que isso.
— Não se preocupe, mami — diz Esther. — A gente pode aprender a ler ao mesmo tempo. Iguais.
— O que mais você gostaria de fazer em vez de ler?
— Fondue de chocolate e marshmallow? — sugere Esther com um sorriso largo.
— Ou pintar?
— Ou parque?
— Ou quintal?
— Ok. — Esther cede. — Quintal, então. O que vamos fazer no quintal?
Eu penso em alguma coisa que se possa fazer no nosso minúsculo jardim quadrado, então digo a única coisa que me vem à mente.
— Vamos cavar um buraco bem grande.

Não faz muito tempo que estamos cavando quando Esther fica entediada, larga sua pá de pedreiro e vai até o portão. Ela sacode o trinco, e percebo que a pobre criança está compartilhando demais o meu confinamento.
— Vamos à loja comprar botões? — pergunta ela, esperançosa.
— Podíamos perguntar à vovó se ela tem — respondo.
Vejo mamãe na cozinha, lavando a louça, apesar de termos uma máquina que faz isso, como desculpa para ficar de olho em nós.

— Não, eu quero ir à loja andando e ver as árvores — diz Esther tão queixosa, que a favor dela também fico com saudade das árvores.

— Tenho que pedir à vovó. Ver se ela pode ir conosco.

— Vovó me obriga a comer maçã — declara Esther com um jeito triste. — E eu quero uma revista que vem com uma coisa.

Esther se refere a qualquer tipo de revista em quadrinhos ou outra publicação infantil que vem com um brinde anexado na capa. Existe uma alegria tão grande de ganhar uma coisa junto à outra coisa, que para ela não tem igual. Ela não liga para o que o objeto seja, que geralmente vem quebrado ou é esquecido no dia seguinte, mas a emoção de adquiri-lo costuma ser suficiente para ela. Certa vez, Greg e eu brincamos que no Natal seguinte os presentes dela seriam amostras grátis de revistas. Tenho um sobressalto ao me lembrar daquele momento... Nós dois na banca de jornal quando, esperançosa, Esther nos traz uma pilha de umas seis revistas... Ele me enlaça com o braço e me dá um beijo no rosto. Lembro-me de como me senti. Estava feliz. Fico feliz pensando nisso.

— A loja é no fim da rua, não é? — pergunto a Esther, sem saber se estou recordando da loja real ou daquela da minha infância, à qual mamãe me mandava para comprar leite em garrafas de vidro quando eu tinha cerca de 7 anos.

— É — responde com segurança, embora eu saiba que ela responderia assim, mesmo que eu estivesse perguntando onde fica Disney World.

— Nós vamos fazer o seguinte — digo, me sentindo encorajada pela minha memória dos sentimentos. Sinto que estou num momento livre de sintomas e que deveria aproveitar. — Vamos andar até o fim da rua, mas se não for lá daremos a volta e voltaremos imediatamente, está bem? Porque não podemos deixar a vovó preocupada de novo. Não é justo.

— Tá bem! — Esther fica pulando de empolgação. — Vamos pegar um biscoito!

— Um biscoito?

— Como João e Maria — diz ela. — Assim a gente vai saber o caminho de volta.

— Não vamos precisar de um biscoito. Estou com um bom pressentimento.

Não vejo Esther, e o pânico aumenta no meu peito. Quantos minutos faz desde que a vi pela última vez? Quantas horas? Saio da loja e olho ao redor. Este não é o fim da minha rua, ou pelo menos não da rua que me lembro de morar. Tenho certeza de que vim com Esther, e agora não consigo vê-la. Os carros passam com muita velocidade. Está quase escuro. Entro novamente na loja.

— Eu entrei aqui com uma garotinha? — pergunto ao homem atrás do balcão. Ele me ignora.

— Eu entrei aqui com uma garotinha? — repito. Ele dá de ombros e fica lendo o jornal. — Esther! — grito seu nome bem alto. — Esther!

Mas ela não está na loja. Ah, Deus, ah, Deus. Saímos de casa pelo portão dos fundos, viramos à direita e íamos andar somente até o fim da rua; o que aconteceu? Onde está Esther? Ah, Deus, ah, Deus. Eu pego a coisa de telefonar e olho para ela. Não sei como funciona. Não sei fazer com que ligue para alguém. Vou para a rua e vejo uma mulher vindo em minha direção. Ela está de cabeça baixa por causa do frio e eu a agarro, fazendo com que se sobressalte e se afaste.

— Por favor, me ajude — digo. — Perdi minha filhinha e não sei como isso aqui funciona! — Estou aos gritos. Estou assustada e confusa. Ela balança a cabeça em negativa e sai andando.

— Alguém me ajude! — grito o mais alto que posso no meio da rua, com a luz do sol sumindo e sob o reflexo dos faróis já acesos.

— Alguém me ajude. Perdi minha filhinha! Perdi minha Esther. Onde é que ela está?

— Não se preocupe. — O dono da loja aparece na porta e faz sinal para mim. — Entre, senhora, entre. Eu faço a ligação para a senhora.

— Minha filhinha. — Eu me agarro nele. — Eu não podia ter saído com ela. Não sou mais capaz de cuidar da minha filha nem de mim. Nem sequer consigo ler e a perdi, perdi! Ela está sozinha.

O homem pega meu telefone.

— Me diga um nome — diz ele.

— Mãe. — Eu soluço a palavra, olhando em volta, procurando algum sinal dela. — Esther, Esther.

— Alô? — fala o homem. — Acho que estou com sua filha aqui. Ela está muito nervosa. Diz que perdeu a filha. Tudo bem. Sim. Um momento, por favor. Senhora? — Eu me seguro no balcão. — Está tudo bem, sua filha está a salvo. Está em casa com a avó. Aqui. Fale com ela.

— Mãe? — Eu coloco a coisa no ouvido. — O que foi que eu fiz? Perdi Esther! Saí com ela, mesmo sabendo que não devo, e agora ela sumiu, mamãe. Sumiu.

— Não. — Ouço a voz da minha mãe. — Esther está aqui comigo, querida. A Sra. Harrison, da terceira casa depois da nossa, encontrou-a em seu quintal falando com o gato. Ela está aqui e está bem. Esther disse que vocês estavam indo até a loja, mas que ela parou para falar com o gato, e você, não. A Sra. Harrison foi até a loja para verificar, mas você não estava lá. Você sabe onde está?

— Não — digo. — Não.

— Deixe-me falar com o homem de novo.

Entorpecida, assustada e ainda trêmula, eu entrego a coisa de volta para o dono da loja.

— Eu disse a sua mãe onde a senhora está — diz ele. — Então, não há com o que se preocupar. Ela está vindo buscá-la. Quer uma xícara de chá?

Faço que sim e vendo uma revista embrulhada em celofane com um brinquedo de plástico amarelo e cor-de-rosa atrás, eu a pego. Mas, ao apalpar os bolsos do casaco, percebo que não tenho dinheiro.

— É para sua filha? — pergunta ele.

Eu faço que sim, sem dizer nada.

— Tudo bem, pode ficar com ela — diz ele. — Presente meu. Agora sente-se aqui neste banco e lhe trarei o chá. A senhora logo estará em casa, não precisa ficar assustada.

— Tudo bem. — Mamãe me ajuda a entrar na água quente da banheira e fica segurando minha mão enquanto eu sento. — Está tudo bem.

Peço que ela deixe a porta aberta, pois estou ouvindo Esther cantando e falando com Greg lá embaixo.

— Não está — retruco. — Não está bem, não. Não sou mais a mami dela. Não sei mais ler para ela, cuidar dela. Eu não tinha ideia de onde eu estava, mamãe, nem de como havia chegado lá. Ninguém mais pode confiar em mim, nem com a minha filhinha.

— Foi culpa minha — diz mamãe. — Eu fui ao banheiro e quando voltei...

— Não sou uma criança. E você já passou dos 60 anos. Não devia ter que ficar verificando se eu me afoguei numa poça de água. Não devia ter que passar por isso, mamãe. Preciso voltar a consultar o médico. Precisamos de um plano melhor. Um plano que inclua cuidados.

— Incline-se para a frente.

Eu abraço os joelhos e mamãe espreme água quente da esponja nas minhas costas, esfregando-a suavemente.

— Deite-se

Eu me deito e fico imóvel, deixando ela me lavar: braços, seios, barriga, pernas.

— Podemos dar um jeito — diz ela pouco depois.

O vapor do banho está umedecendo as bochechas dela.

— Não quero que você dê um jeito. Não quero. Você tem uma vida e estava feliz com seus amigos, com o canto e o *Daily Mail*. Você estava feliz, mamãe. Já passou pelas suas dificuldades e agora estava aproveitando a vida. Não quero você aqui, imaginando qual será a próxima coisa terrível, apavorante, idiota que vou fazer. Quero vê-la livre de mim. Não me dando banho como se eu fosse um bebê.

Ajoelhada ao lado da banheira, mamãe curva a cabeça.

— Não dá para entender? — indaga ela sem olhar para cima. — Eu não poderia mais voltar para casa e para as coisas que faço lá, assim como não poderia amputar um braço. Você é meu bebê, minha filha, minha menininha. Não importa seu tamanho nem sua idade, você é minha, minha filha preciosa. Jamais vou deixar você, Claire. Não enquanto tiver fôlego.

— Mãezinha. — Eu acaricio sua bochecha e ela cobre o rosto com as mãos. Eu me debruço sobre a banheira e lhe dou um abraço. — Você é a melhor mãe do mundo. A mãe mais incrível e maravilhosa que existe.

— Não sou, não. Você que é, e vou ajudá-la a continuar sendo pelo tempo que eu puder. Ainda não chegamos lá, Claire. Ainda não chegamos ao final. Ainda podemos fazer muita coisa. Psicoterapia, talvez. A sua psicóloga, você ainda não a levou a sério, exceto pelo seu livro da memória. E voltaremos àquele Dr. Rajapaske para discutir uma medicação. E não vou mais tentar mantê-la dentro de casa o tempo todo. Vamos arrumar coisas para você fazer, coisas seguras. A culpa é minha. Eu quero embrulhar você e protegê-la. Quero impedir que essa coisa horrível tome conta de você. Acho... acho que eu pensava que poderia mantê-la em casa, como a Bela Adormecida, e que então nada mudaria.

— Não quero mais sair — digo e falo sério. Passei semanas querendo fugir para o mundo exterior, um lugar onde eu poderia ser eu. Sempre achei que, quando chegasse a hora de desistir, de ficar dentro de casa, eu já teria caído de um precipício ou me perdido na neblina. Achava que não saberia quando chegasse a hora de admitir a derrota, mas sei. Chegou a hora. — Nunca mais vou querer ir a lugar nenhum. Nunca mais vou querer expor Esther a qualquer tipo de perigo novamente. Desculpe, mamãe. Por favor, me tranque e jogue fora a chave, agora.

Uma batida na porta. É Greg.

— Caitlin está no celular. Quer falar com você, Claire.

Pela fresta da porta, mamãe pega a coisa falante, o celular, como Greg o chama, e me entrega.

— Caitlin. Onde é que você está? — pergunto, pois por um segundo não consigo lembrar e fico com medo de que ela também esteja perdida.

— Estou em Manchester, mamãe — responde ela. Sua voz parece fraca e distante. Olho em volta, tentando vê-la e então lembro que ela não está aqui. — Falei com Paul hoje.

Paul, o meu Paul, o pai dela. Ela foi a Manchester para ver o pai.

— E como foi? — pergunto.

— Não foi bom. — Esforço-me para escutar as pistas em sua voz. Ela parece estranhamente calma; sua voz parece leve, tranquila. Será que está assim mesmo ou sou eu que a estou ouvindo dessa forma. — Ele disse que não é meu pai. Ele disse... — Ela toma fôlego. — Ele disse que talvez esteja tudo em sua cabeça, por causa da D.A. e tal. Eu sei que não é nada disso. Bastou olhar para ele e saber que contribuiu para o meu acervo genético, e ele não é cego, deve enxergar isso também. Mas ele não quer enfrentar a situação e na verdade eu não o culpo. Devo ir para casa?

Eu me levanto, a água escorrendo pelo meu corpo em filetes. Mamãe pega um grande pano macio, ainda quente da calefação e me enrola nele.

— Paul Summer diz que você não é filha dele? — pergunto.

De todas as coisas que eu esperava, essa não era uma delas. Não esperava que ele negasse o que está escrito no rosto de Caitlin.

— Ele diz que não é meu pai e que talvez você tenha se confundido porque está doente. Falou com tanta segurança, mamãe, que eu até deixei de ter certeza. E agora não sei o que fazer nem sei se me importo. Posso ir para casa? Acho que não faz sentido ficar tão longe de você agora. Greg me contou o que aconteceu hoje. Deve ter sido horrível. Quero estar em casa com vocês.

— Não — digo. Saindo da banheira, vou para o corredor e encontro Greg lá parado, parecendo inseguro e cauteloso. Ele me vê e desvia os olhos. — Não, fique onde está. Eu vou até aí falar com a droga do Paul Summer.

— Mas, mamãe, tem certeza? Depois do que aconteceu hoje?

— Eu vou — digo, encontrando os olhos de Greg e ele assente.

— Claire. — Mamãe está encostada na porta do banheiro. — Há pouco você disse que nunca mais queria sair de casa, e agora Manchester? Tem certeza?

— Não vou deixar as coisas desse jeito — digo, determinada. — Não se trata de mim, mas de Caitlin. Preciso consertar isso. Preciso ir. Você vai comigo e levamos Esther. Será uma viagem de mulheres pela estrada. Você vai garantir que nada de ruim aconteça...

— Greg também vem? — pergunta Caitlin esperançosa, escutando a nossa conversa. É comovente que ela o queira lá como parte da família, mas ele é parte da família dela agora, não da minha.

— Greg tem que trabalhar — digo.

Ele fica mais um segundo ali no corredor, os braços cruzados protetoramente e depois vai para o quarto de Esther e fecha a porta.

— Nós estamos indo — digo ao telefone, olhando para mamãe, que simplesmente anui. — Caitlin, você está bem? Está muito triste?

Uma pausa do outro lado da linha.

— Na verdade, por incrível que pareça, não estou nem um pouco triste — diz Caitlin, meio perplexa. — Acho que até estou meio feliz.

Pouco mais tarde, depois que mamãe secou e escovou meus cabelos e a casa está adormecida, eu me levanto para ir ao banheiro. Ouvindo um ruído, paro do lado de fora do quarto de Esther e fico preocupada de que ela possa estar tendo um pesadelo em que é abandonada na rua por uma mulher que esqueceu que ela existe. Fico lá parada, escutando e lentamente percebo que não é Esther, é Greg, e ele está chorando. Coloco a mão na maçaneta por um ou dois segundos e depois me viro e volto para minha cama.

Eu não saberia o que lhe dizer.

Sexta-feira, 24 de julho de 1981

Ruth

Este é um cartão-postal de St. Ives, minhas primeiras férias com Claire depois da morte do pai dela. Foi também o lugar onde eu a perdi.

Eu não queria sair de férias sem ele. Mesmo que só tivéssemos tido férias em família uma única vez antes, parecia errado seguir em frente. Olhando para trás agora, acho que eu sentia que não devia ser permitido que Claire e eu continuássemos com nossa vida quase exatamente como antes. Achava que era preciso ficar de luto para sempre. Mas isso não seria justo. Claire o amava, mas nunca o conhecera tão bem quanto eu; ele nunca lhe permitira. Para ela, a morte dele foi triste, mas compreensível. Para mim, representou a perda do amor da minha vida: a pessoa que eu mais respeitava e adorava neste mundo. Eu não queria que a vida voltasse ao normal.

No entanto, Claire precisava de férias. Minha mãe comentou isso e, uma vez na vida, eu a escutei. Engraçado, agora penso no modo como saímos para aquela viagem. Mesmo naquela época, nos idos de 1980, somente os ricos viajavam de avião, e eu ainda não aprendera a dirigir. Passaria no meu exame de direção mais tarde naquele ano. Então pegamos um ônibus na estação Vitória, numa espécie de excursão. Eu, Claire, mais um monte de idosos e aposentados, eu me perguntando o que estávamos fazendo ali, na verdade sem saber direito, além de que Claire devia tirar férias e eu não queria ter de pensar sobre isso.

Deve ter sido difícil para ela. Nem tenho certeza se contei que iríamos até o dia em que fiz as malas. Ficamos sentadas naquele ônibus por seis horas e mal nos falamos. Ela estava na poltrona do corredor, lendo Jane Eyre. Eu olhava pela janela e pensava nele, no quanto ele sabia ser doce e gentil quando não havia ninguém olhando. No quanto ele havia me amado, e eu, a ele. Em como eu o perdera, o homem que me amolecia os joelhos ao me beijar; e ele me perdera na proximidade do fim, achando que eu era sua mãe. Contudo, não tínhamos perdido nosso amor, isso de jeito nenhum. O amor ainda perdurou entre nós. O amor ainda estava lá.

Nosso hotel era bem ruim. Não me lembro muito bem dele, apenas que era relativamente limpo. Na verdade, nada disso me importava, mas me lembro da decepção de Claire, que achava que poderia ver o mar pela janela e só conseguia ver o aparelho de ar condicionado fixado na parede de tijolos em frente.

Ficamos lá por uma semana, fazendo chuva ou sol, e pouco me lembro de como foram esses dias. Foi antes de St. Ives ficar cheia de lojas e cafés da moda, disso eu sei. Estava ensolarado, mas não tão quente, e passávamos grande parte do tempo na praia, eu sentada numa espreguiçadeira por trás dos óculos escuros e Claire andando pela água rasa, chutando as ondas apaticamente. Ela teve uma queimadura de sol porque me esqueci de passar protetor solar. Eu estava infeliz. Muito triste. Muito só. Não queria estar lá e não queria estar em casa. O único lugar onde gostaria de estar era três ou quatro anos antes, quando ainda não sabíamos da demência. Eu não conseguia me imaginar sendo feliz novamente.

Uma noite fomos caminhar pela cidade porque Claire não aguentava mais a comida do hotel e insistiu para que eu a levasse para jantar fora. Havia uma lanchonete que servia peixe com fritas. Então, andamos pelas ruas movimentadas, cheias de gente, dando a impressão de que *todos tinham tido a mesma ideia. De repente, vi uma cabeça por trás e tive a certeza de que era ele. Achei que havia nos seguido até ali. Quem mais estaria usando um paletó cinza naquela noite de verão e teria os cabelos ruivos brilhantes? Segui-o, os olhos grudados naquele vislumbre vermelho, andando pelas ruas, abrindo caminho entre a multidão, até estar quase correndo, desesperada para alcançá-lo, até virar uma esquina e me chocar naquele cavalheiro ruivo com um paletó cinza. Eu o agarrei pelos ombros, joguei os braços em volta de seu pescoço e chorei de alívio até o homem em questão me empurrar e mandar que eu sossegasse. Olhei para o rosto dele — um rosto que nada significava para mim. Ele não era um fantasma nem um milagre: minha mente é que estava brincando comigo. Até a cor do cabelo eu vi errada. Ele não era ruivo, era louro.*

Foi então que dei falta de Claire; o medo levou vários segundos para atravessar o miasma abafado da dor; e então atingiu meu coração, que subitamente começou a bater mais rápido e eu voltei à vida. Foram dez minutos apavorantes, talvez menos, em que eu corri de volta pelo caminho que viera, gritando o nome dela, as pessoas me olhando, a louca gritando pela rua. Mas naqueles poucos minutos, não sei bem lá quantos, o sangue correu veloz pelas minhas veias, a vida disparando em mim: saudade, medo, ansiedade como nunca mais tive até recentemente, espalhando-se por cada veia, a cada batida do coração.

Então lá estava ela, olhando uma vitrine, como se não tivesse nem notado minha ausência. Agarrei-a, deixando-a apavorada, e lhe dei um abraço apertado até ela tentar se desvencilhar.

Eu a perdera, a reencontrara, com isso me reencontrando ao mesmo tempo.

17

Claire

Não sei bem o que me acorda, mas, deitada na cama, tenho a impressão de que me esqueci de alguma coisa importante, o que é irônico, pois obviamente há algum tempo eu venho me esquecendo de uma porção de coisas muito importantes. Isso, porém, parece mais urgente, mais preocupante. Sento e passo os dedos pelos cabelos embaraçados, tomo fôlego e penso.

Esther está deitada ao meu lado, o rosto coberto por sua densa cabeleira loura, os dedos dobrados nas palmas das mãos, que repousam no travesseiro ao lado das orelhas. O som de sua respiração vem em ondas ritmadas e regulares. Agradeço que não seja Esther que eu tenha esquecido — Esther, que virou minha melhor amiga e guardiã nas últimas semanas. Ela sempre quis ser um anjo e agora, mesmo sem asas, não deixa de ser. Sorrio para ela, mas aquela perda incômoda ainda pesa no meu peito. Caitlin está sozinha em Manchester, disso eu lembro, e hoje vou até ela. Mamãe vai me levar em seu Nissan Micra, e Esther vai junto. Vamos ver Paul, meu namorado. Não, calma, Paul não é mais meu namorado há muito tempo. É disso que me esqueci, foi o que perdi? Paul. O Paul que escrevia poemas para mim sobre o sol nos meus cabelos e que não usava cueca. De jeito nenhum. Não, não é isso.

Levanto e olho para a mulher no espelho, tentando me reconciliar com seu reflexo. Ultimamente, tem sido cada vez mais difícil relembrar minha idade. Não consigo senti-la, seja qual for. Sinto como se tivesse 17 anos, cheia de promessas e vida. Tenho essa expectativa louca sobre o futuro e o que me aguarda: sonhos e devaneios sobre o que poderá vir. Não sei se é a doença ou se sou eu que me sinto tão ridiculamente otimista. Uma parte minha sente que eu já devia ter parado de ter esperança ou de me importar. Sentir esperança não é justo, pois não há.

O que será que perdi durante a noite? Do que será que me esqueci?

É muito cedo. A casa está mergulhada em silêncio, o céu começa a clarear com um tom de roxo. Puxo a cortina, olho para fora, e lá está ele; imediatamente sei quem é. Minha memória não hesita nem por um segundo. É Ryan.

Respiro fundo. O que ele está fazendo no meu quintal? Simplesmente lá parado no gramado incrustado de gelo, olhando para o chão, com as mãos nos bolsos. Meu coração bate forte e mais uma vez fico arrebatada pela expectativa: ele está ali e é prova de que a vida ainda me reserva surpresas. Eu não esperava vê-lo de novo depois do incidente da biblioteca, mas ele está ali e me espera.

Com pressa demais para me dar ao trabalho de trocar de roupa, desço as escadas rapidamente na ponta dos pés descalços, cuidando para não acordar ninguém, especialmente meu marido, que está dormindo no quarto de Esther. Pulo o portão da escada, visto o casacão sobre a camisola e corro pelo piso liso da cozinha. Tenho quase a sensação de que posso voar como o Peter Pan. Então me lembro de que a porta vai estar trancada e não vou saber abrir. Fico lá parada por um instante, olhando pela vidraça da porta da cozinha para as costas agasalhadas dele ao amanhecer. Ponho a mão na maçaneta, que magicamente se derrete em meus dedos, e uma rajada de ar frio me cumprimenta; a porta se abre facilmente. À medida que o mundo se modifica ao redor, fico pensando se isto não é um sonho, curvando-se à minha ordem e me permitindo ir até ele. Pode ser um sonho ou uma alucinação. O Dr. Nome Comprido falou alguma coisa sobre a ocorrência de alucinações no final. Será que essa visão dele ali no quintal é um sinal de que estou quase lá? A grama está gelada, sendo esmagada pelos meus dedos descalços, e o frio rapidamente encontra caminho por baixo do casaco e da camisola. Começo a tremer, meu hálito gelado sobe ondulado pelo ar. Isto é real. Acredito. Estou realmente no meu quintal ao amanhecer olhando para as costas de Ryan, e ele realmente está esperando por mim. Afinal, isso se parece com algo que alguém como eu faria, não é?

Vou andando na grama, enquanto o sol luta para nascer, sangrando o céu de rosado.

— Você está aqui — sussurro, e ele tem um sobressalto, virando-se para mim. Ele sorri. Parece feliz de me ver, mas acho que surpreso também. — O que está fazendo aqui? — pergunto. — E se alguém vir você?

— Você está descalça — diz ele. — Vai morrer congelada.

— Não vou, não. — Dou um sorriso. Uma risada. De fato, gosto do frio. Gosto de sensações extremas. — O que você está fazendo aqui? Por que não jogou pedrinhas na minha janela? Eu podia estar com saudade de você!

— Eu não conseguia dormir — diz ele. — Não estava pensando em acordá-la. Só queria estar perto de você. Você deve achar que sou maluco.

— De jeito nenhum.

Eu me aproximo e ele me enlaça em seus braços, prendendo os meus dos lados e me ergue alguns centímetros no ar, pousando a ponta dos meus pés em cima de suas botas. Coloco os braços ao redor de seu pescoço e ficamos de narizes grudados, aquecendo um ao outro.

— Romeu subiu na sacada de Julieta ao amanhecer, ou ao pôr do sol, um dos dois, mas havia algo sobre uma luz fraca ao fundo. Além disso, acho que não me importo que você seja maluco, pois isso significa que combinamos. O que eu não gostaria é que você fosse fruto da minha imaginação. Isso me deixaria triste, você ser de mentira.

— Sou real — murmura ele entre os meus cabelos. — Assim como você. Meu Deus, como senti saudade de você, Claire.

As mãos dele encontram caminho por baixo do meu casaco e sinto seus dedos percorrerem minhas costas e minhas nádegas, o algodão fino da camisola nada ocultando dele. Isso é novo, esse ardor entre nós, é novo e errado. Somos duas pessoas que não podem se sentir desse jeito em relação à outra, mas ainda assim não parece errado ser tocada por ele. A sensação é maravilhosa, acolhedora. Pressiono o corpo ainda mais no dele, enterro o rosto em seu pescoço e me perco em seu toque. Nesse instante, sou mais que a doença, sou uma mulher, uma mulher desejável, passível de ser amada. Sou eu novamente. Por esses instantes apenas, sou puramente eu, e só ele consegue me dar este presente.

— Claire, preciso lhe contar uma coisa — sussurra ele.

— Eu é que preciso lhe contar uma coisa — digo, pois chegou a hora da verdade. Agora, antes que essa felicidade vire mágoa.

— Primeiro eu.

— Por favor, não me diga que você não é real — aviso.

— Claire, eu amo você — diz ele entre meus cabelos. — Amo muito.

Eu recuo o rosto e olho para ele. Mal conheço esse homem e mesmo assim tudo a seu respeito parece verdadeiro.

— Você não pode me amar — digo suavemente. — Não deve. Não estou aqui. Ou não estarei muito em breve. Estou doente e estou desaparecendo. Além disso, sou casada. E tenho minhas filhas. E não sei por quanto tempo mais ainda vou reconhecê-las. Não posso deixá-las, entende? Nem as meninas, nem Greg. Tenho que ficar com ele pelo máximo de tempo possível. Porque eles também me amam e me amaram primeiro.

Enquanto eu falo, os olhos dele ficam marejados. Ele pisca e as lágrimas correm pelo rosto. Eu as enxugo com as palmas das mãos.

— Não quero afastá-la da sua família. Não quero fazer isso. Só precisava lhe contar como me sinto, só isso. E esperava que você fosse escutar e compreender que, quando você se for, vou ficar de coração partido. Vou ficar desolado, perdido e sozinho. Eu só preciso que você saiba disso.

— Ah, meu amor. — Então eu o beijo, subitamente assaltada por uma urgência passional que não sentia há meses. Ando tão isolada pela incerteza e pela perda. Mas nesse instante meu corpo assume o comando e tenho vontade de agarrá-lo; quero ser absorvida por Ryan. Quando o dia começa e sinto o primeiro toque do calor do sol no rosto, sei que tenho apenas agora, esses últimos minutos antes que o mundo desperte e não seja mais possível estar em seus braços. — Eu sei — digo a ele, interrompendo o beijo, segurando seu rosto. — Eu sei, e isso significa muito para mim. Eu também amo você. Não sei como, mas amo. E sinto muito que tenhamos nos conhecido agora, exatamente na hora errada.

— Não é a hora errada. É exatamente a hora certa.

Nós nos seguramos um ao outro, os braços entrelaçados até o céu roxo virar um azul pálido e frio e as sombras fantasmagóricas dos galhos nus das árvores ficarem impressas no que restou da geada na grama.

— Preciso entrar — digo, olhando para a casa. — Logo eles vão levantar. Vão pensar que fugi de novo. — Paro de falar, relutante de tirar os pés de cima dos dele e me afastar, pois pode ser a última vez que me sinto viva desse jeito. Humana desse jeito. — Não sei de onde você veio nem por que veio neste momento, mas fico feliz de termos nos descoberto, mesmo que seja apenas por agora. — Toco os lábios dele com a ponta dos dedos. — E se você for um sonho, é o melhor que já tive. Adeus, meu amor.

Recuo, piso na grama molhada e vou andando de costas, sem querer tirar os olhos dele, caso ele desapareça junto com a bruma do orvalho que está evaporando com o calor crescente do dia.

— É possível que a gente não se veja mais — digo. — Ou se nos virmos, talvez eu não saiba quem você é. Eu tenho Alzheimer. Está me consumindo, pouco a pouco, levando embora tudo que amo. Até você.

Ele estende a mão para mim.

— Volte, só um pouco mais.

Faço que não.

— Eu sei que você me ama. Sinto que é verdade. Mas não deve, não deve me amar, pois vou magoá-lo e não há nada que eu possa fazer para impedir. Você ainda ama sua mulher. Você não é o tipo de homem que simplesmente deixa de amar alguém. Sei que não é. É isso que o torna tão incrível. Então, vá procurá-la, conquiste-a de novo e me esqueça. Porque... eu vou esquecer você.

— Claire, por favor. Não estou pronto para me despedir. — A mão dele ainda paira no ar, parecendo muito forte e segura. Tenho vontade de segurá-la, mas sei que não posso.

— Nem eu — digo, mas as palavras ficam presas na garganta. Vou me virando devagar e me afasto.

— Você me verá de novo — promete ele. — E sempre vai saber quem eu sou, mesmo que às vezes não se dê conta. Você vai sentir.

De costas para ele, entro de volta na cozinha, onde o calor artificial pinica em meu rosto e pés amortecidos. Quando me viro para fechar a porta, ele não está mais lá.

— O que você está fazendo? — Minha mãe entra na cozinha com o roupão bem fechado. Ao me ver, sua exaustão vira medo. — Por que está de casaco? Estava indo a algum lugar?

Faço que não e estendo as mãos para ela.

— Só estava no quintal — digo. — Venha ver. — Ela vem quando minhas últimas pegadas na geada derretem. — Veja. O sol já nasceu e não está chovendo. Vai ser um dia lindo.

18

Caitlin

Acordo num sobressalto, me sento sem saber ao certo onde estou, e aos poucos tudo vai voltando. Ainda estou em Manchester. A luz nebulosa da manhã penetra pela trama grossa das cortinas. E não estou só.

Sem fazer ruído, bem devagar, viro a cabeça e vejo Zach, ainda adormecido ao meu lado, deitado de bruços, seus cabelos louros despenteados, o que ele detestaria, e os lábios entreabertos. Saio cuidadosamente da cama e me tranco no banheiro.

Não reagi bem como achava que reagiria quando Paul Summer mais ou menos me mandou embora. Eu tinha certeza de que iria me sentir rejeitada e que iria chorar — me sentiria magoada, desesperada e confusa, todas as coisas que ando sentindo em ciclos nos últimos meses —, mas não. Tive um estranho surto que me fez sentir forte e feliz, até meio aliviada. Saí do gabinete dele e do prédio do corpo docente com Zach atrás de mim, perguntando o que havia acontecido. Não contei nada até chegarmos ao lado de fora.

— Ele não acreditou em mim — contei. — Acha que minha mãe inventou isso por causa do Alzheimer.

— Que merda — disse Zach, parecendo chocado em meu nome.

— Olha, tudo bem — falei animadamente. — Fiz o melhor que pude e fico muito agradecida pela sua ajuda. Obrigada mesmo. Agora é provável que eu simplesmente... vá para casa.

— Não, não vá — disse Zach, segurando meu braço.

Percebi que era a primeira vez que ele me tocava, e aquilo veio como um choque elétrico, me invadindo o corpo inteiro.

— Bem... — Recuei um pouco, tirando os dedos dele do contato com meu braço. — Acho que devo. Quer dizer, não vejo mais razão para ficar aqui.

— Você acha que Paul Summer é seu pai? — perguntou Zach.

— Acho. Sim, porque mamãe não mente e, além disso, você o viu? Eu me pareço com ele, bastante. Na verdade, toda essa semelhança é até estranha. Mas não importa. Ele não quer saber, e eu entendo. Cheguei até aqui sem um pai, mas tenho uma mãe e ela precisa de mim, portanto vou para casa.

— Você precisa dar outra chance a ele — disse Zach, dando um passo à direita para bloquear minha passagem. — Isso é muito importante para ignorar.

— Ele não quer outra chance — observei. — E quem pode culpá-lo?

— Mas ele precisa — retrucou Zach. — Talvez ele ainda não saiba, mas precisa, e um dia ele vai acordar e se dar conta do que fez. Então, você tem que ficar e lhe dar outra chance de ser seu pai.

— Você é Jesus? — perguntei. — Não consigo pensar numa razão para você se importar com isso se não for Jesus.

— Não — respondeu ele, rindo. — Jesus não iria usar esta camisa.

— Isso porque Jesus tem bom gosto.

— Ligue para casa, fale com sua mãe. Aposto que ela não vai querer que você desista assim.

— Você bebe? — perguntei.

— Bebo, um pouco.

— Bem, eu não posso beber, então que tal irmos a um pub e eu fico olhando você tomar um porre?

Zach balançou a cabeça e riu.

— Vamos almoçar. Eu conheço um lugar legal. E depois você pode ligar para sua mãe, está bem?

— Talvez você devesse ser meu pai.

Esse é o lance com Zach que não entendo: ele é muito engraçado, gentil e legal. E me pergunto por que acho tão difícil acreditar que uma pessoa possa ser tão engraçada, gentil e legal com outra que mal conhece, sem motivo aparente. Será que foi por causa dele que eu não me enrosquei num canto depois que Paul me mandou embora? Ou foi por minha causa mesmo? Acho que basicamente foi por minha causa, pois, quando decidi que amo meu bebê, decidi também ser o tipo de pessoa que não é derrotada por adversidades, pois, se minha mãe me ensinou alguma coisa, foi que as mães são guerreiras: podem ser derrubadas, mas sempre se levantam novamente. De toda maneira, saber que Zach estava lá fora me esperando ajudou.

Deve ser essa a sensação de ter alguém na vida da gente, saber que alguém está lá para nos apoiar. Deve ter sido assim para mamãe e Greg. Foi uma sensação boa, fez com que eu me sentisse melhor, como se fosse mais adulta do que costumo me sentir.

Passamos a tarde juntos e foi bem legal. Não houve roteiro, tensão ou jogos mentais, como sempre parecia haver com Seb. Zach simplesmente sabe ser homem, dá a impressão de que não precisa ficar provando para todos que essa é sua condição. Fiquei com sono depois do almoço, então fomos ao cinema, assistir a um filme que ele queria ver — um filme ridículo sobre um assalto com muitas perseguições de carro. Depois de uns vinte minutos eu adormeci e acordei com a cabeça no ombro dele enquanto os créditos subiam na tela. Ele me deu um beijo na testa e disse que tinha que ir trabalhar. Eu não queria que ele fosse, mas não me pareceu justo pedir que faltasse o trabalho com base na nossa recente amizade.

Ele me acompanhou de volta ao hotel, e foi uma caminhada estranha, cheia de significado, quando na verdade não havia nenhum. Sou uma garota grávida com uma mãe doente. Tenho muito mais em que pensar do que em garotos louros bonitos com um gosto terrível para roupas e música. Se as coisas fossem diferentes, se eu tivesse terminado com Sebastian ou se mamãe tivesse continuado a simplesmente ser minha mãe, então talvez eu pudesse ter me empolgado com o modo como Zach me fez sentir quando olhava para mim ao andarmos juntos pelas ruas movimentadas de Manchester ontem à tarde. Ainda me lembro do modo como ele me observava e depois desviava o olhar quando nossos olhos se encontravam. Como ele digitou seu número no meu celular no saguão do hotel e me disse para ligar se eu precisasse de alguma coisa e depois ligou para o próprio número antes de me devolver o celular, para ficar com o meu também. E como ele esperou pela chegada do elevador comigo e então me deu um beijo no rosto logo antes de eu entrar. Em outra vida, eu poderia ter ficado empolgada com todas essas coisas e com a possibilidade de que algo novo estivesse começando agora. Mas não nesta. E, de qualquer forma, se não fosse por mamãe e Paul Summer, eu nunca teria vindo para esta cidade e conhecido Zach num bar do campus. Razão pela qual eu preciso ficar dizendo a mim mesma que isso não é para ser. Isto não é algo especial que aconteceu bem numa época da minha vida em que mais preciso. É uma série de coincidências que será preciso deixar para trás — hoje ou amanhã, o mais tardar.

Eu estava tentando pegar no sono diante da TV, tentando não pensar no que vai acontecer quando mamãe, vovó e Esther chegarem aqui, quando meu celular tocou, me assustando. A primeira ideia foi de que alguma coisa terrível havia acontecido, mas então vi o nome de Zach. Passava um pouco da meia-noite.

— Alô?

— Sou eu — disse ele.

— Eu sei.

— Pensei em dar uma ligada só para ver se você está bem. Para ser sincero, fiquei pensando em você a noite toda. Nada inapropriado — acrescentou ele rapidamente. — Só pensando em tudo que você está passando.

Devo admitir que fiquei decepcionada: eu até gostaria que ele estivesse pensando em mim de modo inapropriado. Coloquei a mão na barriga, que está começando a se curvar por causa do bebê lá dentro e sorri comigo mesma. Talvez um dia eu tenha a sorte de mamãe e encontre a pessoa certa, que sempre vai estar comigo. Mas não agora. Agora preciso apenas me concentrar na minha família. Sou eu que preciso lhes dar apoio.

— Estou surpreendentemente bem — contei a ele. — É estranho, porque fiquei tão confusa por tanto tempo e agora, do nada, tudo parece muito claro. E vou dar outra chance a Paul Summer. Bem, não sei se outra chance é a expressão certa. Vou fazer outra tentativa, talvez. Minha mãe, minha avó e minha irmãzinha estão vindo amanhã para esclarecer as coisas para ele, então talvez seja mais uma vingança.

— Quer que eu vá aí? — perguntou ele de repente. — Agora?

— Para o meu quarto? Não parece certo.

— Não, não quero dizer para... Só para ver você, para a gente ficar junto, conversar. Gosto de conversar com você.

— Sem querer ser engraçadinha, mas você não tem seus amigos?

— Tenho. — Ele ri. — Tenho montes de amigos e amigas, e uma nova, que provavelmente não verei mais depois de amanhã. Então, posso passar aí? Só para ficarmos juntos. Assistir a um filme ou coisa assim. Você escolhe dessa vez. Nada de perseguições automobilísticas, prometo.

E de repente me dou conta de que tê-lo aqui comigo me deixaria muito feliz e meio triste ao mesmo tempo. Então disse que sim.

Estávamos na metade do filme quando me virei para ele e fiz uma pergunta que andava martelando a minha cabeça desde que ele a mencionara.

— Me fale da sua mãe — pedi. — Como ela era?

Ele se virou para mim e assentiu com a cabeça.

— Ela era uma mulher maravilhosa, engraçada, forte e boa. Meu pai adorava ela, todos nós adorávamos. Era glamourosa também, sabe? Sempre bem-penteada, ia maquiada para o trabalho atrás do bar e para a igreja todos os domingos.

— Quer dizer que você *é* um fanático religioso! — exclamei, cutucando-o nas costelas.

— Não exatamente. — Ele sorriu. — A fé da minha mãe representava muito para ela e parte disso passou para mim. Quer dizer, prefiro pensar que tem algo mais lá fora do que nada, você não?

— Não. — Fui categórica. — Não quero que exista alguma coisa que tenha decidido deixar minha mãe, ou a sua, tão doente só por capricho. Prefiro achar que foi tudo ao acaso, uma terrível casualidade. Caso contrário, é impossível entender.

— É. Eu me senti assim quando ela morreu. Todos nos sentimos. Não fazíamos ideia do quanto ela nos unia até ela partir. Meu pai ficou furioso; eu fiquei furioso. Eu o perdi também por um tempo. Seguimos nossos caminhos separados por quase quatro anos. Eu ficava sabendo que ele vivia sendo expulso do pub onde mamãe trabalhava e passava a noite na cadeia. Ele sabia de mim, me mudando de um buraco para outro, acordando cansado e confuso.

— E então você encontrou Jesus? — pergunto, me provocando.

— Então dei uma segunda chance ao meu pai e ele fez o mesmo comigo, pois nós dois percebemos, antes que fosse tarde demais, que mamãe ficaria muito triste de ver como tínhamos reagido à perda dela. Seria como se tudo que ela havia feito quando estava viva não tivesse servido para nada. Então meu pai e eu nos reaproximamos. Foi um negócio lento, levou muito tempo, mas precisávamos um do outro. Resolvemos nossas dificuldades. Ele é minha família e eu o amo.

— E é por isso que você acha que devo dar outra chance a Paul?

— É. Acho que nunca se deveria dar as costas a um relacionamento quando ainda há um fiapo de esperança.

— Mas eu já tenho uma família — argumento. — A maior parte dela vai vir para cá amanhã de manhã. E não quero forçar minha presença na vida de outra pessoa. Ainda que ele seja meu pai biológico.

— Você — começou Zach baixinho, olhando bem nos meus olhos daquele seu jeito de estrela pop — nunca vai ter que forçar sua presença na vida de ninguém. Qualquer pessoa que tenha metade do cérebro pode notar que você é... maravilhosa.

— Então eu devo ter conhecido um monte de gente sem cérebro — falei para desviar do momento, que pareceu intenso demais para duas pessoas que estavam apenas passando umas horas juntas.

— Isso é totalmente possível — disse Zach, encostando a cabeça de volta na cabeceira da cama e cruzando os braços.

Pouco mais tarde, quando eu estava quase dormindo, sua voz me acordou.

— Que nome você vai dar ao seu bebê? — perguntou ele. Foi a primeira vez desde que contei a ele que estava grávida que ele me fez uma pergunta diretamente relacionada a isso.

— Não faço ideia — respondi, sonolenta. — Talvez Unidade Lunar ou Mochilão. Pode ser Maçã, se for menina.

— E o pai do bebê, o que ele acha? — perguntou ele com todo o cuidado, e me ocorreu que eu ainda não o mencionara. Pelo que Zach sabia, o pai do bebê poderia estar em casa me esperando.

— Ele ainda não sabe. Nós terminamos, e ele acha que eu tirei a criança. Mas vou contar a ele. Preciso fazer isso porque... bem, olhe só para mim. Um caso clássico da história que se repete. Preciso garantir que este aqui não precise fazer isso.

— Que bom — disse Zach simplesmente. — Você deve mesmo contar a ele.

Não sei quando pegamos no sono nem quem adormeceu antes, mas provavelmente fui eu. Lembro apenas que num minuto estávamos falando sobre o verdadeiro significado de *O Iluminado* e no seguinte eu acordei com as costas grudadas nas dele e estávamos o oposto da conchinha, encolhidos de costas um para o outro... e mesmo assim me senti totalmente abraçada.

Eu bem queria não ter dormido de roupa, mas acho que foi melhor do que dormir sem.

Agora estou pesando em tomar um banho, mas me parece errado ficar nua com ele do outro lado da porta, então escovo os dentes, tiro a maquiagem e lavo os cabelos, curvando-me sobre a banheira, e os filetes de água quente ensaboada acabam desafiando a gravidade e escorrendo pelos cotovelos, molhando minha camisa. Enrolo uma toalha na cabeça e me olho no espelho. Pareço uma idiota, então tiro a toalha e tento secar bem os cabelos até ficarem pendendo em cachos úmidos. Pareço um pouco menos ridícula. Volto para o quarto e ele ainda está dormindo, virado de lado e encolhido. Ele é tão... ridiculamente lindo que preciso lembrar a mim mesma que garotos lindos não se apaixonam por garotas grávidas de cabelos ridículos e mães muito doentes. Ah, mas como seria maravilhoso pensar que poderiam.

Sento na beira da cama e toco no seu braço. Ele está ferrado no sono. Sacudindo-o de leve, vejo seus olhos finalmente se abrirem e focarem em mim. Ele sorri. É um sorriso tão doce, alegre, sonolento, que me dá vontade de beijá-lo. Mas não faço isso.

— Já amanheceu — digo. — Passam das oito.

— Passei a noite aqui? — Ele se senta e espreguiça. — É melhor ir para casa me trocar. Tenho que ir trabalhar.

Ficamos sentados nos olhando por um longo tempo.

— Não quero que você vá embora de Manchester sem se despedir de mim.

— Está bem — prometo. — Eu também não quero ir embora sem me despedir de você.

Observo-o se levantar da cama, pegar suas coisas, passar os dedos pelos cabelos até ficarem um pouco menos bagunçados, e então levanto quando ele vai para a porta.

— Vou te dar um abraço — avisa ele.

Eu concordo, e nos abraçamos, meus braços em volta do pescoço dele, os braços dele na minha cintura. Ficamos de peitos unidos, e eu pouso minha cabeça na curva do seu pescoço. Ele me aperta suavemente.

— Cuidem-se, vocês dois — diz ele e sai pela porta.

E me dou conta de que, além de mamãe, ele é a primeira pessoa a falar com meu bebê como se ele fosse um indivíduo, o que me deixa feliz.

— Rosie! — grita mamãe quando me vê, correndo para mim de braços abertos. — Rosie McMosie! Nós vamos fazer uma farra!

Ela me dá um beijo no rosto e me balança de um lado para outro quando nos abraçamos.

— A primeira coisa que precisamos é escapar dos velhos, e então vamos para a cidade, certo? Você conhece algum bar legal aqui? — Mamãe olha para mim com expectativa.

— Ah... — Esther, que parece sonolenta e confusa depois da viagem longa, esfrega os olhos com os punhos cerrados e pisca, descendo do colo da vovó e olhando para mim. — Caitlin! — Ela grita meu nome com o mesmo entusiasmo que mamãe havia dito o nome de Rosie. — Oi!

Eu a pego no colo e lhe dou um beijo.

— Esta é a minha irmãzinha. — Mamãe me conta. — Na maior parte do tempo ela não chateia muito.

— A mamãe tá brincando de faz de conta — diz Esther sabiamente.

— Oi, querida. — Vovó me dá um beijo e mamãe revira os olhos para mim, mexendo as sobrancelhas como se compartilhássemos alguma piada sobre mães, o que me faz rir; minha mãe fazendo piada comigo sobre mães. — Claire — diz vovó. — Estamos em Manchester. Viemos ver Caitlin, ajudá-la a falar com Paul Summer.

— Ah, ele. — Minha mãe abre um sorriso como... bem, acho que como eu hoje de manhã. — Acho que ele gosta de mim. — Ela me dá uma piscada. — Ele está aqui? Ah, meu Deus, o que vou vestir?

— Claire — diz vovó de novo, pegando a mão da mamãe e fitando-a nos olhos. — Esta é Caitlin, sua filha. Ela tem 20 anos, lembra? E vai ter um bebê, como você teve na idade dela.

— Eu não vou engravidar com 20 anos — diz mamãe, apavorada. — Quem seria idiota de engravidar com 20 anos?

— Você, querida — diz vovó. — E agora vai ser avó do bebê de Caitlin.

Mamãe olha para mim.

— Ah. Você não é Rosie, é?

— Não, mamãe — respondo, estendendo os braços para ela.

— Ah, oi, querida. — Ela me dá um beijo e me abraça de novo, de outra maneira dessa vez, como uma mãe deveria. — Eu estava com saudade de você. Agora, vamos bolar um plano para convencer seu pai.

Quarta-feira, 3 de julho de 1991

Claire

Querido Paul,

Desculpe não estar aí, por ter saído desse jeito, sem lhe deixar um recado ou dizer para onde ia e por quê. Fugindo assim, devo dar a impressão de que guardo um grande segredo. Mas não tem nada a ver com você nem com nada que você tenha feito de errado.

Você deve ter imaginado que voltei para a casa da minha mãe. Você liga todas as noites, e ela diz que não estou porque eu pedi que dissesse. No entanto, mamãe acha que estou errada, acha que eu deveria falar com você. Creio que em breve você vai parar de ligar. Deve estar mais chateado por eu ter ido embora sem dizer nada do que pelo fato em si. Talvez você não concorde que sinta isso, mas, se pensar bem no motivo real para querer falar comigo, aposto que é isso, não é?

Está errado? Nós falamos muito sobre estarmos apaixonados, não é? Sobre ficarmos juntos. Mas aconteceu uma coisa que exige nossa seriedade em relação a tudo que foi dito. E como poderíamos falar sério sobre qualquer coisa quando ainda não nos tornamos adultos de verdade? Eu ainda não como brócolis, e você precisa deixar o rádio ligado à noite para conseguir dormir.

Pensei bem e concluí que é melhor arrancarmos o mal pela raiz, nos separarmos agora, quando tudo vai ficar claro e acertado.

Estou sempre dizendo para minha mãe: estamos na década de 1990, e uma mulher não precisa ser definida pelo homem com quem vive ou pelas escolhas que faz. Uma mulher pode fazer as coisas do seu próprio jeito. Já não existem mais compartimentos: podemos fazer qualquer coisa. Mamãe olha para mim e vejo que ela acreditava nisso, mas não acredita mais.

Estou tentando contar que... Parece tão estranho, tão engraçado. Escrever isso — dizer em voz alta. Saber que é verdade. Mas é, e estou sorrindo ao escrever isto.

Paul, estou grávida. Fiz uma ultra e estou com 18 semanas de gestação. Sei que, segundo a lógica, eu não deveria ter esse bebê — que deveria "dar um jeito" nisso e voltar para a faculdade, recomeçar tudo e fingir que isto não aconteceu. Mas não posso. Já amo esta criança mais do que qualquer coisa que já amei desde o instante em que tomei conhecimento de sua existência. A maneira como me sinto em relação a este bebê, o amor que estou sentindo, me permitiu saber que não amo você de verdade. Quer dizer, amo, mas não o suficiente para que a escolha certa seja vivermos juntos.

E sei que, ao ler isto, você virá ao meu encontro e tentará fazer nossa relação funcionar, pois você quer ser esse tipo de pessoa e é isso que eu sempre vou amar em você. Mas isso não tornaria a escolha acertada, Paul. Então, me desculpe. Não vou lhe enviar esta carta.

Perdão,
Claire

19
Caitlin

Desde que saímos do hotel, deixando vovó e Esther planejando uma ida ao cinema, não é a primeira vez que pondero a situação. Está difícil saber por que estamos fazendo isso. Quer dizer, eu sei das razões práticas e até das emocionais. Ainda assim é difícil ver o sentido de mudar a minha vida, a de Paul e a da família dele. E para quê? Não sabemos nada um do outro, somos estranhos. Zach disse que devo dar a Paul uma chance de me conhecer, e mamãe tem a ideia de que ter Paul na minha vida irá substituir o que vou perder quando ela se for. E entendo por que ela pensa assim, mas a verdade é que nada jamais irá substituir minha mãe. Nada. Muito menos um homem que até recentemente eu achava que havia me rejeitado e para quem eu nunca fui sequer uma ideia nebulosa.

Mesmo assim, mamãe e eu estamos indo à casa de Paul contar a verdade, ele goste ou não.

Não era isso que eu planejava, mas quando vi minha mãe e percebi que no curto período em que ficamos separadas ela se foi um pouco mais, soube que não queria levá-la ao campus, que estaria cheio e confuso, e que preciso protegê-la o máximo possível do mundo fora de sua cabeça.

Observando-a flutuar entre este mundo e o dela, percebo que é como se ela tivesse se libertado da gravidade e muito lentamente esteja indo embora. A corda que a conecta a esta realidade está muito fina e se esgarçando cada vez mais. Em breve ela não estará mais aqui, mas não creio que o mundo para onde vai será menos real, o que me dá certo conforto.

Então, enquanto mamãe, vovó e Esther se acomodavam no quarto delas, eu liguei para Zach e lhe perguntei se havia um jeito de descobrir onde Paul mora. Meia hora depois ele me ligou dizendo que conhecia alguém que conhecia alguém que era aluna de Paul. Como quis o destino, meu pai biológico costuma dar um churrasco para seus alunos todos os verões, portanto essa garota sabia exatamente onde ele mora. Estranho como foi fácil descobrir seu endereço e como agora o homem que passou toda vida a uma distância desconhecida de mim está a poucos metros. Durante todo o caminho até lá, não parei de pensar duas vezes... três, quatro.

Não parece justo aparecer na casa dele, onde estarão sua esposa e filhas; eu me preocupo com ele e a família. Vovó disse que não precisa ser nada dramático. Disse que não há necessidade de se fazer um escândalo. Só vamos pedir para falar com ele em particular e quando ele vir mamãe vai concordar em nos encontrarmos em outro lugar, talvez no hotel, para conversarmos.

É disso que se trata: uma apresentação das coisas. Então, deixo todas minhas dúvidas de lado e tomo fôlego, olhando para mamãe, me perguntando em que momento da vida ela está agora. Ela estava comigo quando entramos no carro, mas paramos de conversar ao nos aproximarmos da casa de Paul. Agora há algo de sonhador nela, um pouco como quando ela conheceu Greg e eu a encontrava totalmente imóvel, olhando pela janela, sonhando acordada com ele.

Estacionamos na frente da casa de Paul. É uma bela propriedade vitoriana, que deve ter três andares, com uma entrada de cascalho para carros e um quintal. Dois vasos com pinheiros ladeiam a porta, a grama é muito verde e bem-aparada, assim como a cerca viva. A luz do vestíbulo brilha para o mundo e ao irmos para a porta da frente, que fica acima de três degraus, vejo a cozinha no porão, onde as filhas pequenas de Paul estão almoçando.

— Não precisamos fazer isto. — Paro e me viro para mamãe, que ajeita os cabelos. Ela está segurando o livro da memória, onde está a carta que me mostrou pela primeira vez hoje de manhã. A carta, escrita com sua letra tão familiar — sempre desorganizada, inclinada para a frente e depois para trás novamente, como se ela nunca tivesse realmente decidido quem era. No entanto, a carta parece ter sido escrita com muito cuidado — como se tivesse sido ensaiada —, e quando a li, percebi que devia ser verdadeira. A carta que ela dobrou com capricho dentro do livro da memória provavelmente é uma versão muito aprimorada, e finalmente entendo que ela estava tentando contar a ele e a mim. Mamãe sempre soube que Paul não era o amor de sua vida e sabia que tentar fazer do relacionamento deles algo que não era, puramente por minha causa, seria um erro. Vinte e um anos atrás, ao descobrir que estava grávida do seu primeiro namorado oficial, ela decidiu que me queria mais do que a ele: escolheu a mim. E nem tudo que decidiu desde então foi perfeito, mas ela também nunca duvidou daquela primeira decisão. Mesmo ao decidir não contar a ele sobre mim, mamãe me colocou em primeiro lugar; e agora eu estou colocando o *meu* bebê e nosso futuro em primeiro lugar.

Mamãe está segurando o livro junto ao peito, como um escudo na frente do coração. Se tudo estivesse bem, se ela estivesse bem, ainda assim, isso seria uma coisa quase impossível de se fazer. Mas nestas circunstâncias, com sua vida, sua mente, em meio ao caos, dá a impressão de que ela tem uma noção incrível de que deveria vir aqui e fazer isso. Mesmo agora, ela está me escolhendo, me colocando em primeiro lugar.

A porta se abre, mas não é Paul que aparece, é a esposa dele. Ela é pequena e bem-arrumada, os cabelos louros puxados para trás e ela está de casaco com um cachecol em volta do pescoço, como se estivesse para sair.

Ao nos ver, ela para abruptamente e levanta as sobrancelhas numa interrogação.

— Olá — cumprimenta afavelmente. — Querem alguma coisa?

— Viemos aqui para ver Paul. — Mamãe sorri para ela. — Quem é você?

— Ah, mamãe — digo, me interpondo entre as duas mulheres.

— Sou Alice. — Alice ainda está sorrindo, mas um pouco hesitante, mostrando preocupação. — Sou esposa dele. Você é aluna?

— Sim — diz mamãe. — Você quer dizer que é mãe de Paul? Ele não é casado. Melhor que não seja. — Mamãe ri. — Casado, Paul!

— Mamãe! — Eu me viro para Alice. — Desculpe. Esta é minha mãe. O nome dela é Claire Armstrong. Ela conheceu seu marido... foram colegas na universidade.

— Ah... — Alice não parece tranquilizada, apenas mais alarmada, e eu percebo que ela pensa que mamãe está em alguma crise de meia-idade numa viagem em busca do seu primeiro amor perdido.

— Ele está? — pergunta mamãe. — Mas afinal, que tipo de festa é essa?

— Mamãe — digo. — Ela não está bem. Ela... realmente precisa falar com Paul.

Alice ainda se interpõe entre nós e a porta da sua casa, e vejo o conflito em seu rosto bonito e arrumado. Olhos azuis, nariz pequeno, boca bonita, cabelos lindos, fartos, louros e lisos. Pequena e bem-vestida, sutilmente chique. Ela é o oposto de minha mãe. E não está nem um pouco segura em relação a nós.

— Minhas filhas estão almoçando — diz ela. — Talvez vocês pudessem deixar um número e eu peço para Paul ligar...

Resmungando e jogando os cabelos para trás dos ombros, mamãe passa por Alice e entra no vestíbulo. Eu a sigo na mesma velocidade.

— Oi, Paul — grita mamãe. — Oi, gato. Onde é que você está?

— Com licença! — Alice eleva a voz. — Você não pode ir entrando desse jeito na minha casa. Quero que saia, agora, por favor.

— Desculpe — repito, levantando as mãos para acalmá-la. — Nós estamos indo. Mamãe... — Ponho a mão em seu braço, mas ela não se mexe.

— Sair? — Ela parece perplexa. — Não seja boba. Acabamos de chegar. Onde está a birita? Vocês têm um DJ? Não é uma festa grande, é? — Ela começa a gritar. — Aumentem o volume!

— Ah, meu Deus. — Paul está lívido, ao aparecer vindo do porão, vê mamãe e depois olha para a expressão de Alice. — O que está havendo?

— Você que tem que me dizer — diz Alice para ele. — Elas simplesmente apareceram. Pelo jeito, esta mulher conhece você.

— Claro que conheço ele. — Mamãe sorri, flertando. — De cima a baixo, não é, Paul?

— Mãe — sussurro para ela, o terror doloroso da situação quase me impossibilitando de ver uma boa maneira de sair dali. Sei apenas que é preciso, antes de causarmos mais problema. — Mãe, Claire, vamos. Viemos ao lugar errado.

— Não, não viemos e não vamos embora. Viemos ver Paul — diz mamãe, se desvencilhando de mim, girando e enlaçando Paul num abraço, depois dando-lhe um beijo bem firme nos lábios.

Ele resiste, observando os olhos da esposa se arregalarem horrorizados a cada milésimo de segundo que passa.

— Alice, sinto muito — diz Paul, livrando-se do abraço de mamãe. — Esta mulher está doente.

— Esta mulher? — pergunto a ele. — Ela não é uma desconhecida, e você sabe disso. — Eu me viro para mamãe, dizendo seu nome. — Claire! Sou sua filha, Caitlin, lembra? E viemos ver Paul hoje para lhe falar sobre... — Olho para Alice. — Sobre o passado. Quando vocês eram colegas na universidade, lembra?

— Ah! — Claire pisca. — Ah! Mas..

— Eu sabia que isso não era uma boa ideia — digo, e me viro para Alice, cuja expressão é uma mistura de fúria e transtorno. — Sinto muito. Não pretendíamos invadir sua casa desse jeito. Você deve estar nos achando um horror. Por favor, deixe-me explicar Esta é Claire Armstrong e ela é minha mãe. Ela tem Alzheimer precoce e está bem avançado, então às vezes ela fica muito confusa As coisas acontecem na cabeça dela e tudo vai e vem. Nunca sabemos ao certo o que vai acontecer. Mas nunca foi nossa intenção invadir sua casa e fazer uma cena dessas, não é, mamãe?

Mamãe olha para seu livro, que ainda segura, e percebo que uma lembrança cruza seu semblante

— Ah, que droga — diz ela baixinho — Desculpe, Paul. Des culpe...ah... Sra. Summer.

Alice fica atônita, totalmente imóvel por um instante, assimilando a cena caótica que se desenrola em seu vestíbulo.

— Não quero que as crianças fiquem assustadas — diz ela.

— É claro que não — diz mamãe. — É claro que não quer. Sinto muito. Só vim aqui por causa de Caitlin, pela minha filha

Ela se vira para Paul, que fita minha mãe como se ela tivesse acabado de se materializar do nada

— Tudo bem — diz Alice por fim, olha para mim e seu sorriso, embora hesitante, não é falso. — Tudo bem, entrem. Venham tomar um chá conosco. Tenho certeza de que Paul adoraria conversar sobre os velhos tempos. Obviamente você tem algo importante a dizer. — Alice sorri para mamãe

— Mas você estava saindo para ir a algum lugar... — digo

— Nada de importante, apenas à academia, que estará lá amanhã. Vamos, Paul. Claire deve estar se sentindo muito desorientada, num ambiente desconhecido. E ela veio até aqui para falar com você, então venha até a cozinha e fale com ela. Pode ficar calmo Eu sei que você teve namoradas antes de mim. Eu também namorei outros rapazes antes de você, acredite se quiser. Não vou me divorciar de você por causa de amores passados.

Observo Alice pegar o casaco de mamãe e conduzi-la à cozinha Paul e eu trocamos olhares cautelosos, incertos. Dou de ombros, me desculpando e os sigo pelas escadas.

— Minha avó teve Alzheimer — conta Alice, nos servindo chá quando nos sentamos a uma mesa grande com as duas filhas deles, que nos olham como se tivéssemos acabado de chegar do espaço sideral, o que acho que está mais ou menos certo. — Lembro-me de na época pensar que é quase como ser um viajante do tempo. O que significa que nada é exatamente o que parece e que nós, os outros, simplesmente não podemos saber.

— Eu sempre quis viajar no tempo — diz mamãe, sorrindo para as meninas. — Queria ser amiga da Ana Bolena, andar com a Cleópatra. Eu sou Claire, como vocês se chamam? — As meninas respondem ao seu sorriso, assim como os alunos dela sempre faziam e, quando elas relaxam, Alice também o faz.

— Eu sou Vanessa, ela é Sophie — diz a mais velha, que é morena como eu, indicando a irmã mais nova, mais clara.

— Muito prazer em conhecê-las e obrigada por não se importarem muito de atrapalharmos seu almoço.

— Tudo bem — diz Sophie — Foi o papai que fez e não estava muito bom.

— Por que estão aqui? — pergunta Vanessa — São amigas do papai?

— Eu era — diz mamãe, olhando rapidamente para Paul, que está de pé com os braços cruzados, encostado na bancada, sem querer se sentar conosco. Mamãe o ignora e olha para Alice. — Mas agora eu só quero ver minha filha esclarecida e sossegada antes... bem, antes que eu suma para ir ver a Cleópatra.

— É claro — diz Alice, sentando-se entre as filhas. — Muito justo.

Sorrio para as meninas e resisto à vontade de continuar olhando, tentando descobrir nossas semelhanças. Mas parece que não preciso: Alice está me observando atentamente; depois olha para Vanessa e então para mamãe.

— Quer dizer que você veio para falar sobre o passado e tem a ver com sua filha? — Ela está falando com mamãe, tratando-a como uma pessoa sã, mesmo depois de tudo, mesmo depois do jeito como aparecemos e invadimos a casa dela. E mais. Dá para ver que não vamos precisar fazer a grande revelação. Alice já adivinhou o que Paul não quis acreditar.

— Sim — diz mamãe e talvez também percebendo os pensamentos de Alice, acrescenta: — Mas talvez não devêssemos falar na frente das meninas.

Paul começa a concordar, mas Alice o impede.

— Não, tudo bem. Somos uma família. Lidamos com tudo em conjunto. Acho que é isso que nos mantêm unidos. Espero, pelo menos. — Alice faz sinal para que mamãe continue

Eu tomo fôlego e mamãe segura minha mão.

— É o seguinte: quando eu estava namorando Paul, fiquei grávida da Caitlin — diz minha mãe sem rodeios. — E quis ficar com o bebê, mas não queria ficar com Paul. Bem, não é bem isso. Eu o amava, muito. Mas sabia, já naquela época, que não éramos feitos um para o outro. Então escrevi esta carta para ele, esta carta que nunca enviei. E nunca lhe falei sobre Caitlin, o que foi errado da minha parte.

— Entendo — diz Alice com cuidado, sorrindo para tranquilizar suas filhas, cujos olhos estão arregalados pelo choque.

Ela me olha atentamente e eu mantenho os olhos nos seus, decidida a aceitar seu exame.

— E Caitlin veio aqui contar a Paul... ah... que ela existe, apenas isso, acho. Porque pedi a ela. Eu queria corrigir as coisas. Ela foi falar com ele outro dia e, bem, ele não reagiu como esperávamos.

Caitlin estava pronta para voltar para casa, mas eu a convenci a ficar. E vim para apoiá-la e para... para dizer a ele que é verdade. Tenho a prova.

— Ah, Paul — diz Alice, os olhos cheios de lágrimas ao olhar para mim. — Olhe só para ela. É a sua cara. Como é que você pôde duvidar que é sua?

Era a última coisa que eu poderia esperar que ela dissesse — nunca poderia esperar que reagisse desse modo —, mas lá estava ela, apenas olhando para mim e olhar foi suficiente. A súbita onda de alívio por ser vista e reconhecida como uma pessoa quase me derruba no chão. É isso — é assim que a gente se sente quando realmente sabe quem é —, e é Alice, não Paul, que me dá essa sensação.

— Isso veio do nada — responde Paul. — Fiquei pensando em você e nas meninas. Não lidei bem com a situação. — Ele olha para mim. — Desculpe se a magoei. Sinto muito, muito mesmo. Entendi tudo errado...

Mamãe empurra o livro aberto em direção a Paul e Alice dá a volta na mesa para ler a carta por cima do ombro dele.

Sorrio para Vanessa, a morena, e ela retribui o sorriso, cutucando a irmã, que a imita.

— Isto não é uma loucura? — pergunto, e elas acham graça da expressão antiga.

Quando eles acabam de ler, Paul continua olhando para o livro por mais tempo. Depois ele olha para mamãe, e esse olhar é uma coisa só deles, um momento de reconhecimento: um alô e um adeus num único instante. Mamãe assente de leve com a cabeça e Paul olha para mim.

A coisa mais estranha acontece quando nossos olhos se encontram. Vejo os músculos de seu rosto relaxarem e os olhos — que estavam tão duros e prontos para o combate — realmente me veem pela primeira vez. Pela primeira vez estou olhando para o rosto do meu pai. O mundo gira, e me dou conta de que nunca mais serei a mesma.

— Eu nunca soube de nada — diz ele. — Todos esses anos...

— É, não soube e foi culpa minha — admite mamãe. — Eu achei que podia fazer tudo sozinha. E pude, mas Caitlin, não. Ela não deveria ter sido obrigada a isso. Fui egoísta.

— Nós não queremos nada — digo a Alice, pois é mais fácil falar com ela do que com ele. — Mamãe só queria que nos conhecêssemos. Não estamos atrás de dinheiro, nem sequer de contato, se vocês não quiserem.

— O que você quer? — me pergunta Alice.

— Eu gostaria de ser uma amiga — declaro, percebendo que é verdade.

— Então, essa garota é, tipo, nossa irmã? — pergunta Vanessa. — De quando o papai namorou essa senhora nos velhos tempos?

— Isso resume as coisas. — Alice sorri e olha para Paul. — É muita coisa para assimilar, não é, querido?

— É legal — diz Sophie. — É legal de repente ter uma irmã mais velha! Não é legal, papai?

Ele concorda com a cabeça e por um minuto cobre os olhos com as mãos.

— Eu não conseguia entender por que você foi embora daquele jeito — diz para mamãe. — Fiquei procurando por você durante algumas semanas, queria perguntar por quê. Aquilo me magoou muito, mais do que eu esperava. Não houve ninguém tão importante para mim de novo até eu conhecer Alice. Se eu tivesse sabido de Caitlin...

— Eu sei — diz mamãe. — Eu sei que roubei de vocês dois muitos anos maravilhosos de convivência. E agora aqui estamos, estranhos sentados à mesa. Mas tomara que não sejamos estranhos para sempre. Bem, vocês dois não vão ser, pelo menos. Tomara que tentem se conhecer um pouco mais. Que construam uma amizade.

— Você vai ficar em Manchester? — pergunta Paul.

— Não sei — hesito. — Não tenho certeza. Quer dizer, mamãe precisa de mim em casa, então...

— Não preciso — diz mamãe. — Preciso é que você seja feliz e que venha me visitar, mas não preciso de você em casa.

— Bem — diz Alice. — Nós queremos conhecer você melhor, Caitlin. Adoraríamos. Quando se pensa bem, isso é uma coisa maravilhosa. Uma coisa milagrosa. — Ela ri e bate palmas. — Tenho certeza de que vai levar muito tempo, e vamos ter que nos acostumar. E você não precisa ficar aqui; nós podemos ir até você. É provável que seja mais fácil. Podemos nos alternar. Vamos ficar meio confusos por um tempo, mas vai ser maravilhoso, sei que vai.

— Gosto de você — diz mamãe. — Sim, gosto muito de você.

Alice se levanta, vai até mamãe e estende os braços. Pouco depois, mamãe se levanta e a abraça. E é tão engraçado olhar para a cara dele olhando para as duas, que Vanessa, Sophie e eu caímos na gargalhada enquanto Paul, nosso pai, fica da cor de um tomate.

Quinta-feira, 10 de março de 2005

Caitlin

Esta é a capa de "Rhapsody in Blue" que minha mãe tinha em vinil e que antes pertencia ao meu avô.
    Quando eu tinha uns 12 anos, todas as garotas da escola pararam de falar comigo, por razões que ainda desconheço. Mas sempre havia uma pessoa menos popular, e dessa vez era eu. Cheguei à escola e aos poucos me dei conta de que havia caído no ostracismo. Aquilo me deixou muito triste. Eu não conseguia entender o que tinha feito de errado. A essa altura, mamãe havia começado a trabalhar como professora em outra escola, e eu chegava em casa antes dela. Um dia, ela me encontrou sentada nas escadas, na maior choradeira.
    — Que foi que houve? — perguntou.
    Lembro-me dela largando tudo no instante em que passou pela porta e vindo me abraçar. Quando mamãe nos abraça, sempre há essa nuvem de cabelos ruivos com cheiro de coco, o cheiro do xampu que ela usa desde que eu era pequena. Nunca mudou. Contei a ela sobre as garotas me deixarem de lado na escola e de não saber por quê. Mamãe disse que elas estavam com inveja de mim porque eu era linda, inteligente, engraçada e todos os garotos olhavam para mim. Eu sabia que não era verdade, mas gostei que ela pensasse dessa forma. Me ajudava a me sentir melhor. Tudo estava acontecendo naquela fase; os hormônios

explodindo em meu corpo como fogos de artifício. Eu tinha a sensação de que estava mudando completamente de um dia para o outro. Não apenas minha aparência, mas também o modo como me sentia — a pessoa que eu era.

Mamãe disse que o que eu realmente precisava era de dançar.

Lembro-me de rir, apesar de ainda estar chorando, pois era típico da minha mãe dizer uma bobagem, do nada, só para me fazer rir.

— Não, estou falando sério — disse ela, tirando os sapatos e abrindo o fecho da saia lápis, que caiu no chão, deixando-a apenas de meia-calça.

— Mãe! — gritei. — O que você está fazendo?

— Ficando pronta para a dança — respondeu ela, indo para a sala. — Venha.

Minha mãe fechou as cortinas, deixando a sala numa penumbra rosada. Ela guardava a antiga vitrola do pai dela num canto e, abaixo, uma coleção de LPs que às vezes pegava e dava uma olhada, embora eu nunca a visse tocá-los.

— Este aqui — anunciou ela, escolhendo um. — É disso que se trata. "Rhapsody in Blue", George Gershwin.

— Você está louca — declarei quando ela ligou o aparelho e cuidadosamente colocou a agulha no disco.

Como é que a música de um velho poderia me animar? Ouço uns estalos vindos dos alto-falantes gigantescos que faziam parte do móvel há tanto tempo que eu me esquecera de que tinham uma finalidade.

E então lá estava. Aquela nota ascendente, vibrante, de um clarinete, cortando o ar tão intensamente que quase me tirou do chão. Fiquei lá parada, completamente imóvel e escutei o ritmo suave do piano, o tema repetido do clarinete e depois a ondulação da orquestra.

— Dance! — comandou mamãe, rebolando e fazendo piruetas em volta de mim, balançando os braços acima da cabeça. — Vamos dançar com a música e fingir que estamos em Nova York, com gente por todo canto, carros nas ruas, o vapor das saídas de ar do metrô, que levantam nossas saias e somos estrelas de cinema.

Fiquei olhando mamãe saltar e se balançar à minha volta, ainda grudada ao chão por causa da música. Era a primeira vez que ouvia algo assim. Achava que música clássica, música com violinos e tal, tinha que ser chata, um tédio. Mas isso... isso era emocionante. Fechei os olhos e conseguia ver os arranha-céus, os táxis amarelos antigos, as senhoras de chapéus e luvas andando pela rua.

— Venha dançar! — Mamãe me agarrou pela mão e me arrastou atrás dela. — Dance!

Eu tinha 12 anos e era toda envergonhada, ainda achava difícil entender meu corpo, que se desenvolvia, mas quanto mais olhava para ela girando pela sala, mais eu ria e mais me entregava à música. E sem nem pensar, pela primeira vez em muito tempo, parei de me preocupar com minha aparência e literalmente entrei na dança. Passamos dançando pela vitrola, fazendo a agulha pular um pouco e mamãe aumentou o volume ao máximo.

De repente, a casa ressoava com o estardalhaço musical, que preenchia todos os cantos com melodia, barulho e outro mundo, do qual, de algum modo, eu fazia parte. Fomos e voltamos pelo corredor, subimos as escadas, pulamos e corremos, entramos e saímos rodopiando dos cômodos. Pulamos nas camas e mamãe até ligou o chuveiro no banheiro, enfiando a cabeça embaixo da água e depois saiu correndo, gritando. Eu fiz o mesmo, a água gelada correndo pelas minhas costas e ombros. Marchamos e batemos os pés, saltamos e corremos. Então veio o crescendo e eu tive a sensação de quase poder voar quando mamãe abriu as cortinas da sala e as janelas, depois a porta da cozinha, e nós saímos para o jardim. Segurando minhas mãos, ela me rodopiou, rindo conforme o mundo se mesclava num redemoinho de cores até cairmos no gramado, aos risos. Ficamos lá deitadas, sob o sol de primavera, de mãos dadas, a grama pinicando minha nuca, mamãe ainda de meia-calça e tudo estava muito perfeito. Muito feliz.

— O mundo está cheio de gente que vai tentar te derrubar, Caitlin — disse mamãe, virando-se para me olhar. — E cheio de coisas que

vão te deixar triste ou com raiva. Mas são apenas pessoas e coisas e você, você é uma dançarina. As dançarinas nunca são derrubadas.

Foi uma coisa tão boba de dizer, e na verdade não significava nada, mas mesmo assim eu às vezes me pego pensando nisso. Naquela louca meia hora de dança pela casa com minha mãe de meia-calça, ao som de "Rhapsody in Blue" quando ela era meramente excêntrica e não doente. Acho que aquilo, de alguma maneira, me ensinou mais do que qualquer outra coisa na vida sobre nossa maleabilidade, nossa capacidade de superar as dificuldades.

20

Claire

Fica bem claro para todas nós que Esther gosta de hotéis. Já se hospedara neles antes, é claro, mas era muito pequena para lembrar ou para que lhe interessassem de fato. Mas agora ela está muito entusiasmada com a ideia de morar num casarão cheio de quartos, onde trazem qualquer comida que a gente goste e onde há um banheiro só nosso e um salão de jantar. Ela está sentada na banheira, com espuma até as orelhas e mamãe canta para ela. Claro, é um absurdo que esteja de pé a uma hora dessas, mas ela gostou tanto de ficar no restaurante, com seu vestido bonito, sentada numa cadeira de menina grande com todos os empregados a bajulando, que não me importei de deixá-la. Fiquei contente de ver seu rosto brilhando sob a luz da vela, mesmo quando se encheu de molho de tomate.

Hoje foi um dia bom, acho. Longo e estranho. Ainda não dormi desde que acordei antes do amanhecer e fui até o quintal. Agora aquilo parece um sonho, como se fosse outro mundo, e eu, outra pessoa. Na verdade, ainda não tenho certeza de que aquilo realmente aconteceu, mas não importa, fico feliz só de pensar nisso. Talvez seja assim quando eu chegar bem na beira do precipício: talvez não seja assustador, mas como meu encontro no quintal hoje de manhã. Nem sempre a realidade precisa importar, não é? O importante é que a sensação seja real.

Nem cheguei a me despedir de Greg quando partimos. Ele não estava lá. Tinha ido para o trabalho enquanto eu arrumava Esther. E foi tão estranho, porque senti como se minha partida fosse definitiva. Como se, de alguma forma, quando saíssemos de casa, eu não voltaria. Pelo menos não do mesmo modo.

Agora, sentada aqui na cama, eu sei, sinto e vejo tudo. Tudo está bem claro. Sei para que serve o telefone ao lado da cama, sei como se chama e como usá-lo. Sei como trancar a porta, em que hotel estamos, em que andar e por que estou aqui. Sei que fomos visitar Paul, e que eu fiquei confusa por um tempo — embora disso eu só me lembre vagamente, como do encontro com Ryan no quintal. Agora me sinto presente, correta e inteira. Saudável, forte e racional. Não sei quanto tempo isso vai durar, essa conexão aleatória de sinapses que fazem com que eu seja eu novamente, então me levanto, pego minha bolsa e saio do quarto. Vou me presentear com um gim-tônica no bar. Afinal, este pode ser meu último momento de resistência. Merece ser brindado com um drinque.

Assim que chego, vejo Caitlin sentada num banco do bar, usando o vestido floral bonito que comprei para ela, seus cabelos pretos brilhantes caindo pelas costas. Paro e fico admirando. Ela está tão linda, como uma borboleta que abandonou o casulo preto e decidiu viver. Sua barriguinha já está começando a ficar saliente abaixo das costelas; suas pernas longas e brancas à mostra e, nos pés, um par de sapatos de saltos altíssimos. São os meus sapatos vermelhos. Ela brinca com um suco de laranja, esforçando-se ao máximo para não dar a impressão de estar esperando alguém. Fico com o coração na boca ao olhar para ela. Existe algo muito esperançoso e forte nela e isso me apavora. Bem como quando ela era uma menininha e me despedi em seu primeiro dia de escola, deixando-a num mundo onde ela um dia aprenderia que nem todos a amam. Não quero deixar minha Caitlin nem minha Esther. Quero sempre estar aqui para dizer que as amo e que, aconteça o que acontecer, elas conseguirão superar tudo. Aí é que está a crueldade, a injustiça. Não é da doença que tenho medo, nem do mundo estranho, misterioso, maravilhoso ao qual ela está me conduzindo. É de saber que estou desapontando as pessoas que amo e que não há nada que possa fazer a respeito.

— Oi! — abordo Caitlin cautelosamente.

— Mamãe! — Ela parece surpresa de me ver. — Como é que você saiu?

Eu dou uma risada e ela enrubesce.

— Você está me entendendo.

— Você quer dizer, como fugi da minha prisão? — Sento no banco ao lado dela. — Saí pela porta do quarto 409 e desci pelo elevador para tomar um gim-tônica. E encontrei você. Está linda, por sinal.

— Que vestido idiota. — Caitlin parece constrangida.

— Está esperando por alguém, não é? — pergunto, levantando um pouco a cabeça para olhar para ela. É impossível descrever como estou me sentindo neste instante: tão orgulhosa, amorosa, protetora, triste e alegre, tudo ao mesmo tempo. Neste segundo em que olho para minha filha, já moça, uma mulher forte que superou tantas coisas para estar aqui, usando meus sapatos vermelhos, eu sinto tudo. — Por acaso você está feliz assim por causa da pessoa que está esperando? — acrescento, relembrando (milagre dos milagres) nossa conversa mais cedo.

— Que bobagem — diz Caitlin e olha para mim como que avaliando se pode falar sobre isso comigo.

— Tudo bem — digo. — Todos os meus miolos estão presentes e conectados neste momento. A névoa se dissipou e consigo enxergar por quilômetros e mais quilômetros. Por falar nisso, por favor, envie uma mensagem para sua avó e diga que estou com você. Prometi não a enlouquecer de novo.

— Ah, mamãe. — Caitlin pisca, retendo as lágrimas em seus cílios longos, e envia a mensagem para a avó. Segundos depois, o telefone dela apita.

— Vovó está dizendo para você aproveitar — informa Caitlin.

— Me conte sobre o cara — peço a ela, cutucando-a na costela para aborrecê-la e impedir que fique triste.

— Acabei de conhecê-lo, completamente ao acaso. Ele trabalha no bar de um grêmio estudantil e tira fotografias. Quer dizer, faz só dois dias que o conheci. E ele tem o maior jeito de bobo, tipo um Gary Barlow magricela e ligadão. Um cabelo idiota e o jeito de se vestir, mãe! Ele usa gravata e chapéu como se fosse comum. E sapatos ridículos. Do tipo que realmente pensa na roupa. Isso é tão imbecil.

— Quer dizer que ele é meio vaidoso? — pergunto, incerta.

— Não, de jeito nenhum — diz Caitlin, e a surpresa é evidente em sua fisionomia. Ela olha para mim, séria. — Mamãe, ele é tão legal. Quer dizer, eu sempre achei que legal definia alguém chato e simples, mas é como se ele tivesse decidido cuidar do mundo e de todas as pessoas, ajudá-los mesmo estando claro que tudo está uma merda. Quem faz esse tipo de coisa? Não acha isso estranho? Não é o tipo de pessoa com quem a gente não devia se envolver?

— Uma pessoa legal que se importa com o mundo e seus habitantes? Não, você está certa, definitivamente devia ficar longe de um tipo desses. Saia com um drogado violento ou coisa parecida.

— Mas, mãe — começa Caitlin inclinando-se para a frente. — Estou grávida de outro! Que tipo de homem, mesmo legal, vai querer uma garota que está grávida de outro cara? Quer dizer, quem vai querer esse mundo de complicações em sua vida? E será que dá para sair com uma grávida, assim, só por sair? Tipo encontro, sem que isso necessariamente acabe virando um relacionamento? E, sabe... — Ela abaixa a voz. — E o sexo? Quer dizer, ainda não rolou sexo. Nem sequer nos beijamos e talvez isso só esteja na minha cabeça confusa, que está a mil, e talvez ele só goste de mim como amiga e só andou me ajudando porque é legal e... o que eu estou fazendo com este vestido?

Ponho a mão na cabeça dela, bem como fazia quando ela era bebê e começava a ficar aflita. Eu colocava a mão no alto da cabeça dela, o que parecia acalmá-la, até ela parar de chorar e ficar olhando para meus dedos, distraída. Caitlin faz exatamente a mesma coisa agora, provavelmente questionando a razão para minha mão estar em sua cabeça, mas funciona; isso lhe dá segurança.

— A paixão não acontece em momentos convenientes para as duas pessoas envolvidas — digo, tirando a mão. — Você não pode pensar nisso dessa maneira. Greg e eu, nós não podíamos ter nos encontrado em qualquer outro momento das nossas vidas. Mais cedo não teria funcionado. E não teremos tempo suficiente para aproveitar, o que é realmente triste. Mas os anos que passamos juntos foram uma dádiva.

— Você se lembra de Greg? — pergunta Caitlin baixinho.

— É claro que me lembro. Como poderia me esquecer do homem que eu amo?

— Ah, mãe. — Ela procura o celular na bolsa. — Ligue para ele. Ligue agora e diga que o ama. Por favor.

Franzo o cenho, pego o telefone e digito o número dele sem pestanejar. Toca por um bom tempo e então vai para o correio de voz, com a mesma mensagem de sempre, a mesma que havia na primeira vez em que liguei para contratar seus serviços. Ele nunca trocou. A sensação é de que estou ligando para ele naquela época, naquele dia fresco de primavera, quando nenhum de nós dois sabia o quanto aquele primeiro telefonema seria importante.

Escuto o som de sua voz daquela época, quando nem o conhecia, e deixo um recado.

— Greg, sou eu, Claire. Estou com Caitlin em Manchester. Fomos ver Paul e acho que deu tudo certo. Tudo transcorreu da melhor maneira possível. Estou me sentindo bem. Normal e estável. E só queria dizer, Greg, enquanto tudo está exatamente como deveria, que você é o amor da minha vida. Eu te amo mais do que achava que fosse possível. Te amo e sempre vou amar. Juro. Um beijo, querido.

Desligo o telefone e é só quando olho para Caitlin que percebo o que andei perdendo enquanto estive fora de mim.

— Tem sido muito difícil para ele? — pergunto.

— Muito. Mas ele nunca deixou de amar você nem por um segundo.

Faço sinal para o bartender e peço meu drinque.

— Caitlin — digo devagar, tomando um gole e sentindo sua efervescência. — Escute, querida, enquanto eu ainda tenho algo a dizer que faça sentido.

Caitlin assente com a cabeça.

— Você precisa se permitir ser feliz. Precisa decidir que vai fazer isso agora, por mim. Se esse rapaz, esse rapaz legal, a faz feliz, deixe que faça. Não questione. Não deixe isso de lado porque não parece se encaixar com o jeito como as coisas deveriam ser. Decida ser feliz, Caitlin. Decida isso por mim, por seu bebê e por você mesma. Não perca nem um segundo se preocupando com o que poderia ter sido ou com o que poderá ser. Confie que seu coração sabe o que fazer, pois juro, o mundo pode desmoronar a sua volta, seu cérebro e seu corpo podem trair você, mas seu coração, seu espírito... sempre estará com a verdade. É isso que definirá você. E quando Esther tiver idade suficiente para entender, explique a ela também. Diga a ela. O que restará de nós é o amor que damos e recebemos.

— Como no poema do seu casamento — diz Caitlin.

— Isso mesmo — confirmo e algo se move dentro de mim, encaixando-se silenciosamente no lugar. — Como no poema do meu casamento.

Caitlin põe os braços em torno do meu pescoço e descendo do banco me abraça de um modo como não fazia desde criança. Ela está se segurando em mim, me ancorando, segurando minha corda, tentando me fazer ficar. E eu queria de todo o coração poder ficar aqui com ela para sempre. Ela está me abraçando, bem apertado, e nós sabemos que não importa o que vai acontecer nas próximas semanas, meses e talvez anos, para nós duas, este momento... é nossa despedida.

— Olá. — Nós nos separamos e eu vejo o garoto, louro e bem-arrumado, como Caitlin disse, vestido com formalidade exagerada e com o sorriso mais lindo que já vi. Ele não olha para mim, mas sim para Caitlin, e seus olhos estão brilhando. — Você está aqui. Eu não tinha certeza se estaria, então pensei em dar uma passada e... você está aqui. Que bom!

— Humm. — A pele de porcelana de Caitlin fica corada e ela ajeita o vestido, meio sem graça. — Esta é a minha mãe — diz ela, gesticulando para mim.

— Ah! Oi, olá, Sra., ah, Caitlin — diz ele e estende a mão. Ele tem um bom aperto de mão, firme, determinado. E o mais doce dos sorrisos. E, embora deva saber da D.A., me fita nos olhos. Não parece ter medo de mim.

— Olá, Cara — digo e ele fica confuso.

— Mamãe, este é Zach — diz Caitlin. — Até o nome dele é de estrela pop.

Zach ri e depois dá de ombros.

— Quer dizer que você pensou em dar uma passada aqui pela mínima possibilidade de cruzar com a minha filha, que estava sentada no bar usando o único vestido que tem, pensando na mínima possibilidade de que você pudesse aparecer? — pergunto, exercitando meu direito de mãe de deixar os dois constrangidos.

— Mãe! — exclama Caitlin. — Ah, meu Deus!

— Ah, pois é — admite Zach de um modo lastimável, sem tirar os olhos de Caitlin.

Uma parte minha sente que eu devia fazer um sermão, dizer o quanto ela é preciosa e como ele não deve magoá-la nem a enganar, nem decepcioná-la — pois se ele fizer isso, irei assombrá-lo, mesmo sem estar morta. Contudo, olho para ele, que olha para ela, e fico deslumbrada com a sensação de que o sermão simplesmente não será necessário. Os dois olham para mim e me dou conta de que soltei um suspiro de alívio um pouco alto demais, vindo com a segurança de que Caitlin ficará bem, com ou sem Zach — mas, pelo futuro próximo, com o garoto que a deixou "feliz".

— Acho melhor deixar vocês sozinhos — digo, descendo do banco. — De toda maneira, já está na hora de eu voltar para o quarto 409.

— Não. — Caitlin desce do banco também e segura minha mão. Sua voz está trêmula. — Não, mamãe. Não vá. Não estou pronta para deixar você ir.

Eu acaricio o rosto dela.

— Vejo você amanhã de manhã — digo.

Ela inclina o rosto na palma da minha mão e faz que sim.

— Boa noite, querida. Boa noite, Zach. Você é um rapaz muito bonito. Caitlin tem razão: chega a ser ridículo.

Zach fecha os olhos, envergonhado e ao me afastar eu o ouço cair na gargalhada.

Estou esperando que as portas do elevador se abram quando ouço a voz dele.

— Oi, Claire.

Virando devagar, eu o vejo ali parado, sorrindo para mim. A mesma expressão em seus olhos, como no café, na biblioteca e no quintal hoje de manhã. Uma expressão que me dá vontade de cantar para o mundo sobre minha felicidade e sorte.

— É você — digo.

21

Caitlin

Ontem à noite fiquei no bar conversando com Zach por muito tempo. Contei tudo sobre a visita ao meu pai. Sobre estar sem saber se devo ficar e tentar conhecer melhor Paul ou ir para casa e ficar com mamãe. Contei o que ela me disse antes de ele nos encontrar no bar e da minha sensação de que alguma coisa havia terminado, como se tivéssemos nos despedido.

— Não sei o que fazer — falei.

— Tem certeza? — perguntou Zach. — Ou não sabe se o que quer fazer é o certo?

Fiquei surpresa quando ele me disse isso porque sabia o que queria fazer quando olhava para ele.

— O que você quer fazer? — perguntou ele.

— Não tenho certeza se deveria dizer. Não tenho certeza...

— Pois tenha, Caitlin. — Ele riu. — Veja tudo que você já fez, tudo pelo que passou e todas as escolhas que já fez. Escolhas determinantes para a sua vida. Se há uma pessoa no mundo que pode ter certeza, é você.

— Eu quero ficar perto de você — admiti. As palavras saíram antes que eu conseguisse censurá-las. — Quero conhecer você melhor. Parece loucura, por causa de tudo que está acontecendo com a minha família e comigo, mas eu sinto... como se houvesse alguma coisa aqui para descobrir. Quero dizer, além de conhecer melhor Paul. Quero dizer, entre nós dois.

Fiz uma pausa, mas Zach não falou nada. Só ficou ali sentado, olhando para seu uísque com Coca-Cola. Não um chope ou uma garrafa de cerveja. Um uísque com coca. Bebida de garotas.

— Ah, desculpe — apressei-me a dizer. — Eu sou uma idiota. É óbvio que sou uma idiota e você é legal, legal de verdade. E por um motivo qualquer, não há muitos caras legais por aí. É como se houvesse uma lei que os obrigasse a serem imbecis até os 30 anos, pelo menos, pois acho que não conheci um cara legal antes de você em toda minha vida. Bem, pelo menos não um de quem eu também gostasse, porque normalmente, se uma garota diz para um cara que ele é legal, já viu, né, é o beijo mortal? E por quê? Por que iríamos preferir alguém não tão legal a uma boa pessoa? Afinal, que problema tem ser legal e...

— Caitlin. — Zach pôs a mão no meu punho para que eu parasse de falar. — Sinto muito.

— Tudo bem — falei, me sentindo a pessoa mais imbecil do mundo, por me expor desse jeito para ser esmagada de novo, mas ao mesmo tempo maravilhosa, corajosa e feliz. — Você foi muito bom para mim.

— Não fui, não.

— Claro que foi. Bom demais — retruquei. — A menos... que você seja o tipo de tarado que gosta de grávidas e quer me atrair para o seu culto.

— Não, quero dizer sim, fui bom para você. Fui sim. Mas não porque sou melhor que os outros caras...

— Mas você é — falei, feito uma boba, mas gostando de gostar de alguém, assim em voz alta e sem ter que fingir que não me importo.

— Está bem, talvez eu seja legal e, sim, eu acho que tento ser tudo isso, e em parte é a razão para eu ter querido ajudar você. Mas a outra razão é porque eu realmente gostei de você. Muito mesmo.

Cuspi o suco de laranja no vestido, dei uma risada e cuspi de novo.

— Sério?

— Sério, apesar de não entender por que você ficou tão surpresa com isso.

— Porque eu estou grávida, confusa, larguei a faculdade, minha vida está realmente complicada e triste e vai ficar ainda mais complicada e triste. Nesse momento não sou o tipo de garota de quem os caras normalmente gostariam, nem os legais.

— Acho que a gente não decide gostar de alguém com base nas circunstâncias de sua vida. Acho que às vezes podemos gostar de uma pessoa pelo que ela é, apesar das circunstâncias da vida dela.

E foi então que eu disse, do nada, sem qualquer aviso:

— Você seria um excelente Príncipe Encantado... ah... não que eu precise de um.

E foi então que ele me beijou, eu logo retribuí e em seguida percebemos que aquele tipo de beijo não era apropriado num lugar público. Fomos para o elevador de mãos dadas e, quando apertei o botão para subirmos para o meu andar, nos beijamos de novo, bem ali no saguão, e me dei conta de que não me importava que estivessem nos olhando, não me importava com mais nada além de beijar Zach. Eu nunca tinha me sentido assim desinibida antes, exceto naquela vez em que dancei pela casa com mamãe.

O elevador chegou, rápido demais.

— Então, boa noite — disse Zach.

— Eu sou dançarina — falei.

— Que legal — Ele sorriu para mim.

— Não quero que você vá embora. Suba comigo e fique mais um pouco.

— Não tenho certeza — disse ele.

— Disso? — perguntei.

— Se eu subir, não tenho certeza de que será só para ficar mais um pouco.

— Então suba para ficar a noite inteira. Afinal, você já fez isso antes.

Nós nos beijamos no elevador, pressionando nossos corpos contra a parede, minhas mãos passando pelo peito dele, por baixo da camisa. Eu me sentia ousada, corajosa e poderosa de tanta felicidade. Quando chegamos ao meu andar e paramos de nos beijar, ele olhou para mim como se eu fosse alguém realmente especial. Abri a porta do meu quarto e o deixei entrar. Ele foi até a janela, bem afastado de mim.

— Caitlin, pense bem. Pense se está pronta, se é a hora certa para você. Porque eu sei que me contento em esperar, em levar tudo com tranquilidade, em simplesmente conhecer você no seu ritmo. Não precisamos ter pressa. Isso vai durar.

Acho que nunca antes na minha vida eu havia me sentido tão lúcida, forte ou certa sobre alguma coisa.

— Eu não estou a fim de esperar para me sentir feliz desse jeito. Você está?

— Minha nossa, não — admitiu ele.

E depois disso passou-se muito tempo até falarmos de novo.

Agora o sol está alto e eu estou nos braços dele. Sinto o roçar da barba por fazer na minha nuca e o calor das coxas dele coladas nas minhas. Então, de repente, uma batida à porta, urgente e silenciosa. Eu me sento, me enrolo numa coberta e abro a porta.

— Caitlin, sua mãe está com você? — Vovó espia pela fresta e vê um pé.

— Ah, não. Por quê? Ela saiu?

— Acho que nunca voltou — diz vovó, ansiosa demais para comentar o pé. Saio no corredor e vejo Esther, de pijama, assaltando o carrinho da camareira em busca de biscoitos.

— É impossível. Quando eu lhe mandei a mensagem dizendo que ela estava comigo, ela estava completamente lúcida, bem como a antiga mamãe; nada faltando, nenhuma lacuna. Na verdade, estava maravilhosa. Ligou para Greg, deixou uma mensagem no correio de voz, e então disse que precisava voltar antes de deixar você preocupada. Sabia o número do quarto e tudo. Ela não voltou para o quarto ontem à noite?

— Não sei — diz vovó, infeliz. — Eu peguei no sono com Esther e quando acordei agora de manhã, ela não estava lá. A cama estava intacta. Que idiota que eu sou. Devia ter esperado por ela. Não sei por que não esperei! E se ela saiu por aí? Não conhece ninguém, nada. Vai se perder ou se machucar ou...

— Está tudo bem — digo, e sem saber por que, sei que é verdade. — Está tudo bem. Espere um pouco que vou me vestir. É provável que ela esteja tomando café.

Entro de novo apressada, a sensação ruim fazendo que eu veja o quarto inclinado enquanto me visto.

— O que foi? — Zach se senta na cama.

— Vovó acha que minha mãe não passou a noite no quarto — respondo, vestindo *leggings* e o vestido de ontem à noite. — Eu sabia que não devia ter deixado ela ir sozinha. Devia ter trazido ela para cima...

— Tudo bem — diz Zach, saltando da cama e vestindo as roupas. — Nós vamos encontrá-la.

Eu paro por um instante, olhando-o se vestir para vir ajudar sem pensar duas vezes. Segundos depois, ele já abotoava a camisa e calçava os sapatos. Saímos e encontramos vovó ao telefone.

— Não paro de ligar para Greg — diz vovó, olhando com curiosidade para Zach. — Mas só vem a mensagem de voz.

Faço rápidas apresentações antes que Zach assuma o comando.

— Certo, bem, a primeira coisa a fazer é perguntar na recepção. Sua mãe é muito bonita... quer dizer, ela chama atenção, com aqueles cabelos e tudo mais. Tenho certeza de que devem ter notado ela passar.

Nós quatro descemos no elevador, Esther olhando para Zach por baixo do braço de vovó, seus olhos bem abertos e redondos, provavelmente porque ele se parece com um príncipe da Disney.

Assim que a porta do elevador se abre, saio correndo com a mão na barriga. Vovó não fica muito atrás com Esther seguindo de perto. Mas, antes de chegarmos à recepção, Zach me chama. Ele está olhando para dentro do restaurante e faz sinal para eu ir até lá.

— Sua mãe está ali — diz ele calmamente. — Com um homem.

Eu perco o fôlego, apavorada. Ah, meu Deus. Entre o momento em que ela nos deixou ontem à noite e antes de chegar ao quarto, alguém a viu e se aproveitou dela. Já ouvi sobre esse tipo de coisa acontecer, mas ela parecia tão feliz, tão normal e tão *ela*. Não quero olhar. Não quero saber, mas é preciso.

Entro no salão, e é fácil localizá-la: seus cabelos parecem iluminar como um farol. Ela está se inclinando para beijar alguém sobre a mesa do café. Fico enjoada. Se Greg visse isso agora. Se Greg descobrisse, morreria. Preparando-me, vou até a mesa. Então, o vejo.

— Caitlin! — Mamãe parece tão contente de me ver. — Este é o meu amante — conta ela. — Meu herói. Meu amante da biblioteca, meu dançarino do quintal, a única pessoa que consegue enxergar através de tudo e me ver. Este é ele, Caitlin. Este é o homem dos meus sonhos. Ele veio me encontrar, ele sempre vem me encontrar. Não sei como, mas ele sempre me acha. Espero que você goste dele. Eu quero que goste.

Olho para o homem que segura a mão de mamãe do outro lado da mesa e sei que estou chorando, de felicidade e alívio.

— Oi, Greg.

— Oi, Caitlin — responde ele. — Só estou tomando café aqui com a Sra. Armstrong.

— Acho que não quero mais ser a Sra. Armstrong — diz mamãe. — Quero ser a Sra. Ryan. Sra. Gregory Ryan.

Os dedos dela se fecham em torno dos dele e parece que os dois nunca vão se separar.

Cerca de um mês atrás

Greg

Esta é a ponta do guardanapo que dei a Claire para secar seu rosto naquela primeira noite no café. Penso naquilo como a primeira noite, porque foi. Foi a primeira vez que Claire passou a me ver de novo, do mesmo jeito de antes, apesar de pensar que eu era outro cara, uma pessoa nova.

Não fui lá para tentar enganá-la. Não sabia o que iria acontecer. Ruth me ligou para dizer que Claire saíra andando depois de chegarem do hospital e, não sei por que, eu fazia ideia de onde ela poderia estar.

A princípio fiquei magoado quando ela não me reconheceu, mas depois entendi. Não importava quem eu era. O importante é que ela tinha me visto — que falou comigo como falava antes. Foi um vislumbre de como as coisas eram e ainda podem ser de vez em quando, mas foi suficiente para que eu continuasse vivendo, tendo esperança. Ainda acredito que era comigo que Claire falava e que de alguma forma ela sempre soube. Pois acredito que quando duas pessoas se amam, como nós nos amamos, o amor perdura, aconteça o que acontecer. Talvez para Claire tudo tenha se alterado em relação a mim quando nos encontramos no café. Mas o amor... o amor permaneceu o mesmo.

Eu também não pretendia manter aquele encontro em segredo, mas foi tão especial. Tão raro. Não quis assustar Claire falando a respeito.

Além de mim, ninguém notou que ela começou a ficar cada vez mais distante e fria comigo quando estávamos em casa, na sua casa. Eu me tornei um estranho, um invasor. Claire tentava ser gentil, fazia o melhor possível, mas não conseguia esconder que era assim que se sentia com minha presença lá.

Fora de casa, no entanto, eu era uma pessoa completamente diferente para ela — diferente, mas ainda a pessoa que ela amava.

Claire costumava dizer que levou uma eternidade para se apaixonar por mim e foi verdade, mas na segunda vez levou segundos, pois já estávamos apaixonados.

Na segunda vez, quando eu a trouxe de volta depois que ela saiu para procurar Caitlin, eu esperava que isso pudesse acontecer de novo. Queria que acontecesse. E quando aconteceu... foi uma sensação milagrosa. Foi quando eu percebi que, se conseguisse manter essa ligação com ela, essa bolha onde poderíamos nos amar, ela poderia me ver como seu marido de novo. Que ela poderia me reconhecer. Eu fui egoísta, fui injusto, especialmente quando a encontrei na biblioteca. Foi errado fazer Ruth passar por aquilo, mas o que eu poderia fazer? Era preciso aproveitar qualquer chance de estar com ela e ter esperança de que isso fosse suficiente para fazê-la se lembrar do nosso casamento.

E então ela me encontrou no quintal. Eu não tinha conseguido dormir, estava muito chateado e confuso com tudo que estava acontecendo. Saí da casa querendo que o frio amortecesse minha dor e de repente ela estava lá. Acho que nunca me senti tão próximo dela como naqueles poucos minutos.

Ela se despediu de mim definitivamente. Me deixou e escolheu a mim e ao nosso casamento, tudo ao mesmo tempo. Disse que precisava ficar com sua família e que eu deveria ir procurar minha esposa. E foi o que eu decidi fazer.

Então aconteceu a coisa mais milagrosa, mais maravilhosa. Quando eu cheguei a Manchester, minha esposa estava esperando por mim. Talvez não tivéssemos muito mais tempo para ficarmos juntos assim. E talvez nunca mais aconteça.

Mas agora eu sei que posso ter esperança, e sei que continuarei tendo, de que ela sempre voltará para mim, uma última vez.

Terça-feira, 19 de junho de 2007

Claire

Este é o orçamento — escrito à mão num papel timbrado — que Greg me deu no dia em que veio aqui em casa pela primeira vez para ver o sótão. Caitlin estava fora, numa excursão da escola, e eu tinha acabado de ter uma conversa com minha mãe por telefone, que ligara para discutir um artigo que havia recortado do Daily Mail *para mim, sobre chocolate dar câncer. Ela sempre gostava de bater um papo na sequência de seus recortes de utilidade pública.*

Eu não estava pronta para a chegada dele nem havia planejado estar: não sabia que estava para conhecer o amor da minha vida.

Achei que não precisava me preocupar com o furo no meu jeans justo demais, com o acúmulo de carne que se projetava acima do cós nem com estar usando uma das camisas velhas de Caitlin que tinha uma caveira estampada na frente e um rasgo na gola. Nem com o fato de estar toda suada pelo esforço para tirar do sótão as coisas acumuladas durante todos aqueles anos em que a casa era minha. O sótão estava lotado de lembranças; algumas importantes, outras apenas momentos que significam algo para mim e ninguém mais. Acho que até fiquei chateada com a chegada dele, bem quando empurrava caixas para os cantos, fazendo anotações mentais de todas as coisas que teria de jogar fora só para ter um cômodo a mais, que, pensando bem, eu realmente não precisava.

A campainha tocou quando eu ainda estava lá em cima, e levei alguns segundos para descer pela escada de mão. Enquanto descia, a campainha tocou de novo, e fiquei bem irritada. Eu estava com as bochechas vermelhas, brilhando, e cheirava a pó e suor quando abri a porta e vi Greg pela primeira vez.

— Sra... Armstrong? — Houve uma ligeira pausa entre as duas palavras como se ele sentisse que elas não combinavam.

— Isso. É meu nome de família.

Ele não pareceu dar a mínima. Entrou na casa, que estava quente e ensolarada, deixando à mostra todos os riscos na poeira e marcas no tapete.

— É lá em cima.

— Os sótãos geralmente são — disse ele ironicamente, e eu o olhei irritada. Não precisava de um mestre de obras engraçadinho.

Subi a escada primeiro e ele veio atrás de mim. Lembro-me de ter ficado aflitivamente ciente de que o nariz daquele homem estava a poucos centímetros do meu traseiro e de ter pensado no estado atual do meu traseiro. Fazia muito tempo que eu nem me dava ao trabalho de pensar nisso.

Ficamos lá parados por um instante, banhados pela luz de uma lâmpada nua, depois ele pegou um lápis de trás da orelha e fez umas anotações. Havia uma trena presa no cinto dele, como um pistoleiro do Velho Oeste.

— Um trabalho muito simples — disse ele. — Eu faço o projeto e os cálculos para a senhora, e depois conseguimos um engenheiro civil para assiná-lo. Não é necessário fazer uma escadaria, apenas colocamos uma escada retrátil e duas janelas de telhado, então será bem rápido. Está precisando de outro quarto, é?

— Não — respondi, com as mãos nos quadris, olhando ao redor, tentando imaginar aquele cômodo do jeito que eu queria: bem-iluminado, as tábuas do piso lixadas e envernizadas, as paredes pintadas *de branco.* — Quero escrever um livro e tenho a impressão de que todos os cômodos da casa já têm sua finalidade, e isso impede minha concentração. Então achei que a resposta seria um escritório. — *Sorri para ele.* — Imagino que isso pareça maluquice para você.

— De modo algum. A casa é sua, e escrever um livro parece uma ótima ideia.

Ele sorriu, não para mim, mas para o espaço em volta, e pude ver que também o visualizava terminado e que isso lhe dava prazer. Foi só então que notei como seus ombros eram largos, seus braços, musculosos e percebi o contorno da barriga sarada por baixo da camisa. De repente me dei conta de que estava com os cabelos amarrados num coque no alto da cabeça, usando a camiseta rasgada da minha filha e um jeans que já não me servia mais. Ah, e que certamente eu era mais velha que ele, apesar de não saber ao certo quanto. Percebi tudo isso e ao mesmo tempo fiquei aborrecida por dar importância.

— Podemos descer. Vou calcular o preço para a senhora, apenas para lhe dar uma ideia de orçamento agora e então, se decidir fazer o trabalho comigo, eu faço um orçamento detalhado e um contrato e a senhora vai saber exatamente pelo que está pagando. Certo?

— Está bem — *respondi, com uma repentina incapacidade de emitir palavras de mais de uma sílaba.*

Ele desceu antes pela escada de mão. Fui em seguida. Quando estava a meio caminho, as sandálias de dedo me fizeram escorregar e eu caí, sendo aparada por ele. Não houve um momento especial — nada de ficar ali, me tocando por mais tempo que o necessário. *Ele apenas me ajudou a manter o equilíbrio e ficar de pé com uma eficiência técnica.*

— Nunca dominei direito essa coisa de me equilibrar nos dois pés — *falei, enrubescendo inexplicavelmente.*

— Bem, não podemos ser bons em tudo. Eu nem posso me imaginar escrevendo algo mais longo que um orçamento.

Não sei bem em que momento eu decidi que estava apaixonada por ele, mas acho que pode ter sido naquele instante, quando ele me aparou, impedindo uma queda feia. Eu o segui pela escada e, ao chegar ao último degrau da sala, ficou oficial. Eu estava inebriada; essa é a palavra certa. Inebriada. Pois soube naquele momento que era um amor sem esperança, um amor que nunca poderia chegar a nada, pois eu não poderia ter tanta sorte.

Fomos até a cozinha, ele se encostou no balcão e começou a escrever. Fiquei todo o tempo olhando para o traseiro dele, sorrindo comigo mesma da idiota que estava sendo e pensando no quanto iria rir com Julia na escola, na próxima vez que nos encontrássemos. Só de pensar no quanto Caitlin ficaria envergonhada se me visse, encostada no refrigerador, olhando feito uma louca para aquele belo exemplo de masculinidade, me fez dar uma risadinha.

Greg olhou para trás e me vendo sorrir se virou.

— Qual é a graça?

— Ah, eu... ah, nada. — Fiquei rindo sem conseguir me conter, feito uma adolescente que encontra sua paixonite por acaso. — Pode me ignorar, só estou bancando a boba, nem sei por quê.

O sorriso dele foi tão doce, tão lento, tão cheio de humor.

— Eu não acho — disse ele. — Sou bom com primeiras impressões, e tenho certeza de que a senhora não é nenhuma boba.

— Ah, é mesmo? — perguntei maliciosamente, sabendo que era uma paquera inútil e concluindo que não me importava. — O que é que eu sou, então?

— É uma mulher que vai escrever um livro.

Agora eu penso naquela época e me pergunto se eu estava certa e errada ao mesmo tempo. Sabia que "Greg e eu" era muito bom para ser verdade, que não poderia durar e estava certa, mas também errada. Não pode durar, mas não porque a gente não queira, e vai durar mesmo depois que acabar. Vai durar dentro de Greg e dentro de mim, não importa o que nos separe. E vai durar em Esther, em Caitlin e no bebê.

Vai durar, mesmo quando estiver acabado para sempre, pois em meu coração sempre estarei de mãos dadas com Greg, como o marido e sua esposa em Um túmulo em Arundel.

E, afinal, eu realmente escrevi um livro. Todos nós escrevemos. Escrevemos a história das nossas vidas e estou aqui, entre estas páginas. E é aqui que sempre estarei.

Epílogo

Sexta-feira, 27 de agosto de 1971

Nascimento de Claire

Esta é a primeira foto tirada de nós duas, Claire: eu sentada na minha cama do hospital com a manta de crochê que minha mãe tinha feito para mim. Naquele tempo, os maridos não ficavam para o parto: faziam visitas de uma hora diária e depois eram mandados embora. Eu ficava contente de ter aquele tempo a sós com você, meu bebê, minha pessoinha nova em folha. Essa alma minúscula que eu havia feito e trazido ao mundo. Eu não queria compartilhar você com ninguém.

Nos seus primeiros dias, seus cabelos eram de um preto lustroso, sem qualquer sinal da ruivice do seu pai. Seu rostinho era todo amassado e os olhos ficavam bem fechados contra este mundo ofuscante e desconhecido. À noite, a enfermeira dizia que você precisava ir para o berçário e eu deveria aproveitar para dormir um pouco. Elas vinham e recolhiam todos os bebês uma determinada hora, empurrando-os em seus carrinhos pelo corredor numa longa procissão. Mas eu não deixava você ir, Claire. Ela tentava levá-la, exigia, mas eu dizia que o bebê era meu e que queria ficar com você; então, sendo ainda mais rebelde, deixei a mamadeira esfriando na mesa de cabeceira e a amamentei. Depois disso, elas nos deixaram em paz.

Levou quase um dia inteiro até você realmente abrir os olhos e olhar para mim. Já eram de um azul brilhante. Os olhos dos bebês não costumam ser azuis assim, mas os seus eram. Chegavam a ser luminosos, e eu achei que devia ser assim porque aquela trouxinha que eu tinha nos braços era muito cheia de vida, de promessas e de futuro.

Antes de conhecer o seu pai, eu achava que paz e amor mudariam o mundo, mas, olhando para os seus olhos, entendi que só precisava deixar você ser quem quisesse ser, amá-la, e isso seria a melhor coisa e o mais próximo que eu poderia chegar de mudar o mundo para melhor.

— Você vai ser brilhante — disse a você. — Vai ser inteligente e engraçada. Corajosa e forte. Vai ser uma feminista, vai fazer campanhas pela paz e vai ser dançarina. E um dia você também será mãe. Vai se apaixonar, ter aventuras e fazer coisas que nem consigo imaginar. Você, pequena Claire Armstrong, vai ser uma mulher maravilhosa e vai ter uma vida incrível: uma vida de que ninguém se esquecerá.

Essas foram as primeiras palavras que eu lhe disse, Claire, naquela primeira vez em que você abriu os olhos e olhou para mim. Lembro-me dessas palavras exatamente como se estivesse naquele quarto neste momento, segurando-a no colo neste segundo. E eu estava certa, Claire, minha menina linda, corajosa e inteligente.

Agradecimentos

Muitíssimo obrigada a minha maravilhosa editora Gillian Green e à equipe genial da Ebury Press, incluindo Emily Yau, Hannah Robinson e Louise Jones, que me deram um apoio incrível.

O maior agradecimento a minha agente e amiga, Lizzy Kremer, fonte constante de força e inspiração. Agradeço também às adoráveis Laura West e Harriet Moore, da David Higham Ltda., um verdadeiro time dos sonhos e as melhores amigas de uma escritora.

Obrigada às minhas amigas, que me aguentaram durante o processo de escrita deste livro, especialmente a Katy Regan, Kirstie Seaman, Catherine Ashley, Margie Harris.

Um agradecimento especial ao meu marido, Adam, que faz tanto para me ajudar e dar apoio, e aos meus filhos lindos, barulhentos, cheios de energia, sempre agitados, que me ajudam a ficar alerta.

Finalmente, obrigada à minha mãe, Dawn, a quem dedico este livro. Você me ensinou a ser mãe.

Este livro foi composto na tipologia Palatino
LT Std, em corpo 11/16, e impresso em
papel off-white no Sistema Cameron da
Divisão Gráfica da Distribuidora Record.